WILD ONE

Wilding Pack Wolves 4

ALISA WOODS

2020 Deutsche Übersetzung von Michael Drecker und Leonie Brinkmann

ISBN: 9798695674194

Cover by Steven Novak

Marcos Rudel wird gnadenlos gejagt… und er muss eine Partnerin finden, um es zu stärken.

Marco Wildings Rudel verliert ein Mitglied nach dem anderen an die Söldner des Wolfsjägers, die Wölfe auf offener Straße entführen und ihre zu Tode gefolterten Körper dann wieder in Marcos Revier abladen. Auch die Entführung eines kleinen Shifter-Jungen hätte seine Patrouille fast nicht verhindern können – als plötzlich eine wunderschöne Wölfin einschreitet, den Kidnappern in den Arsch tritt und das Kind rettet. Marco ist beinahe augenblicklich in diese mutige, ungepaarte Wölfin verknallt, die auf mysteriöse Weise in seinem Revier gelandet ist.

Nur will sie nichts mit ihm zu tun haben.

Julia Holloways Leben hätte sich endlich zum Guten wenden können – sie stand kurz vor ihrem Uniabschluss und hätte endlich aus dem Haus ihrer Mutter ausziehen und dieser Parade von miesen Stiefvätern entkommen können. Doch dann war ihre Wölfin durchgedreht und hatte ihr Leben ruiniert. Jetzt ist sie auf der Flucht und die Wölfin in ihr immer noch unkontrollierbar. Doch als sie mit deren Hilfe eine Kindesentführung vereitelt, bekommt Julia ein Angebot, das sie nicht ablehnen kann – eine sichere Bleibe bei einem Wolfsrudel, wo sie endlich durchatmen und ihr Leben wieder in den Griff bekommen kann.

Obwohl all das für sie nur vorübergehend sein soll, möchte der heiße Rudelanführer mit den funkelnden Augen unbedingt, dass sie bleibt. Doch als einsame Wölfin hat sie keine Ahnung, ob sie sich darauf einlassen soll.

Während Julia und Marco alles daransetzen, die Männer des Wolfsjägers aufzuhalten, muss Julia nicht nur lernen, im Einklang mit ihrer Wölfin zu leben, sie muss sich auch entscheiden, ob all das aufzugeben, was sie will, ihr die eine Sache bringen wird, die sie wirklich braucht.

Kapitel Eins

Es war wirklich das Letzte, was Marco sehen wollte: *Ein weiterer toter Wolf.*

„Verdammte Scheiße“, fluchte Stefan, als sie die Leiche entdeckten. Marcos bester Freund und der Beta seines Rudels stand breitbeinig neben ihm und hatte die Hände zu Fäusten geballt. Seine Klauen fuhren rhythmisch ein und aus, als würde sein Wolf unbedingt etwas töten wollen. Marco konnte seine Frustration verstehen. Ihr Feind, derjenige, der für diese Tat verantwortlich war, war gesichtslos und schwer zu fassen. Sie kannten lediglich seinen Namen.

Der Wolfsjäger.

„Wir werden ihn dafür büßen lassen, Stefan.“ Marco kniete sich neben den leblosen Körper, den jemand wie einen Haufen Abfall achtlos in der Gasse zurückgelassen hatte, direkt neben einer mit Bratfett verschmierten und vor schimmelndem Gemüse überquellenden Mülltonne. Sanft strich Marco mit einer Hand über das weiche schwarze Fell am Kopf des Wolfes. Man konnte nicht nachweisen, welche Person sich in dieser Wolfsgestalt verbarg – wen der Wolfsjäger getötet hatte – denn mit der Gestalt veränderte sich auch die DNA eines Shifters. In ihrer Menschenform waren sie vollkommen menschlich und in ihrer Wolfsform durch und durch Tier, es gab keine Verbindung zwischen den beiden. Genau aus diesem Grund ermahnte Marco sein Rudel ständig, sich von der Polizei fernzuhalten – denn die würden sie zum Shiften zwingen, sodass sie die beiden DNA-Strukturen einander zuordnen konnten. Dieses Wissen könnte die Polizei dann gegen sie verwenden und ihnen womöglich irgendein Verbrechen anhängen, um sie hinter Gitter zu bringen. Und das Gefängnis war für Shifter ein sicheres Todesurteil.

Doch ohne jegliche Verbindung gab es natürlich auch keinen Beweis, dass sich hinter diesem Wolf sein ermordeter Freund verbarg, und nicht nur ein Tier. Genau diese Tatsache nutzte der Wolfsjäger aus, wenn er Shifter in den Straßen von

Seattle aufgriff... und sie in ihrer Wolfsgestalt tötete.

„Ich werde dich rächen, Christoph“, flüsterte Marco seinem toten Freund zu. Dann strich er mit der Hand über dessen glasige, immer noch geöffnete Augen. Das Rudel vermisste ihn bereits seit einer Woche und seinem Aussehen nach zu urteilen hatte der Wolfsjäger ihn gefoltert. Seinem Körper war übel mitgespielt worden – er war mit blutigen roten Striemen überzogen, die verheilt, wieder aufgerissen und erneut verheilt waren. Christophs Kopf war von gewaltigen Prellungen entstellt und angeschwollen. Es war verdammt schwer, Shifter-Wölfe zu töten, was bedeutete, dass sich ihr Sterben sehr lange hinziehen konnte. Eines Tages würde Marco höchstpersönlich dem Wolfsjäger mit seinen Fangzähnen die Kehle rausreißen... doch erst nachdem dieses Arschloch genauso lange gelitten hatte wie Christoph.

„Es wird immer schlimmer.“ Stefans Klauen waren noch immer ausgefahren und lechzten nach Rache. „Und sie werden raffinierter.“

Sein Beta hatte recht – das hier war der dritte Wolf in ebenso vielen Wochen. Die ersten beiden waren leichtere Opfer gewesen: Meredith, eine ältere Wölfin, die ein Lebensmittelgeschäft in seinem Revier gehabt hatte, und Timmy, ein Welpe, der noch in die Shifter-Schule gegangen war, die Marco für sein großes und schnell wachsendes Rudel gegründet hatte. Aber Christoph... Christoph war ein ausgewachsener männlicher Shifter. Er hatte sich mit Sicherheit nicht kampflos ergeben. Es waren garantiert mehr als nur ein oder zwei Arschlöcher dieser Wolfsjäger-Anhänger nötig gewesen, um ihn zu überwältigen.

Marcos innerer Wolf knurrte und verlangte Rache. „Wir müssen sie auf frischer Tat ertappen. Ihr Versteck finden und sie dann ausradieren.“ Er zog sein Handy aus der Hosentasche, um nachzusehen, wie spät es war. „Aber jetzt muss ich erstmal zurück… gleich ist Schulschluss und ich habe Aufsicht.“

„Ich auch.“ Ohne den Blick von Christophs Körper abzuwenden schüttelte Stefan traurig den Kopf. „Zum Glück ist die Schule nicht irgendwo am Rand unseres Territoriums, wo sie Christoph geschnappt haben. *Scheiße.* Ich hatte wirklich geglaubt, Cruz‘ Rudel würde bloß etwas die Muskeln spielen lassen. Ich hätte nicht gedacht...“

Sie alle hatten geglaubt – *gehofft* – dass Christoph zurückkommen würde. Und wenn es nur eine Machtdemonstration einer anderen Gang gewesen wäre, weil Christoph sich versehentlich in ihr Revier verirrt hatte, wäre es möglich gewesen...

Doch das hier war etwas völlig anderes.

„Nein, das war definitiv der Wolfsjäger“, knurrte Marco und stand auf. „Cruz hätte ihn nicht einfach hier abgelegt, ohne uns wissen zu lassen, dass *er* dahintersteckt. Aber ich sollte mich trotzdem mit ihm treffen. Cruz ist zwar ein brutales Arschloch, aber er ist nicht dumm. Der Wolfsjäger ist für uns beide ein Problem. Soweit ich weiß, sind auch welche von seinen Leuten verschwunden.“ Marco seufzte. Kontakt zu Cruz aufzunehmen war zwar gefährlich, doch es ging nicht anders. „Aber eins nach dem anderen. Sobald wir mit der Aufsicht am Schulweg fertig sind, will ich, dass du ein Netzwerk aus Wachposten einrichtest. Wir müssen jede einzelne Straße im Auge behalten.“

Stefan runzelte die Stirn. „Das wird unseren Leuten einiges abverlangen.“

„Ich weiß.“ Marco schüttelte den Kopf. Es war ein verfluchtes Schlamassel. „Aber hast du eine bessere Idee?“ Es war nicht als Provokation gemeint – Marco war zwar der Alpha, doch Stefan war clever. Und ein kluger Alpha machte sich die individuellen Fähigkeiten seines Rudels zunutze.

„Nicht wirklich“, sagte Stefan mit finsterem

Blick. „Ich will dieses verdammte Wolfsjäger-Arschloch einfach nur kaltmachen."

„Sollten wir je die Chance dazu bekommen, beanspruche ich den ersten Schlag bei diesem Wichser."

Stefan nickte und starrte weiter finster auf den toten jungen Wolf zu ihren Füßen. Christoph war erst kürzlich zum Rudel gestoßen, doch er war absolut loyal gewesen. Ähnlich wie Stefan, dem Marco mit seinem Leben vertraute.

Vor Jahren, nachdem Marco seinem Vater, Donald Wilding, ein für alle Mal gesagt hatte, dass er nichts mehr mit ihm zu tun haben wollte, hatte er seine Sachen gepackt, das durchgeknallte Wilding-Rudel verlassen, und war hier gelandet, in der Innenstadt Seattles, im härtesten aller Shifter-Viertel. Stefan war damals schon hier gewesen, ebenfalls elternlos, wenn auch nicht aus eigener Entscheidung, und die beiden hatten sich sofort wie Brüder gefühlt. Gemeinsam hatten sie den grausamen Bandenchef getötet, der über die Shifter dieser Gegend geherrscht hatte, und Marco war zum neuen Alpha des Rudels geworden. Seitdem arbeiteten er und Stefan daran, jedem Wolf einen sicheren Hafen bieten zu können, der bereit war, ihm die Treue zu schwören und sich dem Rudel anzuschließen.

Marco war gerade einmal achtzehn Jahre alt gewesen, als er zum Alpha wurde, doch sein Rudel hatte sich prächtig unter ihm entwickelt und wuchs stetig. Der Ruf des Rudels, dass es nicht nur eine Chance zum Überleben, sondern auch eine Familie bot, zog besonders die Shifter an, die von der Gesellschaft verstoßen worden waren. Daher musste er sein Rudel auch nicht wie manch anderer Alpha mit eiserner Faust regieren. Und jetzt, wo der Wolfsjäger und seine Anhänger die Straßen unsicher machten, war der Bedarf nach einer sicheren Zuflucht größer denn je.

Die letzten Wochen waren besonders schlimm gewesen. Seine Cousine Terra Wilding war wie aus dem Nichts aufgetaucht und hatte Fotos von seinem Rudel gemacht… und diese dann für die reichen Kunstliebhaber dieser Stadt ausgestellt. Marco hatte sich mit ihrem *Menschen von Seattle*-Projekt einverstanden erklärt, weil er gehofft hatte, dass es manche Menschen, die sich ängstlich in ihren Häusern in den Vororten verkrochen, davon überzeugen würde, dass es keine Entschuldigung dafür gab, Shifter wie Tiere zu behandeln. Terra hatte alle Fotomodelle in ihrer Wolfsgestalt fotografiert und dazu deren Lebensgeschichte dokumentiert, in der Hoffnung, dass es sie menschlicher wirken lassen würde. Und es war zwar schwer zu sagen, aber… vielleicht funktionierte es ja wirklich. Zumindest war die Ausstellung laut der Presse ein riesiger Erfolg und schien tatsächlich bei einigen Leuten Sympathien für Shifter zu wecken. Insbesondere nachdem Terra vom Wolfsjäger persönlich entführt worden war. Seattles Bürgermeister hatte sogar versprochen, die Anti-Shifter-Gesetze der Polizei zu reformieren. Doch das würde Marco erst glauben, wenn er es mit eigenen Augen sah. Schließlich waren es am Ende *seine Leute*, die zu leiden hatten. Denn der Wolfsjäger war jetzt besonders hinter seinem Rudel her – seiner *wahren* Familie – und tötete einen nach dem anderen.

Er gab Terra keine Schuld daran, doch ihre Bilder hatten sein Rudel definitiv ins Fadenkreuz gerückt.

Marco blickte finster auf Christophs Leiche hinab. „Ich verstehe einfach nicht, woher der Wolfsjäger weiß, wer von uns ein *Wolf* ist und wer nicht."

Stefan schüttelte den Kopf. „An der Ausstellung kann es nicht liegen. Die liefert zu wenig Anhaltspunkte, um uns individuell zu identifizieren. Es muss jemanden geben, der unseren Unterschlupf ausspioniert." Das Hauptquartier von Marcos Gang befand sich in einem riesigen Supermarkt, den er in ein Zuhause für sein Rudel umgebaut hatte. Er gab sich alle Mühe, um ihnen ein Dach über dem Kopf zu bieten und dafür sorgen zu können, dass alle genug zu essen hatten. Es war nicht immer leicht – und manche seiner Bemühungen waren auch nicht ganz legal – aber er war fest entschlossen, das Überleben seiner Leute zu sichern.

Doch die wachsende Gefahr durch den Wolfsjäger drohte, all dies zunichte zu machen.

„Falls es tatsächlich einen Spitzel gibt, müssen wir ihn unbedingt finden. Und wir müssen uns ebenfalls raffinierter anstellen, in allen Belangen." Marcos Handy piepte – die Erinnerung daran, dass seine Schicht als Schülerlotse bald begann. „Komm, jetzt bringen wir erstmal die Aufsicht hinter uns und dann gehen wir zurück nach Hause und überlegen uns einen Schlachtplan."

„Klingt gut." Stefan holte sein eigenes Handy hervor. „Ich kümmere mich darum, dass jemand Christoph hier abholt. Und dann müssen wir seine Bestattung organisieren."

Noch eine. Drei Beerdigungen in drei Wochen. Sie setzten ihre Brüder und Schwestern in den Olympic Mountains bei, wo sie in Frieden ruhen konnten. Keine Namen. Keine Grabsteine. Kein gebührendes Friedhofsbegräbnis, weil sie als *Wölfe* gestorben waren.

Selbst das hatte der Wolfsjäger ihnen genommen.

Der Gedanke daran ließ den Wolf unter Marcos Haut vor Wut rasend werden.

Er entsperrte sein Handy und rief den Leiter der Schülerlotsen an. „Hey Anthony, Stefan und ich sind jetzt auf dem Weg." Die Heimwege der Kinder waren klar abgesteckt – von dem roten Backsteinhaus, das ihnen als Schule diente, bis zu ihren Wohnungen in einem der schäbigen Mietshäuser, die sie ihr Zuhause nannten. Für viele ging es aber auch zurück in die Gang-Unterkunft. „Und nur um dich schon mal vorzuwarnen, wir haben Christoph gefunden."

„Scheiße."

Marco musste nicht erwähnen, dass sie ihn tot aufgefunden hatten. Mit so etwas wurde mittlerweile gerechnet. Und Marco spürte, wie die Angst sein Rudel zermürbte, als würde ihm förmlich die Lebensenergie entzogen. Der Unterwerfungsbund mit diesen einhundert Shiftern – mit jedem Mitglied seines schnell wachsenden Rudels – erfüllte ihn buchstäblich mit magischer Energie, und diese

Kraft brauchte er, um ihr Revier zu verteidigen. Doch mit jedem weiteren Tag, den sich diese Sache hinzog, mit jedem Freund, den sie beerdigen mussten, wurde ihr Vertrauen in ihn erschüttert. Und dass er *noch immer* keine Partnerin gefunden hatte, half ihm auch nicht gerade. Normalerweise würde niemand von einem einundzwanzigjährigen Alpha erwarten, sich bereits fest zu binden, doch Marco hatte Verpflichtungen, die weitaus größer waren als die seiner Altersgenossen. Die Macht eines Paarungsbundes würde sein Rudel beruhigen und seinen Leuten versichern, dass er alles hatte, um sie auch weiterhin anzuführen.

Und sie *mussten* einfach zusammenhalten.

Shifter hatten schon immer aufeinander achtgegeben, doch jetzt, da sie im Internet und auf den Straßen zur öffentlichen Zielscheibe geworden waren, mussten sie erst recht an einem Strang ziehen... und die Sorge um sein persönliches Liebesleben verblasste im Vergleich dazu. Marcos Wolf verzog sich mürrisch in eine Ecke und erinnerte ihn daran, dass es für ihn eigentlich keine Option war, auf die langwierige Suche nach einer Seelenverwandten zu gehen. Die Sicherheit seines Rudels hatte Vorrang.

Er musste eine Partnerin finden. *Und zwar bald.*

Stefan steckte sein Handy weg. „Antonio kommt und kümmert sich um Christoph“, sagte er grimmig.

„Okay, dann lass uns gehen.“ Sie hatten nur noch wenige Minuten, bis sie auf ihrem Aufsichtsposten entlang des Schulwegs sein mussten.

Marco und Stefan eilten durch Seitengassen und überquerten mehrere Straßen, vorbei an leerstehenden, mit Brettern verbarrikadierten Geschäften, und den vereinzelten Läden oder Supermärkten, die noch geöffnet hatten. Menschen weigerten sich in der Regel, Shifter einzustellen, und vermieden es auch, wenn nur irgend möglich, in deren Nähe zu wohnen. Das langsame Aussterben von Marcos Revier war daher nichts Ungewöhnliches, sondern nur eine natürliche Folge dessen, dass Menschen überall dort wegzogen, wo Shifter sich niederließen. Die meisten Shifter seines Rudels waren hier gelandet, weil sie keinen Job oder keine Alternativen mehr hatten, doch manche von ihnen gingen noch immer einer Arbeit außerhalb des Reviers nach und pendelten dann in die Innenstadt zurück, um dem Rudel nah zu sein. Mit ihrem Geld konnten die wenigen Geschäfte unterstützt werden, die noch geblieben waren, und entweder von Shifter-

Sympathisanten oder von Shiftern selbst betrieben wurden.

Aber es reichte hinten und vorne nicht, um alle zu versorgen – weswegen Marco notgedrungen seine Beziehungen zu Seattles Schwarzmärkten nutzte, wo sie mit Drogen, gestohlenen Autoteilen und anderen gefragten Dingen handelten. Und jetzt wurden auch noch die letzten seriösen Läden im Revier vom Wolfsjäger bedroht... so wie der von Meredith. Ihr Partner hielt das Geschäft zwar mit der Hilfe einiger Rudelmitglieder am Laufen, doch der Mann war in Trauer – er hatte seine Seelenverwandtc verloren, seine Partnerin, die über dreißig Jahre an seiner Seite gestanden hatte… und das forderte seinen Tribut. Jedes Mal, wenn Marco in die leere Miene des Mannes blickte, wollte er die Folter, die er für den Wolfsjäger geplant hatte, um eine weitere Stunde verlängern, bevor er ihm schließlich erlauben würde, zu sterben.

Marco und Stefan beschleunigten ihre Schritte, um rechtzeitig zu ihrem Aufsichtsposten zu gelangen. In einer Seitenstraße, einen Block von der Hauptstraße entfernt, die sich durch die Innenstadt zog, bezogen sie Stellung. Ethan, das Kind, das diese Route nahm, wurde von den Schülerlotsen den gesamten Heimweg über nicht aus den Augen gelassen. Marco ging bei den Kindern kein Risiko mehr ein – er wollte, dass sie ständig beobachtet wurden. Er überprüfte die Uhrzeit auf seinem Handy. Sie hatten es rechtzeitig geschafft.

Der Block bestand größtenteils aus alten Mietshäusern, die zur Hälfte verlassen und zur Hälfte von Shiftern bewohnt waren. Ethan war erst zwölf Jahre alt und ein vollblütiger Shifter, aber noch nicht in der Pubertät, weshalb ihm der typische muskulöse Körperbau noch fehlte, den sich männliche Wölfe beim Heranwachsen aneigneten. Um über die Runden zu kommen, arbeiteten seine Eltern täglich bis spät abends außerhalb des Reviers, daher war Ethan wie viele andere Welpen hier ein Schlüsselkind. Dabei konnte Ethan sich glücklich schätzen, überhaupt zwei Elternteile zu haben. Die Hälfte der Kinder verbrachten ihre Nachmittage in der Gang-Unterkunft, wo ihnen ältere Shifter bei den Hausaufgaben halfen oder mit ihnen herumtobten, damit die Kinder lernen konnten, ihren Wolf zu kontrollieren, und sich andere überlebenswichtige Fähigkeiten aneigneten.

Merediths Lebensmittelgeschäft befand sich direkt um die Ecke und Marco nahm sich vor, dort noch vorbeizuschauen, um nach ihrem Partner zu sehen. Es würde nur eine Minute dauern, vielleicht konnte er Ethan einfach dorthin mitnehmen.

„Ich habe nachgedacht", sagte Stefan mit einem Blick auf sein Handy, um die Uhrzeit zu kontrollieren. Ethan sollte jeden Moment zu sehen sein. „Viele dieser Kinder sind nachmittags allein zu Hause. Vielleicht können wir eine Art Netzwerk mit ihnen aufbauen. Ein paar Walkie-Talkies besorgen und—" Stefan hielt abrupt inne, als auf einmal ein weißer Transporter um die Kurve schlitterte und dann eine Vollbremsung hinlegte. „Was zur Hölle?"

Genau in dem Moment kam auch Ethan um die Ecke geschlendert. Zwei Männer mit Sturmmasken und schwarzer Kampfausrüstung sprangen aus dem Heck des Transporters und rannten auf das Kind zu.

„Los, los, los!", schrie Marco, während er seine Pistole hinten aus dem Hosenbund zog und auf den Jungen zustürmte. *Scheiße!* Sie waren fast einen Block entfernt und die Gangster hatten sich bereits auf Ethan gestürzt – Marco konnte nicht schießen, ohne zu riskieren, das Kind zu treffen. Da kam plötzlich eine junge Frau mit langen honigbraunen Haaren um die Ecke, ließ die Einkaufstüten, die sie auf den Armen getragen hatte, achtlos fallen, und begann, auf Ethan und die beiden Männer zuzurennen.

Verblüfft sah Marco, wie sich dieses drahtige Mädchen, das nicht viel kräftiger aussah als Ethan, auf einen der Kidnapper stürzte und ihm einen ordentlichen Tritt gegen die Brust verpasste. Ethan konnte sich losreißen, doch der zweite Mann packte ihn, bevor er davonlaufen konnte. Marco und Stefan waren fast bei ihnen, doch das Mädchen – dieses völlig durchgeknallte Mädchen – prügelte weiter mit Händen und Füßen auf den ersten Entführer ein. Als dieser sie zu packen bekam und hochhob, konnte Marco sehen, wie zierlich sie war – ein dünnes, kleines Ding – und dennoch drosch sie weiter wie wild auf den Mann ein. Aber sie hatte keine Chance, diesen Kampf zu gewinnen.

Dann shiftete sie. Sie wurde direkt in den Armen des Typen zur Wölfin, zerkratzte ihm das Gesicht und ging mit den Reißzähnen auf seine Kehle los. Dieses Mädchen war wirklich knallhart... und Marco hatte keine Ahnung, wer sie war.

Stefan hatte gerade Ethan und den zweiten Entführer erreicht, als plötzlich zwei weitere Typen aus dem hinteren Teil des Transporters sprangen. Die beiden stürzten sich auf Stefan, während der andere das Kind zum Wagen zerrte. Marco hatte noch immer keine freie Schussbahn, also steckte er seine Waffe weg und rannte mit fest auf Ethan gerichtetem Blick an Stefan und dem Mädchen vorbei, die immer noch mit den Entführern kämpften. Der Junge wehrte sich, doch er war nicht geshiftet – Marco hatte allen eingetrichtert, in menschlicher Gestalt zu bleiben. Es war zu leicht für jemanden, damit davonzukommen, wenn er sie in ihrer Wolfsgestalt tötete.

Der Kerl hatte Ethan schon fast in den Transporter geschleppt, als Marco sie erreichte und dem Kidnapper einen Schlag verpasste, der ihn weit genug ausknockte, dass Marco den Jungen befreien konnte.

„Renn!", befahl Marco ihm. Ethan raste wie der Blitz davon... blieb allerdings am Ende des Bürgersteigs schon wieder stehen. Der Entführer berappelte sich wieder und kam jetzt mit einer Art langläufigen Pistole aus dem Transporter zurück. Marco packte die Waffe, woraufhin sich ein Schuss daraus löste – doch sie schien einen Schalldämpfer zu haben, denn es war lediglich ein seltsames Zischen zu hören. Marco entriss dem Mann die Pistole und schlug ihm damit so heftig ins Gesicht, dass dieser rücklings durch die offene Tür in den Transporter kippte. Daraufhin drehte sich der Kerl auf dem Fahrersitz herum und zielte mit einer ähnlichen langläufigen Waffe auf Marco. Er wirbelte herum und ging hinter der halb geöffneten Hecktür des Transporters in Deckung. Schon wieder dieses *Zischen*. Das waren keine normalen Schüsse – diese verdammten Dinger mussten Betäubungspistolen sein.

Mittlerweile hatten die beiden anderen Angreifer Stefan zu Boden gedrückt und er stand kurz davor, seinen Kampf zu verlieren. Marco eilte ihm zu Hilfe und rammte einem von ihnen die Betäubungspistole gegen den Kopf und schickte ihn zu Boden, doch ein erneutes Zischen ließ Marco aufblicken. Die Wolfsgestalt des Mädchens war in den Armen des ersten Entführers zusammengesackt und wurde jetzt von ihm in Richtung Transporter geschleppt.

Marco hob seine langläufige Pistole. „Lass das Mädchen los!"

Als der Mann ihn ignorierte, feuerte Marco und landete einen sauberen Treffer, der den Mann und das Wolfsmädchen neben dem Transporter zu Boden gehen ließ. Geduckt rannte Marco zu ihr, um nicht in das Schussfeld des Fahrers zu geraten, der noch immer versuchte, auf ihn zu zielen. Als er bei ihr war, hob er sie mit einem Arm vom Boden hoch und ließ die Waffe fallen, um dem Typen, der sich von hinten auf ihn stürzen wollte, seine Krallen durchs Gesicht zu ziehen. Er und der andere Angreifer hatten von Stefan abgelassen, um dem ersten am Boden liegenden Entführer zur Hilfe zu eilen. Marco kämpfte sich an ihnen vorbei und zog das Mädchen mit sich zu Stefan, der gerade wieder auf die Beine kam.

Marco überreichte seinem Beta den reglosen Wolfskörper des Mädchens.

Die Männer zerrten ihren bewusstlosen Partner durch die offene Hecktür in den Transporter. Sobald sie drin waren, fuhr der Wagen mit quietschenden Reifen los, während die Männer die Tür hinter sich zu knallten. Marco zog seine eigene Waffe hervor und versuchte, auf die Reifen zu zielen, bevor sie flüchten konnten. Doch der Transporter verschwand zu schnell um die Ecke und er wollte keinen Querschläger riskieren. Nicht in diesem Viertel. In den Häusern um sie herum lebten zu viele Shifter mit kleinen Kindern.

Sie waren entkommen.

Scheiße.

Stefan hatte das Wolfsmädchen vor seinen Füßen abgelegt. Ihr Fell hatte dieselbe honigbraune Farbe wir ihre Haare. Als er sich hinkniete, um sie nach Wunden abzusuchen, fand er rasch den Pfeil, der in ihrer Flanke steckte. Er zog ihn heraus und warf ihn beiseite.

Ethan kam zu ihnen herübergeeilt. „Ist sie in Ordnung?“ Sein junges Gesicht verzerrte sich vor Sorge – was Marco beinahe zum Lächeln gebracht hätte. Ethan würde eines Tages einen guten Partner abgeben. Er machte sich mehr Sorgen um das Mädchen als um sich selbst... auch wenn Marco sehen konnte, dass die Hände des Jungen zitterten.

„Die wird schon wieder“, sagte Marco. „Das war nur irgendein Betäubungspfeil. Aber wahrscheinlich wird sie noch eine Weile bewusstlos sein. Kennst du sie?“

Ethan schüttelte den Kopf. *Nein.*

Stefan blickte stirnrunzelnd auf sie hinab. „Hast du gesehen, wie sie auf die Typen losgegangen ist?“

Marco hatte es nicht nur gesehen, er war ziemlich beeindruckt gewesen. Und, wie er zumindest sich selbst eingestehen musste, auch ein wenig angetörnt.

„Scheiße, ja“, sagte Marco und ließ Anerkennung in seiner Stimme mitschwingen. Das Mädchen hatte selbstlos ihre Einkäufe beiseite geworfen, um einem Kind, das sie nicht einmal kannte, zur Hilfe zu eilen und zu verhindern, dass es entführt wurde. „Ich weiß nicht, ob wir es geschafft hätten, diese Typen aufzuhalten, wenn sie sich nicht dazwischengeworfen hätte.“ Mit dem Kopf deutete Marco auf das geplatzte Netz Orangen und die Ramen-Packungen, die sich auf dem Bürgersteig verteilt hatten. „Ethan, mein Mann, würdest du die Einkäufe dieser netten Frau aufheben? Sie hätte sie bestimmt gerne wieder, wenn sie aufwacht.“

Ethan nickte eifrig und hastete los, um die verstreuten Einkäufe aufzusammeln.

Dann shiftete das Mädchen plötzlich wieder in ihre menschliche Gestalt. Marco sprang auf und machte einen Schritt zurück. Shifter shifteten nicht, während sie bewusstlos waren. Egal in welcher Gestalt sie sich befanden, sie behielten sie bei, bis sie wieder zu sich kamen. Stefan und er sahen beide mit offenem Mund zu, wie sie mehrmals hin und her shiftete – von Wolf zu Mensch, Mensch zu Wolf – bis sie schließlich in ihrer Menschengestalt blieb.

Welche nackt, wunderschön, und verdammt heiß war. Trotz ihrer drahtigen und muskulösen Statur war sie an genau den richtigen Stellen kurvig – und ihre schlanke, weibliche Stärke hatte sofort die ungeteilte Aufmerksamkeit seines Wolfes.

Dann wurde ihm klar, dass er den nackten Körper einer bewusstlos auf der Straße liegenden Frau anstarrte. *Gar nicht cool, Marco.*

Er sah zu Stefan, der die Augenbrauen hochgezogen hatte.

Marco knurrte ihn an: „Los, hör auf rumzusabbern und hol ihre Klamotten."

Stefan schnaubte lachend. „Fragt sich nur, wer hier rumsabbert." Doch er lief los, um ihre Kleidung zu holen, die noch an der Stelle lag, wo sie das erste Mal geshiftet war.

Ethan kehrte zurück, eine mit den Einkäufen gefüllte Plastiktüte in den Händen, blieb dann aber abrupt stehen und starrte perplex und mit offenem Mund auf den nackten Körper der jungen Frau.

Marco sah ihn streng an. „Dreh dich um, Ethan. Gib dem Mädchen etwas Privatsphäre."

Ethan zuckte zusammen, als hätte er einen Stromschlag bekommen, und drehte dem Mädchen den Rücken zu.

Marco musste sich zusammenreißen, um nicht lachend loszuprusten.

Stefan grinste immer noch, als er mit der Kleidung zurückkehrte. „Als Alpha hast du natürlich ein Vorrecht auf, nun ja, *alles*, was diese besondere Situation verlangt. Aber ich hätte absolut nichts dagegen, dir diese Verpflichtung abzunehmen.“ Er sprach davon, das Mädchen wieder anzuziehen. Was offensichtlich erledigt werden musste, aber das würde er *auf keinen Fall* Stefan machen lassen.

Marco riss ihm die Anziehsachen aus den Händen. „Halt die Klappe.“

Stefan schnaubte erneut, drehte sich dann um und legte Ethan seinen Arm um die noch immer zitternden Schultern. Das Kind hielt die Einkäufe fest, als hinge sein Leben davon ab.

„Komm, Kurzer“, sagte Stefan. „Wir bringen dich zurück in die Unterkunft. Marco kommt dann mit dem Mädchen nach... wenn er mit Sabbern fertig ist.“ Er warf einen Blick über die Schulter und wackelte mit den Augenbrauen.

Marco bedachte ihn zum Abschied mit einem genervten Zähnefletschen.

Als sie davongingen, rieb Marco sich mit einer Hand übers Gesicht. Er musste es irgendwie schaffen, dieses unbekannte, schöne Mädchen anzuziehen, ohne sich dabei wie ein Perverser anzustellen. Dann entschied er, dass es umso besser war, je schneller er es hinter sich brachte. Also zog er ihr so schnell es ging die Anziehsachen über, wobei er seinen Händen nicht erlaubte, irgendwo länger zu verweilen, und seinem dämlichen Wolf befahl, mit diesem verdammten lüsternen Winseln aufzuhören. Dann hob Marco sie vom Bürgersteig auf und hielt ihren schlanken und muskulösen Körper an seine Brust.

Augenblicklich jaulte sein Wolf zustimmend auf.

Oh, Mann. Er hatte noch nicht einmal mit diesem Mädchen gesprochen und sein Wolf war schon bereit, sie zu seinem Weibchen zu machen.

Während er sie die vier Blocks zur Gang-Unterkunft trug, betrachtete er ihr Gesicht genauer und versuchte zu verstehen, wie eine so umwerfende Frau ohne sein Wissen in sein Revier hatte kommen können. Hatte sie keinen Partner? War sie schon lange hier? Verlor er den Kontakt zu seinem Rudel? Eigentlich sollte er über alles Bescheid wissen, was in seinem Revier vor sich ging. Die Sache mit dem Wolfsjäger hatte ihn offenbar ziemlich eingenommen.

Eines stand jedoch fest – er wollte dieses Mädchen in seinem Rudel haben. *Unbedingt.* Sie war eine Wahnsinnskämpferin und so unglaublich heiß, dass sein Wolf sie jetzt schon für sich beanspruchen wollte. Zweifellos würde auch jeder andere männliche Shifter in seinem Rudel hinter ihr her sein, daher war es gut, dass er ihr als erster begegnet war.

Als Alpha hatte er traditionell ein Vorrecht auf alle ungepaarten Shifterinnen in seinem Revier – ein Anrecht, das er in erster Linie dazu benutzte, um sie vor den notgeilen Avancen anderer Rudelmitglieder zu schützen. Zumindest bis das Weibchen entschieden hatte, wen sie zum Partner haben wollte. Anders als das Monster, das dieses Revier regiert hatte, bevor Stefan und er ihn gestürzt hatten, glaubte Marco nicht an Zwangspaarungen. Doch die Traditionen waren tief verwurzelt und er nutzte sie, um alles zivilisiert zu halten. Sein Rudel mochte am Rande der Gesellschaft leben, doch das war kein Grund, sich wie Wilde zu verhalten.

Dieses Mädchen war in seinem Revier und unter seinem Schutz sicherer als sonst irgendwo in der Stadt. Auch wenn die Art, wie sie diese Typen verprügelt hatte, ihn vermuten ließ, dass sie daran gewöhnt war, sich alleine durchzuschlagen.

Was seinen Wolf nur noch interessierter hecheln ließ.

Wenn sie wieder aufwachte, würde er eine ganze Reihe Fragen an dieses Mädchen haben.

Kapitel Zwei

Julia wachte ruckartig auf und saugte erschrocken Luft in ihre Lungen, als wäre sie kurz vor dem Ertrinken gewesen.

Sie befand sich in einem winzigen Raum und lag auf einer schmalen Pritsche mit einer kratzigen Decke unter sich. Ihr gegenüber saß ein riesiger Typ, mit mehr Muskeln als sie je zuvor bei einem Mann gesehen hatte.

Oh, Scheiße.

Ein rascher Blick durch den Raum zeigte ihr, dass sie mit ihm allein war – keine Spur von dem Jungen. Sie hätte sich nicht einmischen sollen. Es hatte offensichtlich nicht geholfen und nur dazu geführt, dass sie jetzt beide gefangen waren.

Was zur Hölle hatte sie sich nur dabei gedacht?

Die Antwort lautete: *nichts.* Sie hatte einfach nur reagiert, weil Kinder zu entführen das absolut Letzte war.

Trotz seiner breiten Schultern und den massigen Muskeln wirkte der Typ ihr gegenüber noch recht jung. Er war gerade mit seinem Handy beschäftigt gewesen, als sie aus ihrer Bewusstlosigkeit aufgeschreckt war.

Jetzt schob er es zurück in seine Hosentasche. „Hey, du bist wach."

Der Plastikstuhl, auf dem er saß, sah ziemlich klapprig aus. Wahrscheinlich würde sie nur eine einzige Chance bekommen, ihn zu überrumpeln.

Julia katapultierte sich mit aller Kraft von ihrer Liege hoch und trat ihm mit ausgestrecktem Bein in den Magen. Mit einem Schnaufen entwich ihm sämtliche Luft, während sein Stuhl nach hinten rutschte und gegen die Wand krachte. Durch den Tritt verlor Julia das Gleichgewicht und fiel zu Boden, doch sie war gewappnet, sprang umgehend wieder auf und hechtete zur Tür.

Wenn sie es nur nach draußen schaffen konnte—

Aber gerade, als sie die Tür erreicht hatte, packte er sie von hinten. Sie wirbelte herum und erwischte ihn mit einem wuchtigen Faustschlag im

Gesicht, der seinen Kopf zur Seite kippen ließ. Dann versuchte sie, ihr Knie hochzuziehen, um es ihm zwischen die Beine zu rammen, doch er wich ihrem Tritt aus und zog sie mit seinen massiven Armen an sich. Sie wehrte sich gegen seinen Griff, konnte sich aber nicht befreien – *verdammt*, war dieser Typ stark.

Er trug zwar seine Kampfausrüstung und die Maske nicht mehr, doch sie war sich sicher, dass er vorhatte, ihr wehzutun – Gangster, die Kinder entführten, schreckten wahrscheinlich auch nicht vor Vergewaltigungen zurück. Mit ihrer Verzweiflung wuchs auch die Kraft, mit der sie sich zu befreien versuchte, doch es half alles nichts – mit beiden Händen packte er ihre Arme, presste sie an ihre Seiten und drängte sie zurück auf die Pritsche. Sein massiger Körper tat den Rest, drückte sie mit seinem Gewicht herab und machte es endgültig sinnlos, sich zu wehren.

Fuck.

Ein leichtes Lächeln lag auf seinem Gesicht. „Du musst mich nicht bekämpfen."

Doch wenn er glaubte, dass sie sich kampflos ergeben würde, irrte er sich gewaltig.

Und plötzlich stieg ihr Biest in ihr auf, wahrscheinlich als Reaktion auf das Gefühl, in die Enge gedrängt zu sein, so wie zuvor beim Transporter, als dieser Kerl sie mit irgendetwas betäubt hatte. Wild und unaufhaltsam kam es an die Oberfläche – genau wie damals, als sie völlig die Kontrolle verloren und ihr Leben ruiniert hatte. Ein Ereignis, nach dem es für sie stetig bergab gegangen war, bis sie schließlich hier gelandet war. Sie versuchte, zu verhindern, dass es nochmal geschah, denn selbst wenn dieser Typ sie womöglich vergewaltigen würde, wusste sie nicht, ob sie es verkraften konnte, das Blut eines weiteren Menschen an ihren Händen zu haben. *Buchstäblich.* Sie war sich nicht sicher, ob ihre Psyche das aushalten würde. Es könnte das Fass zum Überlaufen bringen und sie unwiderruflich in eine Bestie verwandeln.

Sie zog die Luft durch die Zähne ein und versuchte, sich zu beruhigen und ihre innere Wölfin im Zaum zu halten, doch es war zwecklos – Angst und Panik wuchsen weiter in ihr an, bis ihre Wölfin schließlich aus ihr herausbrach und sie direkt unter dem Mann shiftete. Ihre Krallen und Fangzähne kamen hervor und zerfetzten sein dünnes T-Shirt, während sie nach dem weichen, entblößten Fleisch an seiner Kehle schnappte.

„*Scheiße*“, keuchte er und versuchte angestrengt, sie weiterhin festzuhalten. *Dann shiftete er ebenfalls.*

Was zum... Er war ein Shifter? *Heilige Scheiße.* Jetzt stieg erst recht Panik in ihr auf. Sie krallte sich in ihn, biss und kratzte, doch es dauerte nicht einmal eine Sekunde, bis er sie wieder nach unten gedrückt und ihre Kehle zwischen seinen Fangzähnen hatte.

Sie erstarrte.

Ich werde dir nicht wehtun, sagte eine Stimme in ihrem Kopf.

Entsetzt fuhr sie zusammen. *Gütiger Himmel.* Konnte er etwa in ihren Verstand eindringen? Ihr Herz hämmerte wie ein Presslufthammer in ihrer Brust.

Shifte zurück in deine menschliche Gestalt und ich lasse dich los, sagte die Stimme.

In den Worten lag ein Befehlston, der sie durchdrang und irgendwie ihre Wölfin ansprach – die sich ihm offenbar nicht widersetzen wollte. Und es war mehr dieser Befehl als ihr eigener Wille, der sie wieder in ihre menschliche Form shiften ließ.

Er wich zurück und ließ sie nackt und allein auf der Pritsche liegen, während er ebenfalls in seine Menschengestalt zurückshiftete. Dann wandte er ihr schnell den Rücken zu, doch nicht bevor sie seinen gewaltigen Ständer bemerken konnte, den er offensichtlich zu verbergen versuchte. Sie verstand immer weniger, was hier vor sich ging, vor allem nicht, warum ihre sich Wölfin ohne zu murren in die Tiefen ihres Inneren zurückzog, einfach nur, weil er es befohlen hatte.

Immer noch mit dem Rücken zu ihr hob der Mann seine Kleidung auf. „Zieh dich an", sagte er heiser. „Ich werde dir nicht wehtun."

Sie zögerte, während das Adrenalin noch immer in Wellen durch ihren Körper pulsierte, doch dann beeilte sie sich, ihre Anziehsachen aufzusammeln, die beim Shiften neben die Pritsche gefallen waren. Sie drückte die Klamotten gegen ihre Brust, um ihre Nacktheit zu bedecken, und rutschte zum hinteren Ende der Pritsche – so weit weg von ihm, wie sie nur konnte. Sie war sich nicht sicher, ob sie sich anziehen oder einen weiteren Fluchtversuch unternehmen sollte, solange er ihr den Rücken zugekehrt hatte.

Als hätte er ihr Zögern gespürt, wandte er sich halb um und schielte aus dem Augenwinkel zu ihr. „Zieh dich an, damit ich mich umdrehen kann." Wieder dieser Befehlston. Dann ließ er seinen breiten, muskulösen Rücken unter dem zerrissenen T-Shirt verschwinden. Wenn er sie wirklich vergewaltigen wollte, ergab es wenig Sinn, dass er sich wieder angezogen hatte.

Sie beeilte sich, ebenfalls in ihre Klamotten zu schlüpfen. „Du kannst mich hier nicht festhalten.“ Sie versuchte, um einiges härter zu klingen, als sie sich fühlte.

„Du bist keine Gefangene hier.“ Er warf ihr einen weiteren verstohlenen Blick zu und sah dann wieder weg.

Sie war immer noch dabei, sich anzuziehen. „Wo ist der Junge? Was habt ihr mit ihm gemacht?“ Sie zog sich ihr T-Shirt über den Kopf und war endlich wieder vollständig bekleidet.

Er drehte sich zu ihr um. „Der Junge heißt Ethan. Und er ist draußen und macht seine Hausaufgaben.“ Sein Blick wanderte prüfend über ihren Körper, doch seine Worte verwirrten sie – wer entführte ein Kind, um es dann seine Hausaufgaben machen zu lassen?

„Ich verstehe nicht ganz, was hier läuft.“ Sie verschränkte die Arme vor der Brust und zog ihre Knie an, nur für den Fall, dass dieser musternde Blick ihn dazu verleiten würde, sie doch wieder anzugehen. Wobei, wenn man es genau nahm, war *sie* diejenige gewesen, die ihn als erstes angegriffen hatte.

„Was hier läuft, ist, dass *du* versucht hast, Ethans Entführung zu verhindern“, sagte er, weiterhin den

Blick auf sie gerichtet. „Das war ziemlich mutig von dir. Und da schien es einfach nicht richtig, dich diesen Mistkerlen zu überlassen, die dich betäubt haben."

Sie kniff die Augen zusammen. „Also, bist du nicht der..." Ihre Erinnerung an den Kampf war immer noch etwas verschwommen. Da waren so viele Angreifer gewesen und es war so viel gleichzeitig passiert. Sie erinnerte sich vage daran, dass noch jemand anderes hinzugekommen war, aber sie war zu sehr damit beschäftigt gewesen, um ihr Leben zu kämpfen, als dass sie das richtig wahrgenommen hätte. „Du bist nicht der Typ, der versucht hat, das Kind zu entführen?"

Er schüttelte den Kopf. „Ich bin der Typ, der es verhindert hat." Das leichte Lächeln von zuvor kehrte zurück. „Mit deiner Hilfe."

Er war ungefähr so alt wie sie, vielleicht einundzwanzig, mit einem jugendlich frischen Aussehen, trotz all der Muskeln. Seine dunkelblauen Augen glühten, als sein Blick erneut über sie glitt, doch diesmal hatte ihre Wölfin keine Angst – denn er wirkte nicht feindselig. Neugierig und fragend vielleicht. Definitiv interessiert, aber zurückhaltend. Seine große und dunkle Attraktivität war nicht zu leugnen... vor allem jetzt, wo sie keinen Übergriff mehr von ihm befürchten musste. Denn offenbar hatte er sie vor den Männern gerettet, die das tatsächlich versucht hatten.

„Ich heiße Marco Wilding. Und du?"

Sie zögerte, aber warum sollte sie das jetzt noch für sich behalten? „Julia." Ihren Nachnamen verschwieg sie jedoch und hoffte, dass er nicht nachhaken würde.

Er nickte anerkennend, was ihr aus unerklärlichem Grund Hitze ins Gesicht steigen ließ. Ihre Wölfin *reagierte* auf ihn… sie wurde unruhig und aufgeregt, aber nicht auf eine schlechte Art. Was äußerst ungewöhnlich war, denn bisher hatte sich ihre Wölfin nur gezeigt, wenn Julia in Panik geraten war – dann ergriff sie Besitz von ihr und verwandelte Julia in ein wildes und unkontrollierbares Biest.

Marco schenkte ihr ein kleines Lächeln. „Du stehst jetzt unter dem Schutz meines Rudels. Wenn diese Kerle zurückkommen und versuchen sollten, dich zu schnappen, wie sie es bei Ethan versucht haben, werden wir das zu verhindern wissen. Aber vielleicht magst du mir ja erzählen, warum du überhaupt in mein Revier gekommen bist?" Er wischte sich ein kleines Rinnsal Blut aus dem Mundwinkel, sah auf seinen verschmierten Handrücken und schüttelte den Kopf. Sein Lächeln wurde breiter.

Dieses Lächeln – und die Tatsache, dass sein zerrissenes T-Shirt die Muskeln darunter kaum verbergen konnte – weckten das Interesse ihrer Wölfin nur noch mehr und sorgten für ein kribbelndes Ziehen tief in ihrem Bauch. *Was zum Teufel?* Fühlte sie sich tatsächlich zu einem Typen hingezogen, der sie gerade noch irgendwie angegriffen hatte?

Nur hatte er das genau genommen gar nicht. Nicht wirklich.

Sie musste es hier mit einer der Shifter-Gangs zu tun haben. Gott, sie hätte wirklich vorsichtiger sein sollen. Immerhin war ihr durchaus klar gewesen, dass diese Gegend von irgendeiner Gang kontrolliert wurde.

Aber zu ihrer Verteidigung – sie war mit genügend anderen Dingen beschäftigt gewesen.

„Ich wusste nicht, dass das dein Revier ist." Sie rutschte zum Rand der Pritsche, immer noch auf einen gebührenden Abstand zu ihm bedacht, und stand langsam auf. „Dann… geh ich mal wieder..." Sie machte einen Schritt auf die Tür zu.

Doch er schob sich vor sie und versperrte ihr den Weg.

Okay... „Hast du nicht gesagt, ich sei keine Gefangene?“ Herausfordernd reckte sie das Kinn hoch.

Er wirkte, als müsste er ein Grinsen unterdrücken. „Bist du nicht. Und jeder, der versuchen sollte, dich irgendwo gegen deinen Willen festzuhalten, tut mir jetzt schon leid.“ Dann wurde seine Miene wieder ernst. „Hör zu, es ist vollkommen okay, wenn du mir nicht sagen willst, warum du in meinem Revier bist. Hier landen ständig Shifter, und das aus den unterschiedlichsten Gründen, die Einzelheiten muss ich wirklich nicht wissen. Was ich allerdings wissen muss, ist, ob du bleiben willst oder nur auf der Durchreise bist.“

Sie runzelte die Stirn. Tatsächlich wusste sie selbst nicht so richtig, was sie vorhatte. „Ich... ich habe meinen Job verloren. Und in letzter Zeit irgendwie... auf der Straße gelebt.“ Das war nahe genug an der Wahrheit. „Ich will nur möglichst unbemerkt bleiben. Du weißt schon, nicht die Aufmerksamkeit der Polizei auf mich ziehen und so.“ Würde er dazu eine Erklärung von ihr verlangen? Oder schlimmer noch, sie ausliefern? Irgendwie fühlte es sich an, als könnte dieser Typ in sie hineinschauen und viel mehr sehen, als das, was sie laut aussprach.

Er zog eine Augenbraue hoch. „Ja, Shifter und die Polizei kommen für gewöhnlich nicht so gut miteinander aus.“

Sie nickte und wartete ab, doch er ging nicht weiter darauf ein. „Gut zu wissen.“

Jetzt runzelte er ebenfalls die Stirn und musterte sie erneut, als versuchte er, aus ihr schlau zu werden. Und *gütiger Himmel*, wie ihr Körper auf den interessierten Blick seiner blauen Augen reagierte. Vor allem, als er sich auf die Lippe biss und sie mit dieser durch und durch *männlichen* Art ansah. Diesem unterdrückten *Verlangen* in den Augen... War die Zimmertemperatur gerade um zehn Grad angestiegen oder kam ihr das nur so vor? Warum sprach sie derart auf einen Mann an, den sie noch nicht einmal kannte? Selbst normale Männer – nette Typen, mit denen sie tatsächlich ausgegangen war und die sie gemocht hatte – hatten nicht diese unmittelbare, brennend heiße Lust in ihr ausgelöst. War sie von ihrer pausenlosen Flucht so erschöpft und durch den Wind, dass ihr ganzes System völlig aus dem Gleichgewicht war?

Gott, sie musste sich zusammenreißen.

„Gehe ich recht in der Annahme, dass du nicht gepaart bist?“ Seine Augen leuchteten interessiert auf.

Nicht gepaart? Was zur Hölle war das denn für eine Frage? Vermutlich so ein Wolfsding. „Das scheint mir eine ziemlich persönliche Frage zu sein."

Er grinste breit und schien ein Lachen zu unterdrücken. „Ja, ich schätze, das ist es."

Sie war sich nicht sicher, ob sie ihm dieses Grinsen mit einer Ohrfeige aus dem Gesicht wischen... oder es einfach wegküssen wollte. Was war nur mit ihr los?

„Also, ich…" Sie zögerte, doch warum sollte sie es für sich behalten – es musste sowieso offensichtlich sein. „Ich habe gerade erst herausgefunden, dass ich ein Wolf bin, okay? Deswegen kenne ich mich mit den ganzen Fachausdrücken noch nicht so aus."

Mit einer Art überraschter Belustigung zog er die Stirn kraus. „Fachausdrücke?"

„Was auch immer." Okay, vielleicht war es doch ein Fehler gewesen, es ihm zu sagen. Sie sah zur Tür. Konnte sie wirklich einfach gehen? Oder würde er sie wieder aufhalten?

Er streckte die Hände aus und schaffte es auf bemerkenswerte Weise, ein Lachen zu unterdrücken. „Entschuldige. Das war nur... nicht die Antwort, mit der ich gerechnet hatte." Dann wurde er wieder ernst. „Also… gehe ich einfach mal davon aus, dass du wirklich noch nicht gepaart bist. Denn wenn du es *wärest*, hättest du verstanden, warum ich gefragt habe."

Sie zuckte mit den Schultern, doch sein Paarungsgerede ließ ihr Hitze ins Gesicht steigen... und unglaublicherweise auch zwischen ihre Beine. Sie war noch nie zuvor einem Shifter von Angesicht zu Angesicht begegnet – waren diese ganzen verrückten Signale auch so ein Wolfsding?

Als wäre ihr Leben nicht schon irrsinnig genug. „Okay, ja. Dann bin ich wohl ungepaart…" Sie senkte den Kopf und starrte zu Boden. Sie musste sich endlich zusammenreißen, aus dem kleinen Raum mit diesem schnuckeligen Jungen entkommen und ihre nächsten Schritte planen. Bevor sie in diese Sache mit dem Kind geraten war, hatte sie sich darum bemüht, irgendwie wieder von der Straße runterzukommen. Darum musste sie sich als allerserstes kümmern…

Marco kam auf sie zu. „Pass auf, ich bin der Alpha hier. Ich bin dafür verantwortlich, Weibchen ohne Partner zu beschützen. Das heißt, solange du bei mir oder in meinem Revier bist, bist du in Sicherheit. Falls du darüber nachdenkst, zu gehen... tu es bitte nicht. Zumindest erstmal nicht. Du willst untertauchen? Das kannst du auch hier bei uns. Ganz abgesehen davon, brauchst du Schutz – diese Gangster würden dich jetzt wiedererkennen. Ich vermute mal, dass du schon vom Wolfsjäger gehört hast?“

Natürlich hatte sie das. Die Nachrichten waren voll mit ihm. Und was gab es besseres, als herauszufinden, dass man ein Wolf war, während ein Wahnsinniger anfing, Wölfe zu jagen? Außerdem wurden einige seiner Anhänger immer gewaltbereiter und hatten schon Bombenanschläge auf Shifter verübt.

Sie nickte einfach.

„Also, ich gehe davon aus, dass die Typen, die dich angegriffen haben, für den Wolfsjäger arbeiten. Und ich bin dir wirklich dankbar, dass du dich ihnen in den Weg gestellt hast – ohne dich hätten sie Ethan höchstwahrscheinlich entführt. Und er wäre so geendet, wie die anderen vor ihm.“

„Es gab schon andere?“ Sie runzelte die Stirn. „Was ist mit ihnen passiert?“

Seine Miene verfinsterte sich. „Sie sind tot. Und es war mit Sicherheit kein sanfter oder schneller Tod.“

Sie verzog das Gesicht. *Gott*, warum war diese Welt so verflucht grausam? Und beinahe wäre sie auch in die Fänge dieser Wahnsinnigen geraten. Ihr

Magen drehte sich um und ihr wurde schwindelig. Wie lange hatte sie schon nichts mehr gegessen? Es schien ewig her zu sein. Hinter ihr lagen endlose Tage des Umherirrens, voller Angst vor ihrem inneren Biest und in ständiger Furcht, gefasst zu werden... *Verdammt*, sie fühlte sich so verloren...

„Hey, es ist alles in Ordnung." Irgendwie brachte der beruhigende Ton seiner Stimme sie dazu, ihm zu glauben. Auch wenn ihr Leben wirklich alles andere als in Ordnung war. „Solange du hier bist, werden ich und mein Rudel dich beschützen. Das ist das Mindeste, was wir für dich tun können, nachdem du Ethan gerettet hast." Er sah sie an und zögerte kurz. „Du sagtest, dass es noch neu für dich ist, ein Wolf zu sein, richtig?"

Sie nickte wieder und fühlte sich immer noch etwas benommen. Sollte sie wirklich hierbleiben? Bei einem Wolfsrudel? Ergab das überhaupt Sinn? Sie wusste gerade nicht einmal mehr, wo oben und unten war.

„Vielleicht könnte ich dir ein bisschen beibringen. Du weißt schon, darüber, wie es ist, ein Wolf zu sein. Du scheinst deine Wölfin, nun ja, nicht gerade gut unter Kontrolle zu haben. Nicht böse gemeint."

Wieder stieg ihr diese Hitze ins Gesicht. Warum

wühlte die Gegenwart dieses Typens sie so auf? Und warum dachte sie überhaupt darüber nach, zu bleiben? Er hatte sie womöglich vor einem schrecklichen Tod durch den Wolfsjäger gerettet – doch das war nicht zwingend ein Grund, hierzubleiben, und machte es auch nicht automatisch zu einer guten Idee.

„Warum willst du mir helfen?“, fragte sie stirnrunzelnd.

Sein lässiges Selbstbewusstsein schien zu verschwinden, als wäre ihm die Frage unangenehm. Er senkte den Blick und ließ ihn einen Moment über den Boden wandern. Dann nickte er, aber mehr zu sich selbst, als hätte er etwas entschieden. Als er wieder aufschaute, sagte er bestimmt: „Wir Wölfe müssen zusammenhalten.“

Sie behielt ihr Stirnrunzeln bei und war sich nicht sicher, ob sie ihm das abkaufen sollte.

„Da draußen war es schon immer gefährlich für Shifter“, fuhr er fort, „doch gerade ist es noch schlimmer als sonst. Du solltest bei uns bleiben, bis du wieder auf die Beine kommst. Dann kannst du immer noch entscheiden, ob das hier ein Ort ist, an dem du vielleicht längerfristig wohnen willst.“

Eine angenehme Kühle, die sich sehr wie Erleichterung anfühlte, breitete sich in ihrer Brust aus. Sie war gefühlte Ewigkeiten auf der Flucht gewesen... und jetzt... konnte sie vielleicht einen Moment innehalten und sich *ausruhen*. Durchatmen. Wieder auf die Beine kommen, wie dieser Marco es genannt hatte. Offenbar war er der Alpha hier, also hatte er wohl auch die Autorität, sein Versprechen einzuhalten und für ihren Schutz zu sorgen. Sie wusste nicht viel über Wölfe, Rudel oder Shifter, aber sie wusste, dass der Alpha das Sagen hatte.

Und sie war in letzter Zeit wirklich vom Glück verlassen gewesen. Vielleicht würde es ihr ja zur Abwechslung helfen, ein Wolf zu sein.

„Ja. Wäre möglich." Es klang so unentschlossen, wie sie sich fühlte.

Doch seine Antwort bestand aus einem breiten Lächeln. Dann ging er zur Tür, zog sie auf und rief jemandem auf der anderen Seite etwas zu. Einen Moment später kam der Junge herein, den sie zu retten versucht hatte – Ethan.

Er war unglaublich niedlich, flachsblond und extrem schüchtern. Mit großen Augen sah er zu ihr auf, in den Händen einen Strauß Blumen, die eher wie Unkraut aussahen.

„Ethan, das ist Julia", stellte Marco sie einander mit kaum unterdrücktem Grinsen vor.

Ethan trat auf sie zu und hielt ihr wortlos die Blumen hin.

Sie konnte nicht anders, als zu lächeln. „Die sind wunderschön," sagte sie, während sie die Blumen entgegennahm. „Dankeschön."

Ethan machte einen Schritt zurück und blickte unsicher zu Marco, der ihm aufmunternd zunickte. Daraufhin sagte Ethan zu Julia: „Danke, dass du mich gerettet hast. Ich verspreche dir, dich für immer mit meinem Leben zu beschützen."

Marco konnte ein kurzes Prusten nicht unterdrücken. „Sehr schön, Ethan." Er legte dem Jungen die Hände auf die Schultern und drehte ihn mit dem Gesicht zur Tür. „Miss Julia bleibt für eine Weile bei uns – warum gehst du nicht los und besorgst ihr etwas zu essen?"

Ethan nickte eifrig und rannte praktisch zur Tür hinaus.

Mit einem Grinsen drehte sich Marco wieder zu ihr um. „Sieht aus, als hättest du einen Verehrer." Dann verschwand das Grinsen und einmal mehr wanderte sein heißer Blick über ihren Körper. Schließlich räusperte Marco sich. „Naja. Ich bin sicher, er ist gleich wieder da. Ich entschuldige mich vorab schon mal für die Qualität des Essens. Wir müssen uns mit dem begnügen, was wir hier in der Gegend auftreiben können."

Sie wusste nicht so recht, was sie damit anfangen sollte... doch ihre Lage ließ es nicht zu, sein großzügiges Angebot abzulehnen. Und als Marco ihr mit sanftem Blick die Tür aufhielt... überlegte sie, ob sie womöglich durch pures Glück genau das gefunden hatte, was sie brauchte.

Eine sichere Unterkunft.

Etwas zu essen.

Vielleicht sogar eine Möglichkeit, dieses Biest zu kontrollieren, das ihren Körper – und ihr Leben – eingenommen hatte.

Sie schritt durch die Tür, um herauszufinden, was Ethan Essbares für sie auftreiben würde.

Kapitel Drei

MARCO EILTE IN SEIN ZIMMER UND SCHLOSS DIE TÜR HINTER SICH.

Sein Körper stand von dem kurzen Ringkampf mit Julia immer noch unter Strom und sein Wolf winselte, weil er sie mit dem Rest des Rudels im Essbereich zurückgelassen hatte. Doch sie war ganz und gar mit den Sandwiches beschäftigt, die Ethan ihr gebracht hatte, und verschlang sie, als hätte sie seit einer Woche nichts gegessen – und Marco musste sich erst einmal wieder fangen.

Sein Wolf war *verrückt* nach ihr.

Wenn er noch länger bei ihr am Tisch geblieben wäre, hätte ihn die nicht schwinden wollende Ausbeulung seiner Hose irgendwann verraten. Diese wunderschönen braunen Augen. Die vollen

Lippen. Das brünette Haar, das über ihre Schultern floss, und ihre helle, perfekte Haut. Ganz zu schweigen davon, dass er sie jetzt schon zweimal nackt gesehen und sie auf ein Bett herabgedrückt hatte – was wirklich mehr als genug war, um seinen Wolf wild werden zu lassen. Trotzdem verstand er das alles nicht ganz. Er hatte schon unzählige schöne Frauen gesehen, sowohl Menschen als auch Wölfinnen, doch bei keiner von ihnen hatte er sich andauernd mental ablenken müssen, um zu verhindern, dass sein Schwanz seine Hose sprengte.

Er musste sich erst einmal beruhigen, bevor er weitere Zeit mit ihr verbrachte.

Sein Zimmer war der perfekte Ort, um den Kopf wieder klar zu bekommen. Die meisten Rudelmitglieder, die in der Gang-Unterkunft lebten, schliefen in den Baracken. Die Räume mit Türen wurden größtenteils dafür genutzt, um Vorräte zu lagern, und es gab ein paar abschließbare Zimmer, in die sich Pärchen für etwas Zweisamkeit zurückziehen konnten. Marco war einer der wenigen, die ein eigenes Zimmer hatten. Und gerade wollte er nichts lieber, als Julia hierher zu holen, sie gegen die Wand zu drücken, und mit ihr zu schlafen.

Er rieb sich mit beiden Händen übers Gesicht. *Was zur Hölle war nur mit ihm los?*

Doch bevor er dieser Frage wirklich auf den Grund gehen konnte, flog seine Tür auf.

Es gab nur zwei Leute, die ohne anzuklopfen in sein Zimmer platzen würden – Stefan und Isabel. Und selbst Stefan wusste es eigentlich besser.

Isabel schlug die Tür hinter sich zu, sprang förmlich durch den Raum und warf die Arme um ihn. „*Gott*, Marco." Sie umarmte ihn noch fester. „Stefan hat es mir schon erzählt."

Was hatte Stefan ihr erzählt? Hoffentlich hatte es sich dabei nur um die Männer des Wolfsjägers gedreht, und nicht darum, wie Marco das Mädchen anschmachtete, das sich mit diesen Mistkerlen angelegt hatte. Er wich zurück – seine Erektion war noch immer nicht ganz abgeklungen und er wollte nicht, dass Isabel sie bemerkte.

„Mir geht's gut", sagte er heiser. „Wir haben nur—"

Doch sie unterbrach ihn mit einem Kuss. Ihr herrlicher Körper schmiegte sich an ihn, ihre weichen Arme glitten in seinen Nacken und sie drückte ihre warmen Lippen auf seine... und plötzlich kam sein Ständer mit voller Wucht zurück. Sein Körper konnte nicht anders, als auf sie zu reagieren. Und so wie sie sich an ihm rieb... war es unmöglich, dass ihr das entging.

Er *sollte* sie nicht so wollen, nicht während er noch dabei war, sich von dem glühenden Verlangen nach einer anderen Frau zu erholen, doch sie grub die Hände in seine Schultern und hauchte ihm verführerisch ins Ohr. Er lotste sie zurück zur Tür, presste sie dagegen und stöhnte auf, als er ihren Körper an seinem spürte.

Sie hatten schon öfter miteinander geschlafen – es war also nicht das erste Mal – doch es lief immer so ab wie jetzt: mit ihm, der irgendwie Spannung abbauen musste und wusste, dass es ihr nichts ausmachte, und ihr, die hinter ihm her war und seine Partnerin werden wollte. Es drehte sich immer um Hormone, Lust und Stressabbau... es war immer nur Sex und hatte nicht viel mit Liebe zu tun.

Dabei *sollte* er ihr genau das geben. Verdammt, er sollte sie jetzt sofort zu seinem Weibchen machen und es nicht noch länger aufschieben. Er musste eine Partnerin haben und Isabel war in jeder Hinsicht die richtige Wahl. Sie wartete schon ewig darauf, dass er sich entschied... er sollte sie nicht weiter mit dieser *Freundschaft-mit-gewissen-Vorzügen*-Sache hinhalten.

Er legte mehr Enthusiasmus in seinen Kuss und presste sie gegen die Tür, denn er wusste, dass sie es gerne wilder mochte. Sie antwortete mit einem Stöhnen und vergrub die Finger in seinen Haaren, während seine Hände unter ihre Klamotten glitten und ihre Beine hochhoben, damit sie sie um seine Hüften schlingen konnte.

Alle gingen davon aus, dass sie seine Partnerin werden würde. Jeder im Rudel liebte sie und sie war einer der beiden Menschen, die Marco am meisten bedeuteten und die ihm von Anfang an zur Seite gestanden hatten – Isabel und Stefan bedeuteten ihm die Welt. Stefan und er hatten sie von dem Arschloch-Alpha befreit, der vorher in diesem Revier geherrscht und sie mit einer erzwungenen Paarung zu seinem Weibchen gemacht hatte. Doch als Marco seinen Platz als Alpha einnahm, hatte er sehr deutlich gemacht, dass er *nicht* auf der Suche nach einer Partnerin war. Zumindest vorerst nicht.

Er wollte ihr klarmachen, dass sie eine Wahl hatte.

Und tatsächlich… entschied sie sich, zu bleiben, und schon bald waren sie alle drei unzertrennlich gewesen. Doch… im Laufe der Zeit... landete Marco hin und wieder mit ihr im Bett. Es passierte einfach. Nicht oft, aber oft genug. Und immer so wie jetzt – in der Hitze des Augenblicks, wenn sie beide angespannt und auf der Suche nach Stressabbau und einem Moment der Sorglosigkeit waren.

Eine schnelle Nummer, nach der sie beide erschöpft, aber befriedigt in die Kissen sanken.

Ansonsten war Marco kein großer Aufreißer. Er gehörte nicht zu den Alphas, die mit jedem ungepaarten Weibchen schliefen, das unter ihrem Schutz stand. Doch mit Isabel war es etwas anderes. Sie würde nicht über ihre Schäferstündchen tratschen. Sie würde nicht damit angeben. Mit ihr war es *sicher*. Und sie ging immer gerne mit ihm ins Bett, ohne Erwartungen und ohne zu verlangen, dass er sie zur Partnerin nahm.

Doch es war nicht das, was er wollte. Nicht wirklich.

Die Lust, die durch seinen Körper pulsierte und ihn dazu brachte, seine Hände unter ihre Kleidung zu schieben, galt eigentlich einer anderen Frau. Sein Körper war gegen Isabels gepresst und seine Hände und sein Mund entlockten ihr lustvolles Stöhnen, doch in Gedanken... in Gedanken befand er sich wieder im Vernehmungszimmer, auf einer äußerst nackten und ziemlich temperamentvollen Julia.

Und das war nicht richtig.

Marco wich zurück, löste Isabels Beine von

seiner Hüfte und schob sie auf eine Armlänge Abstand von sich weg. Sie blinzelte und runzelte verwirrt die Stirn. Ihre Lippen waren von seinen Küssen geschwollen – und ihn überkamen Schuldgefühle.

Sie verdiente etwas Besseres. Isabel war seine Freundin und er liebte sie aufrichtig, so wie er auch Stefan liebte. Er war nur einfach nicht *verliebt* in sie. Doch er hatte keine Ahnung, wie er ihr das sagen sollte.

Marco räusperte sich, ließ sie los und rieb sich mit der Hand den Nacken. „Jetzt ist kein guter Zeitpunkt, Isa."

Ihr Stirnrunzeln vertiefte sich und sie warf einen vielsagenden Blick auf seinen Ständer. „Sieht mir aber schon danach aus." Sie klang nicht misstrauisch, sondern deutete bloß an, wie merkwürdig er sich verhielt.

Er konnte sich ein kurzes Auflachen nicht verkneifen. „Ich bin nur... du weißt ja, wie das nach einem Kampf ist. Manchmal wird man davon..." Er hustete verlegen. „Ein wenig aufgedreht."

Sie strich ihre Klamotten glatt und verzog das Gesicht, aber er konnte nicht sagen, ob es aus Enttäuschung oder wegen etwas anderem war. „Hat es was mit diesem Mädchen zu tun?"

Scheiße. Stefan *hatte* es ihr erzählt. „Nein“, sagte er hastig, doch als sie eine Augenbraue hochzog, fügte er hinzu: „Okay, vielleicht ein bisschen... aber nicht so, wie du denkst.“ Dabei war es *genau so* wie sie dachte. Und Isabel war zu klug und gerissen, um seine schwachsinnige Ausrede nicht zu durchschauen. Sie war jahrelang von einem schrecklichen Mann misshandelt worden und hatte ein sehr feines Gespür dafür entwickelt, wenn jemand sie verarschen wollte. Doch Marco wollte sie ganz bestimmt nicht verletzen... Erneut stiegen Schuldgefühle in ihm auf. Wie konnte er ihr seine Reaktion auf Julia erklären, wenn er sie selbst noch nicht richtig verstand?

Sie straffte sich. „Ich bin nur vorbeigekommen, um nach dir zu sehen, aber wenn gerade kein guter Zeitpunkt ist...“ Sie wandte sich zum Gehen.

Er streckte die Hand nach ihr aus. „Isabel, warte.“

Sie drehte sich um und wirkte plötzlich unsicher und leicht verängstigt – doch sie hatte keine Angst vor ihm, zumindest ging er nicht davon aus. Sie schien sich eher darum zu sorgen, dass er sie zurückwies... und wo sie dann in der Rudelhierarchie stehen würde. Doch er wollte nicht, dass sie sich jemals mit dieser Frage belastete.

dass ich dir wichtig bin, Marco. Daran habe ich in den letzten drei Jahren keine einzige Minute gezweifelt."

Drei Jahre. Himmel, ging das schon so lange? Drei Jahre wartete sie schon auf ihn... drei Jahre, in denen er ab und zu mit ihr geschlafen hatte, ohne je eine richtige Bindung mit ihr einzugehen.

Die Schuldgefühle brannten sich wie ein heißes Eisen in seine Brust und der Schmerz ließ ihn das Gesicht verziehen. Wie niedergeschlagen würde sie wohl sein, wenn er ihr endgültig einen Korb gab? War es das, was hier lief? Zögerte er das Unvermeidliche einfach nur hinaus?

Sie sah zu ihm hoch, doch diesmal lag Neugier in ihren Augen. „Du interessierst dich für sie, oder?"

Mist. „Okay, ja, ich finde sie interessant", brummte Marco. „Und sie wird eine Weile bleiben. Sie braucht Hilfe dabei, ihre Wölfin zu zähmen, und sie könnte eine Bereicherung für das Rudel sein."

Isabels Blick verfinsterte sich, sie nickte aber. „Ja, sieht so aus, als könnten wir etwas zusätzliche Hilfe gebrauchen", sagte sie und wechselte das Thema. *Gott sei Dank.* „Stefan sagte, du möchtest im ganzen Revier Patrouillen aufstellen."

„Ja. Ich ertrage den Gedanken nicht, noch jemanden zu verlieren. Und jetzt, wo diese Monster hinter den Kindern her sind..."

Ihr finsterer Blick löste sich in Luft auf. „Wie geht es Ethan? Ich hatte noch keine Gelegenheit, nach ihm zu sehen."

Marco wagte ein kleines Lächeln. „Naja, er hat sich in das Mädchen verknallt, das ihn gerettet hat", sagte er mit einem Grinsen. „Kann ich ihm nicht wirklich zum Vorwurf machen." Dann erlosch sein Lächeln, als ihm bewusst wurde, was er da gerade gesagt hatte – dass er verstand, warum Ethan von Julia so hingerissen war. Er räusperte sich. „Wie auch immer, ich will, dass die Schule geschlossen bleibt, bis wir die neuen Sicherheitsmaßnahmen umgesetzt haben."

Isabel nickte. „Ich lasse den Kindern die nächsten paar Tage das Unterrichtsmaterial nach Hause oder hierher in die Unterkunft bringen, bis wir das geklärt haben."

Marco hatte Isabel damit beauftragt, dafür zu sorgen, dass es den Welpen für die Schule und auch sonst an nichts fehlte – und sie machte das hervorragend. Ihr warmherziges Einfühlungsvermögen übte eine natürliche Anziehungskraft auf die Kinder aus, aber sie scheute auch nie davor zurück, ihm Bescheid zu geben, wenn sie etwas brauchten. Sie war immer gewillt, ihre Gedanken laut auszusprechen und ihm die Wahrheit zu sagen.

Das war eines der Dinge, die er an ihr liebte.

„Danke dir", sagte Marco. „Für alles. Auch dafür, dass du mir nicht den Kopf abgerissen hast, wegen... du weißt schon..." Er deutete mit dem Kopf zur Tür, wo seine Hände eben noch lustvoll über ihren Körper geglitten waren.

Sie lächelte leicht, doch es wirkte eher traurig als flirtend. Was einen weiteren Dolch der Schuldgefühle in ihn rammte. Sie war wirklich ein fantastischer Mensch. Er sollte seine Schwärmerei für diese Julia möglichst schnell abhaken und Isabel zur Partnerin nehmen. Wenn Isabel ihn doch nur auch so wild machen würde wie Julia... „Hör zu, ich brauche einfach noch ein bisschen mehr Zeit, um mir über diese ganze Partnersache—"

Seine Tür flog erneut auf und ließ ihn mitten im Satz abbrechen. Es war Stefan. Marco musste dringend ein ernstes Wörtchen mit den beiden reden, dass sie nicht einfach so in sein Zimmer platzen konnten.

„Meine Fresse, Stefan!", knurrte Marco. „Bedeuten dir geschlossene Türen denn gar nichts?"

Stefan hielt einen Haufen Papiere in der Hand, doch er blieb wie angewurzelt stehen und sein Blick schoss zwischen ihm und Isabel hin und her. „Oh! Entschuldigt." Seine Miene verdüsterte sich und er sah zu Boden. „Ich wollte nicht stören. Ich kann später wiederkommen."

Toll, jetzt schnauzte er sogar schon Stefan an. Doch bevor Marco sich entschuldigen konnte, ging Isabel zu Stefan und legte ihm eine Hand auf die Schulter. „Du störst nicht", sagte sie sanft.

Stefan sah erst sie an und schielte dann zu Marco hinüber.

„Ich wollte sowieso gerade gehen", sagte Isabel in plötzlich kühlem Ton.

Und dann verschwand sie.

Scheiße. Er hatte ihren gemeinsamen Moment völlig vergeigt. Ganz zu schweigen von der Gelegenheit, mit ihr über eine Paarung zu reden. Oder eben darüber, sich *nicht* zu paaren. Was für ein Schlamassel.

Stefan sah ihr mit gerunzelter Stirn nach, dann wandte er sich wieder Marco zu. „Irgendwas nicht in Ordnung?", fragte er zögerlich, als wollte er es eigentlich gar nicht wissen.

Marco schüttelte den Kopf. „Abgesehen davon, dass ich ein Idiot bin? Nein, alles okay." Er deutete mit dem Kinn auf die Papiere in Stefans Hand. „Was hast du da?“

„Schichtpläne“, sagte er, die Stirn immer noch in Falten. „Aber darüber können wir auch später sprechen.“

„Nein. Ich will das so schnell wie möglich umsetzen.“

Dann versuchte Marco eine Weile lang, sich den Rudelangelegenheiten zu widmen und die beiden Frauen zu vergessen, die ihn so durcheinanderbrachten. Doch seine Gedanken drifteten immer wieder ab... und landeten bei dem Mädchen mit den honigbraunen Haaren.

Kapitel Vier

„Komm schon, du schaffst das“, ermutigte Marco sie aus sicherer Entfernung von seiner Couch aus.

Sie befanden sich inmitten eines staubigen, verlassenen Möbelgeschäfts. Die geschärften Sinne ihrer Wölfin nahmen die unzähligen noch in der Luft hängenden Gerüche wahr – muffiger Kinderschweiß, alte Holzmöbelpolitur und etwas Baumwollartiges, wie Bettwäsche. Die Möbel, die einmal auf der weiträumigen Ausstellungsfläche gestanden hatten, waren größtenteils verschwunden – am hinteren Ende befand sich ein Basketballkorb, vereinzelt standen noch Sofas herum und entlang der Wand waren ein paar Matratzen aufgereiht. Marco hatte ihr erzählt, dass die Kinder seines

Rudels diesen Raum im Winter als eine Art Indoor-Sporthalle nutzten. Er hatte Julia zum Trainieren hierhergebracht – um ihr dabei zu helfen, ihre Wölfin zu kontrollieren – doch sie hätte ihm gleich sagen können, dass das zwecklos war.

„Ich *versuche* es ja.“ Breitbeinig stemmte Julia ihre Hände in die Hüften und funkelte Marco frustriert an. Er lümmelte mit seinem großen, muskulösen Körper auf dem Sofa herum und sah dabei vollkommen entspannt und sexy aus. Und dieses freche Grinsen war auch keine Hilfe gegen die Hitze, die ihr ins Gesicht stieg.

„Versuch‘s noch einmal.“ Marco setzte sich auf, verschränkte die Hände vor sich und bedachte sie jetzt mit einem ernsteren Blick. „Schließ deine Augen und konzentrier dich darauf, deine Wölfin herbeizurufen.“

Sie nahm die Hände von ihrer Hüfte, ließ kurz die Fingerknöchel knacken, und tat ihm den Gefallen und versuchte es erneut. Mit geschlossenen Augen versuchte sie, sich ihre Wölfin vorzustellen, doch alles, was sie sah, waren feuerrote Blitze der Wut, noch mehr Rot in der Form von Blut, und dazu ein Bild, das sie körperlich zusammenfahren ließ.

Sie riss die Augen auf. „Es klappt nicht“, presste

sie hervor. „Außerdem mache ich das nicht gerade gerne."

Marco runzelte die Stirn, stand auf und kam auf sie zu. „Wieso nicht?"

Julia wich dem intensiven Starren seiner blauen Augen aus. Schließlich konnte sie ihm nicht einfach die Wahrheit sagen. „Hör mal, das ist wirklich keine gute Idee. Meine Wölfin ist bestimmt nichts, das du gerne sehen willst. Wie wär's, wenn wir es einfach sein lassen?"

„Da liegst du falsch." Marco kam noch einen Schritt näher und legte ihr eine Hand auf die Schulter.

Und allein diese Berührung von ihm heizte sie am ganzen Körper auf, von den Wangen bis in ihren Intimbereich – der Rausch überkam sie so plötzlich, dass sie sich ihm reflexartig hingab. Doch als ihr bewusst wurde, was sie da tat, wich sie zurück – allerdings mit einer dermaßen ruckartigen Bewegung, dass es ziemlich peinlich aussah. „Entschuldige." Dabei machte es ihr eigentlich nichts aus, dass er sie berührte, und das war schon überraschend genug. Alles an diesem Jungen – diesem *Mann*, sagte sie sich, er war definitiv zu einhundert Prozent ein männlicher Mann – machte sie wuschig.

Marcos Stirnrunzeln wurde tiefer. „Deine Wölfin – das bist *du.* Und sie ist wunderschön und knallhart. Glaub mir, ich habe sie in Aktion gesehen, zweimal schon."

Julia schüttelte bloß den Kopf. Ihre Wölfin hatte ihr Leben ruiniert – ein neues Leben, das sie sich so hart erkämpft hatte. Sie war so kurz davor gewesen, ihren Technikstudiengang abzuschließen – zwar nur an einer Fachhochschule, weil es das einzige war, das sie sich leisten konnte, doch umso fleißiger hatte sie gelernt und alles aus jedem Dollar Studiengebühren herausgeholt.

Und dann hatte ihre Wölfin alles zerstört.

Marcos Miene wurde sanfter. „Du weißt wirklich nicht viel über Wölfe, oder? Wo kommst du her? Wie bist du in meinem Revier gelandet?"

Sie zog die Luft zwischen den Zähnen ein – wenn er die Wahrheit erfuhr, würde er sie bestimmt hochkant rausschmeißen. Und sie konnte eine Bleibe gerade *wirklich* gut gebrauchen, zumindest für die nächste Zeit. „Sagen wir einfach, ich hatte eine schwere Kindheit. Mein Vater war ein Shifter, meine Mutter ein Mensch, aber mein Vater blieb nicht lange bei uns. Ich bin mit vielen verschiedenen Stiefvätern aufgewachsen, was genauso mies war, wie du es dir wahrscheinlich vorstellst."

Julia sah sich in dem verlassenen Geschäft um – Marco schien sich gut um die Kinder hier zu kümmern. Der er der Alpha des Rudels war, vermutete sie, dass ihn das auch zu einer Art Ersatzvater machte. Und schon das Wenige, das sie bisher mitbekommen hatte, zeigte ihr bereits, dass er ein besserer Vater war als all jene, die sie je gehabt hatte.

Marco runzelte erneut die Stirn, aber er war nicht zurückgewichen. Wenn überhaupt hatte er noch einen Schritt auf sie zu gemacht, doch er berührte sie nicht. „Sowas haben wir hier oft. Meine Vorgeschichte ist auch etwas komplizierter. Ursprünglich komme ich nämlich nicht aus dieser Gegend hier."

Sie zog eine Augenbraue hoch. „Ein Ausreißer aus den Bellevue Heights?"

Marco lachte auf und grinste sie frech an. *Grundgütiger*, dieses Grinsen... sie konnte einfach nicht wegsehen. Und es ließ erneut Hitze in ihr aufsteigen, als wäre er ein verdammter Hochofen, der ein Lauffeuer in ihrem Körper entfachte, sobald er in der Nähe war.

„Das ist tatsächlich gar nicht so weit von der Wahrheit entfernt", sagte er grinsend. „Mein Vater war berühmt für seine Erfindungen und schon vor seinem dreißigsten Geburtstag ein Dotcom-Millionär... was ihn allerdings zu einem riesigen Arschloch gemacht hat.“

Sie zog erneut die Augenbrauen hoch und wurde völlig unvorbereitet von einer in ihr aufsteigenden Sorge um ihn erwischt. War Marco als Kind misshandelt worden? Denn wenn sie so etwas hörte, wollte sie nichts lieber, als ihre Wölfin auf denjenigen loszulassen, der dafür verantwortlich war. „Glaub mir, ich weiß, dass die Dinge nicht immer so gut sind, wie sie nach außen hin scheinen“, sagte sie.

Aus seiner Brust war so etwas wie ein schwaches Grollen zu hören. „Ich weiß nicht, was dir zugestoßen ist, mit all deinen Stiefvätern oder weswegen du auch immer hier gelandet bist, aber ich möchte, dass du eines weißt – nichts und niemand wird dir je wieder wehtun. Nicht, solange ich ein Wörtchen mitzureden habe.“

Julias Lippen öffneten sich und sie war regelrecht schockiert von dieser überwältigenden Fürsorge, die wie eine Hitzewelle von ihm ausging. Und er redete nicht nur so daher, das merkte sie. Er hatte jedes seiner Worte absolut ernst gemeint.

„Du musst mir nicht erzählen, was dir passiert ist“, sagte Marco sanft. „Aber ich würde dir gerne mein dunkles Familiengeheimnis verraten – nur damit du weißt, dass ich auch wirklich meine, was ich sage.“ Er schluckte und fuhr fort. „Mein Vater war reich, gutaussehend und ein verdammter Alphawolf, mit all den Pheromonen und dem Verhalten, das damit einhergeht. Er hätte jede Frau haben können – Mensch oder Wölfin – doch er hatte kein Interesse an denjenigen, die hinter seinem Geld her waren. Oder an den Anständigen, die aus irgendeinem Grund nicht sahen, was für ein Scheißkerl er war. Nein, da gab es eine besondere Wölfin, die mein Vater sich in den Kopf gesetzt hatte, und wenn mein Vater irgendetwas wollte, dann bekam er es auch. Also kaufte er sie.“

Julia hatte mit leicht offenstehendem Mund zugehört, doch dann verschluckte sie sich fast bei ihrer reflexartigen Reaktion auf dieses Wort. „Er hat sie *gekauft?* Wie geht das überhaupt?“

Marco fletschte die Zähne. „Genauso wie man es sich vorstellt, nur doppelt so übel. Meine Mutter war jung und gehörte noch dem Rudel ihres Vaters an. Doch mein Vater hat ihrem eine beträchtliche Spende überwiesen und der sorgte dafür, dass mein Vater mit ihr allein sein konnte. Und mehr braucht man nicht für ein erzwungenes Paarungsritual.“

Julia lehnte sich zurück. Bestimmt war ihr ihre

Abscheu mittlerweile deutlich ins Gesicht geschrieben. „*Erzwungen?*“

Marco schüttelte den Kopf und knirschte mit den Zähnen. „Die Paarung führt zu einem magischen Bund zwischen einem Wolf und einer Wölfin“, erklärte er. „Und diese Magie *sollte* auf einem soliden Fundament der Liebe aufbauen, wenn sie die beiden für ein Leben verbindet und die magische Energie in ihnen stärkt. Für wahre Seelenverwandte ist es das Beste, was sie je erleben werden. Doch wenn sie nicht füreinander bestimmt sind und insbesondere, wenn einer von beiden dazu gezwungen wird, ist es für denjenigen eher wie ein Gefängnis. Ein magisches Gefängnis, in dem man sein Leben lang feststeckt und aus dem man erst ausbrechen kann, wenn der Tod die Bindung auflöst.“

Julias Gesichtszüge waren vor Entsetzen eingefroren. „Reizend.“

„Es ist Magie. So funktioniert das. Aber es kann auch richtig beschissen sein. Darum haben Stephan und ich den alten Alpha hier gestürzt und ich habe diesen Bastard persönlich bekämpft und getötet, um das hier mein Revier zu machen. Und natürlich, um seine Leute zu befreien, insbesondere die vielen Frauen, die er zu seinen Weibchen gemacht hatte.

Der Typ war ein verfluchtes Arschloch, das Frauen wie Trophäen gesammelt hat."

„Ähm…", sagte Julia, während sie versuchte, das zu verarbeiten. „Wenn es das bedeutet, ein Wolf zu sein, dann glaube ich nicht, dass ich etwas damit zu tun haben will." Sie machte einen Schritt zurück.

Marco streckte eine Hand aus und legte sie auf ihren Arm. Es war nur eine leichte Berührung, doch sie hielt sie davon ab, weiter weg zu gehen. „So sollte es aber nicht sein. Wenn du deinen wahren Partner findest, ist der Paarungsbund das Beste, was dir je passieren wird. Du verdienst das, Julia – es ist dein Geburtsrecht als Wölfin. Und ich werde dafür sorgen, dass du unter keinen Umständen dazu gezwungen wirst, dich mit jemandem zu paaren, den du nicht liebst. Ich sage dir das nur, damit du verstehst, wie ernst mir das ist. Und dass es kein leeres Versprechen ist, sondern etwas, das ich in der Vergangenheit bereits mit Blut besiegelt habe."

Ihre Augen weiteten sich ein wenig und erneut konnte sie seine Fürsorge spüren – Marco strahlte eine unglaubliche Leidenschaft aus, wenn er über Dinge sprach, an die er glaubte. Und offensichtlich war eines dieser Dinge auch, *sie* zu beschützen. Der

Gedanke daran brachte etwas tief in ihr dazu, sich angenehm fest zusammenzuziehen. Vielleicht war das der Grund dafür, warum sie immer so ein wahnsinniges Verlangen ergriff, sobald er in ihrer Nähe war. Vielleicht spürte sie irgendwie diese tiefe Quelle der Rechtschaffenheit – der *Güte* – in ihm. Angesichts der Tatsache, dass alle anderen Männer in ihrem Leben Arschlöcher gewesen waren, fühlte sich Julia von Marcos innerem Leuchten wie eine Motte vom Licht angezogen.

Sie hoffte nur, dass sie sich nicht daran verbrennen würde.

„Ich weiß es wirklich zu schätzen, dass du..." Sie war sich nicht ganz sicher, wie sie es sagen sollte. „Dass du auf mich aufpasst. Vor allem gerade jetzt. Irgendwie sitze ich doch ziemlich in der Klemme."

„Gern geschehen." Und sie hatte das Gefühl, dass er auch das ernst meinte. Vielleicht auf mehr als nur eine Art und Weise. Wieder verspürte sie ein angenehmes Ziehen in ihrer Bauchgegend.

„Und wie sieht es bei dir aus?", fragte sie. „Hast du eine Partnerin?"

Seine Augen glühten, doch seine Miene war todernst. „Das ist momentan die große Frage." Als er ihren verwirrten Blick bemerkte, fügte er hinzu: „Die Magie des Paarungsbundes steigert auch die magischen Kräfte der beiden Partner. Eine Partnerin zu haben macht den Alpha eines Rudels buchstäblich stärker, sowohl körperlich als auch in seiner Fähigkeit, sein Rudel zu führen und zu befehligen. Und auf mir lastet jetzt schon seit einer ganzen Weile der unausgesprochene Druck, eine Partnerin auszuwählen."

Sie runzelte die Stirn. „Und warum tust du es dann nicht? Natürlich würdest du nie jemanden dazu zwingen, aber hast du noch niemanden gefunden, der deine Partnerin sein will?" Sie konnte sich kaum vorstellen, dass das der Fall war – Marco war unglaublich sexy, mächtig, selbstbewusst, und hatte ganz offensichtlich das Sagen in seinem Rudel. Die Frauen müssten ihm eigentlich zu Füßen liegen.

Er lachte reumütig. „Nein, ich habe eher das gegenteilige Problem. Was mich allerdings wie ein Arschloch klingen lässt." Sein Lächeln verblasste. „Es gibt viele Frauen, die meine Partnerin werden wollen. Vollblut-Wölfinnen, alles sehr nette Ladies, an denen es nichts auszusetzen gibt. Aber es ist keine dabei, die ich für immer und unwiderruflich an mich binden wollen würde. Allerdings..." Er schien etwas in ihren Augen zu suchen. „Man sagt, wenn man seinen vorherbestimmten Partner findet, denjenigen, auf den man gewartet hat... dann weiß man es sofort."

Sie musste zugeben, dass das schon irgendwie romantisch klang. Doch gleichzeitig war es auch ziemlich seltsam und altmodisch. „Ich bin mir nicht sicher, ob ich an Schicksal glaube."

Er starrte ihr weiter tief in die Augen. „Ich glaube, ich fange so langsam damit an." Er hielt ihren Blick noch einen Sekundenbruchteil fest, dann sah er zu Boden und räusperte sich. „Aber wieder zur Sache, wir wollten ja eigentlich versuchen, deine Wölfin hervorzuholen." Er sah wieder zu ihr auf. „Und du *kannst* das. Was auch immer dich zurückhält, wovor du auch Angst hast, mach dir keine Sorgen darum." Er breitete die Arme aus und deutete damit in den weitläufigen, leeren Raum, der sie umgab. „Hier gibt es nichts, was du kaputt machen könntest und *mich* wirst du auch nicht verletzen. Es ist der perfekte Ort, um das rauszulassen, vor dem du dich so fürchtest. Also tu mir den Gefallen und *versuch es*."

Wahrscheinlich hatte er recht. Und sie wollte ihm wenigstens den Gefallen tun.

Sie trat einen Schritt zurück, schloss die Augen und suchte wieder nach ihrer Wölfin. Doch diesmal stellte sie sich die Wölfin vor, die hervorgekommen war, als sie versucht hatte, Ethan zu retten. Die Version ihrer Wölfin, die sie mit einem Beschützerinstinkt verband und nicht nur mit roher Panik, durch die ihre Wölfin normalerweise aus Julias Unterbewusstsein ausbrach und sich unkontrollierten Zugang zur Welt verschaffte. Und plötzlich fühlte sie die Veränderung wie einen Wind, der durch sie wehte und jede Zelle ihres Körpers umstieß. Als sie ihre Augen wieder öffnete, war sie geshiftet. Sie sah auf ihre braunen Pfoten herab und dann hoch zu einem grinsenden Marco.

„Sehr gut", sagte er mit anerkennendem Nicken. „Und jetzt shifte zurück in deine Menschengestalt."

Das fiel ihr leichter, vor allem, weil sie sich gerade nicht in einem Zustand der Panik befand. Tatsächlich hatte sie sich in ihrer Wolfsgestalt noch nie so wohl gefühlt. Im Bruchteil einer Sekunde stand sie wieder als Mensch vor ihm. Aber erst als sich seine Augen weiteten und er hastig den Kopf abwandte, erinnerte sie sich daran, dass sie nach dem Shiften immer komplett nackt war. Ihre Anziehsachen lagen in einem Haufen auf dem Fußboden.

„Nochmal", befahl er ihr, ohne sie anzusehen. „Shifte zurück in deine Wolfsgestalt, dann wieder in einen Menschen und wieder in einen Wolf. Ich möchte, dass du den fließenden Übergang spürst. Ich sehe auch nicht hin, versprochen."

Sie konnte sehen, dass er ein Lächeln unterdrückte, und das brachte sie dazu, ebenfalls kichern zu wollen. Doch dann konzentrierte sie sich darauf, das umzusetzen, was er verlangt hatte, und shiftete zwischen ihrer Wolfs- und Menschengestalt hin und her. Nach einigen weiteren Malen konnte sie verstehen, was er mit dem fließenden Gefühl gemeint hatte. Es war fast so, als würde sie ihren Bewusstseinszustand ändern und nicht nur ihre Körperform. Und es fühlte sich ein bisschen so an, als käme sie *nach Hause* – als würde sie die zwei Teile ihres Wesens zu einem Ganzen vereinen. Jetzt, da sie diese beiden Teile nicht mehr verleugnete und trennte, war sie stärker als je zuvor. Sie hatte eine Kontrolle über sich, die sie so noch nie zuvor verspürt hatte. Vor allem nicht, seit sie herausgefunden hatte, dass sie eine Wölfin war.

Es war unbeschreiblich.

Sie shiftete zurück in ihre Wolfsgestalt und bellte ihn freudig an. Wieder musste Marco grinsen und sah sie an. „Offenbar ist deine Wölfin doch nicht so schlecht, was?" Und die Freude in seinem Gesicht hallte tief in ihrem Inneren wider.

Sie senkte den Kopf und nahm ihre Klamotten zwischen die Zähne. Dann shiftete sie wieder in ihre menschliche Gestalt und hielt sich die Anziehsachen vor ihren nackten Körper. Mit ihnen als Schutzschild machte sie zwei rasche Schritte auf ihn zu, hauchte ihm einen schnellen Kuss auf die Wange und wich dann wieder zurück.

„Danke", sagte sie schüchtern. Es fiel ihr schwer, ihm in die Augen zu schauen, während sie ihre Kleidung gegen ihren nackten Körper presste.

Mit glühenden Augen sah er sie an, dann machte er einen Schritt auf sie zu und schloss die Lücke zwischen ihnen wieder. „Ist mir ein Vergnügen", hauchte er. Vier Worte, in denen eine Vielzahl unmissverständlicher Anspielungen steckte.

Doch er gaffte sie nicht an und versuchte nicht einmal, einen Blick auf ihren Körper zu erhaschen. Andererseits hatte er sie ja bereits nackt gesehen. Mehrmals.

„Ich wusste, dass du es schaffen kannst." Er schob sich noch etwas näher zu ihr.

Julia war sich nicht sicher, ob er sie küssen wollte, und genauso wenig wusste sie, ob sie ihn daran hindern würde. Doch bevor sie auch nur eines davon herausfinden konnte, ertönte ein Klingeln auf der anderen Seite des Möbelgeschäfts, als die Eingangstür aufflog und die kleine darüber befestigte Glocke zum Klirren brachte.

Julia und Marco drehten sich beide um – eine wunderschöne junge Frau mit langen blonden Haaren und einer hochgewachsenen, makellosen Figur, war wie versteinert mit einer Hand auf der Türklinke stehengeblieben und starrte sie mit weit geöffnetem Mund an.

Blitzartig wich Marco von Julias Seite – mehr brauchte sie nicht, um zu wissen, dass irgendetwas daran, wie sie nackt neben ihm stand, nicht in Ordnung war… selbst wenn sie dabei ihre Anziehsachen gegen ihre Brust presste.

Scheiße. Sie konnte sich noch nicht einmal anziehen, ohne sich selbst zu entblößen und alles nur noch schlimmer zu machen.

„Isabel“, sagte Marco heiser.

„Schon okay. Wir reden später.“ Hastig trat das Mädchen den Rückzug an.

Oh Mann. Julia hatte ihm gerade irgendetwas Wichtiges versaut. Das konnte sie an seinem gequälten Gesichtsausdruck erkennen.

„Ist das deine Freundin?“ Jetzt, wo das Mädchen verschwunden war, zog sie eilig ihre Klamotten an.

„Nein.“ Es war eher ein Knurren als ein Wort.

„Aber sie ist eine von denen, die gerne deine Partnerin werden möchten“, vermutete sie. Schamesröte stieg ihr ins Gesicht – ihrer Mutter war so oft vorgeworfen worden, fremdzugehen, dass Julia schon vor langer Zeit aufgehört hatte, mitzuzählen. Dabei hatte es nie der Wahrheit entsprochen. Und sie hasste die Vorstellung, „die andere Frau“ zu sein – vor allem, wenn sie es nicht war. Sie hatten nichts Falsches getan. Oder zumindest war nichts passiert, auch wenn ihr Körper auf Marco reagierte wie auf keinen anderen Mann zuvor.

Marco stritt ihre Vermutung nicht ab, also ging sie davon aus, dass sie damit ins Schwarze getroffen hatte.

„Es tut mir so leid“, murmelte sie und zog sich das letzte Kleidungsstück über – ihr T-Shirt. „Ich wollte dir keinen Ärger machen.“

„Das ist nicht deine Schuld“, sagte er, allerdings immer noch knurrend. „Den Ärger mache ich mir ganz allein.“

Doch ihr war klar, dass ihr Training für heute beendet war, vermutlich sogar für immer. Was ihr eigentlich ganz gut passte. Marco wirbelte eindeutig zu viel in ihr auf und sie wollte ihm den Gefallen, dass er ihr mit ihrer Wölfin half, nicht damit vergelten, dass sie für Ärger in seinem Rudel sorgte.

Vor allem wollte sie niemanden glauben lassen, dass sie diese Art von Frau war... die aus dem Nichts auftauchte, einfach mit dem Liebling des Rudels schlief, und dabei alles Mögliche kaputt machte und anderen Menschen wehtat.

Sie wusste nur zu gut, wie übel sowas enden konnte.

Kapitel Fünf

Wenn Marco vorher schon zwischen Isabel und Julia hin- und hergerissen war, wusste er jetzt gar nicht mehr, was er denken sollte.

In dem Versuch, die Wogen zu glätten und zu erklären, dass er Julia nur geholfen hatte, ihre Wölfin zu zähmen, war er Isabel hinterhergelaufen, doch sie hatte hartnäckig behauptet, dass alles in Ordnung sei. Offenbar wollte sie *wirklich* nicht darüber reden. Er wusste nicht, ob er ihre Gefühle verletzt hatte oder nicht, ob sie ihm noch *vertraute* oder nicht, oder was sonst in ihr vorging. Sie hatte dicht gemacht und sich ihm völlig verschlossen – und er hasste das. Bei der Vorstellung, dass sie eifersüchtig sein könnte, wurde ihm ganz anders zumute. Er konnte nicht sagen, ob ihn Schuldgefühle quälten... oder die Angst, sie zu verlieren... oder etwas anderes. Zwischen ihm und Julia war zwar nichts passiert – doch das hatte mit Sicherheit nicht am mangelnden Verlangen seinerseits gelegen.

Zwanzig Sekunden mehr und er hätte sie geküsst.

Heilige Scheiße. Er war so durcheinander.

Er hatte sich über eine Stunde in seinem Zimmer versteckt und sich den Kopf darüber zerbrochen, doch es war bereits später Nachmittag und Stefan hatte schon alles organisiert und ließ die ersten Patrouillen laufen. Marco musste sich draußen blicken lassen und seinem Rudel zeigen, dass er bei diesem neuen Plan, sein Revier durch ständige, akribische Überwachung zu schützen, alles im Griff hatte.

Er hatte beschlossen, Julia mit sich auf einen Kontrollgang entlang der Grenze zu nehmen, um etwas normale Zeit mit ihr verbringen zu können, in der sie ausnahmsweise mal ihre Klamotten anhatte. Und wo er hoffentlich auch eine Gelegenheit bekam, ihr die Situation mit Isabel zu erklären. Doch während der letzten halben Stunde, in der sie sein Revier durchstreift hatten, vorbei an vor langer Zeit verrammelten Geschäften und den heruntergekommenen Wohnhäusern seiner Rudelmitglieder, war Julia alles andere als gesprächig gewesen – seit sie den Unterschlupf verlassen hatten, hatte sie kaum ein Wort gesagt, sondern sich bloß mit großen Augen umgesehen und ihm gelegentlich nervöse Blicke zugeworfen. Ihm wurde langsam bewusst, dass sein Zuhause kein Ort war, den jemand wie sie gerne besuchte, geschweige denn dort wohnen wollte. Und diese Erkenntnis ließ tief in seinem Inneren eine Reihe neuer Gefühle aufbrodeln – größtenteils Zorn darüber, dass seine Leute zu einem Leben am Rande der Gesellschaft gezwungen waren. Sie lebten so, weil sie es *mussten*, nicht, weil sie es wollten.

Und er war verdammt stolz auf das, was sie trotz alledem erreicht hatten. Die Gesellschaft verstieß Shifter, nahm ihnen ihre Arbeitsstellen und ignorierte ihre Kinder... doch er und sein Rudel arbeiteten hart dafür, dass diese von der Gesellschaft ausgeschlossenen Leute in seinem Revier sicher waren und immer etwas zu essen hatten. Es war nicht einfach, ganz und gar nicht, doch in Julias Augen musste das Ergebnis ihrer Anstrengungen trotzdem ziemlich dürftig aussehen.

Dabei überraschte es ihn, dass er sie überhaupt beeindrucken wollte.

Marco deutete auf Merediths Lebensmittelgeschäft – das jetzt genau genommen ihrem Partner Tom gehörte. „Das ist einer der wenigen Läden, die in unserem Revier noch laufen.“ Dabei erwähnte er nicht, dass Meredith im Prinzip nur deshalb getötet worden war, weil sie als Shifterin ein Geschäft geführt hatte.

„Und, hast du mit Isabel gesprochen?“, fragte Julia, seinen Versuch ignorierend, ihr eine Art Stadtführung zu geben, und kam direkt zur Sache.

Er knurrte, unfähig, seine Frustration gänzlich zu verbergen. „Ja, ich habe mit ihr geredet. Auch wenn dich das eigentlich nichts angeht.“

Sie knirschte mit den Zähnen und starrte geradeaus. „Naja, da du dich mit mir hast erwischen lassen, geht es mich doch irgendwie was an.“

Kurz vor einer vierspurigen Kreuzung auf der Hauptstraße deutete er ihr, stehenzubleiben. Sie befanden sich jetzt am Rande seines Reviers, wo es an das von Cruz grenzte. „Wobei denn erwischt? Wir haben doch gar nichts gemacht!“

„Wirklich?“ Sie lehnte sich zurück, verschränkte die Arme und bedachte ihn mit einem skeptischen Blick, bei dem ihm heiß und kalt wurde. „Dann habe ich mir die ganze Nacktheit und die sexuelle Spannung also nur eingebildet?“

Hitze breitete sich in seinem Gesicht aus. War diese Anziehungskraft, die er ihr gegenüber gespürt hatte, nur einseitig gewesen? Er ballte die Fäuste. „Ich wollte dir helfen, deine Wölfin zu zähmen."

Ihre Körperhaltung wurde wieder offener und sie hob die Hände hoch. „Und ich weiß das zu schätzen. Ehrlich. Aber du hättest diese Aufgabe auch jemand anderem aus deinem Rudel übertragen können, wenn du gewollt hättest. Dieses Mädchen rechnet damit, dass du ihr Partner wirst, was machst du dann mit mir?"

Das war eine absolut berechtigte Frage – und er konnte sie nicht beantworten, ohne Dinge zuzugeben, die er nicht zugeben wollte.

Er sah weg und starrte zurück auf sein Revier, mit seinen heruntergekommenen Gebäuden und dem sozialen Elend, das sich dahinter verbarg. Nichts davon war eine Entschuldigung dafür, Isabel unfair zu behandeln. Im Gegenteil – sie hatte ihm dabei geholfen, alles, was sie hier hatten, aufzubauen. Kurz spielte er mit dem Gedanken, dieses ganze Gespräch und ihren Patrouillengang zu beenden und mit ihr zurück zur Unterkunft zu gehen, aber Julia war unberechenbar – auch dort konnte er nicht wissen, was sie machen oder sagen würde. Und er wollte nicht, dass sie loslief und

Isabel konfrontierte, oder Gott weiß was tat. Diese ganze Sache war seine Schuld und wenn er sich dem nicht stellte, konnten die Dinge nur noch schlimmer werden.

Er drehte sich wieder zu ihr um.

Sie musterte ihn aufmerksam und wartete ruhig auf seine Antwort.

„Isabel ist eine gute Freundin von mir“, sagte Marco. „Sie gehört zu den Frauen, die vom vorherigen Alpha zu einer Paarung gezwungen wurden. Und dieses Arschloch hat sie eine verdammt lange Zeit misshandelt.“

„Und dann hast du den Kerl getötet“, sagte Julia in einem Tonfall, der ihn ermutigte, fortzufahren.

Er zögerte. Vielleicht könnte er ihr, diesem Mädchen, das aus dem Nichts aufgetaucht war, sagen, was ihn quälte. Die Sache, die er niemandem aus seinem Rudel erzählen konnte, aber ihr, eben weil sie *nicht* dazugehörte… und es wahrscheinlich niemals tun würde.

„Ja, ich habe ihr Männchen getötet und Isabel von der Magie befreit, die sie an ihn gefesselt hat. Der Paarungsbund hatte sie gezwungen, alles zu tun, was er wollte, jederzeit. Und deswegen bin ich... für sie verantwortlich.“

Julia runzelte die Stirn. „Scheint mir, als hättest du ihr bereits einen riesigen Gefallen getan. Ich meine, wenn ich sie wäre, wäre ich unglaublich dankbar, aber ich würde nicht davon ausgehen, dass du mir noch mehr schuldest. Vor allem nicht, mein Partner zu werden."

„So ist das auch nicht." Marco schüttelte den Kopf, frustriert, dass er die Sache nicht besser erklären konnte. „Ich habe ihren Partner getötet, aber habe ihr von Anfang an gesagt, dass sie sich *nicht* mit mir paaren muss. So läuft es nämlich traditionell in den Rudeln ab, zumindest in den Shifter-Gangs dieser Gegend. Wenn du das Männchen tötest, nimmst du dir die Weibchen, die mit ihm gepaart waren. Aber so eine barbarische Scheiße wollte ich nicht weiterführen, deswegen habe ich ihr ausdrücklich gesagt, dass ich sie nicht zur Partnerin nehmen werde. Aber dann..."

Julias Augenbrauen kletterten hoch. „Oh. Verstehe. Dann wurde die Angelegenheit etwas komplizierter."

Marco nickte beschämt, denn rückblickend hätte Isabel für ihn absolut tabu sein sollen. So wie die anderen ungepaarten Weibchen. „Es ist einfach passiert, okay? Ich hatte es wirklich nicht darauf angelegt, aber... zu der Zeit..."

Julia grinste. „Schien es eine gute Idee zu sein?"

Marco stieß ein kleines Lachen aus. „Ja. Damals kam es uns wie eine richtig gute Idee vor."

Julia lachte und irgendetwas zog sich tief in seinem Bauch fest zusammen. *Oh Mann*, der Klang ihres Lachens gefiel ihm wirklich gut. Viel besser, als es sollte.

„Wie oft ist euch diese richtig gute Idee denn gekommen?" Sie lächelte und auch das gefiel ihm.

Er zuckte leicht unbehaglich zusammen. „Wir haben nur ab und zu rumgeknutscht – wirklich nur ein paarmal – und daraus wurde diese merkwürdige Freundschaft, in der wir die meiste Zeit Freunde waren, aber hin und wieder..." Je mehr er es erklärte, desto schlimmer klang es.

Doch Julia nickte nur. „Hin und wieder musstet ihr etwas Dampf ablassen."

Erleichterung durchflutete ihn und spülte einen Teil der Schuldgefühle fort. „Ja, genau. Wie gesagt, wir sind nur *befreundet*. Und ich liebe sie... als eine Freundin. Ich weiß nur nicht, wie ich es ihr sagen soll."

Sie verzog das Gesicht. „Meine Güte, Marco, wenn sie *wirklich* nur eine Freundin ist, dann sag ihr das. Sie verdient es, das zu wissen."

Seine Schultern sackten herab. Sie hatte recht,

natürlich. „Ja, ich weiß. Es ist nur..." Er begegnete dem ernsten Blick in Julias hübschen braunen Augen. Konnte er es ihr sagen? War dies der richtige Zeitpunkt? „Ich fühle mich im Moment einfach so hin- und hergerissen." Selbst ruhig mit ihr zu reden – und das ausgerechnet über Isabel – ließ in ihm das Verlangen aufsteigen, Julia in seine Arme zu ziehen und sie wild und ausgiebig zu küssen. Fühlte sie es etwa nicht? Spielte sich das alles nur in seinem Kopf ab?

Julia nickte. „Es hat mit dieser Sache zu tun, dass du eine Partnerin wählen musst, oder? Das macht cs so kompliziert?"

Nicht ganz. *Sie* war es, die es kompliziert machte. „Julia, ich würde wirklich gerne—" Doch er brach ab, als Julias Blick über seine Schulter zu etwas hinter ihm wanderte.

Etwas in Cruz' Revier.

Marco wirbelte herum, um zu sehen, was sie abgelenkt hatte – es war ein männlicher Shifter, der eine Frau am Arm hinter sich herzerrte. Marco erkannte das Gang-Tattoo auf seiner Schulter wieder – ein zähnefletschender Wolf. Es war Henry, Cruz' Beta. Die Frau widersetzte sich kurz, woraufhin der Mann ausholte und ihr so heftig ins Gesicht schlug, dass sie auf den Bürgersteig fiel.

Mist. Marcos Wolf begehrte unter seiner Haut auf, doch bevor er irgendetwas tun konnte, war Julia schon in ihre Wolfsgestalt geshiftet und hechtete ihnen nach.

Geradewegs in Cruz‘ Revier.

Verdammte Scheiße.

Marco sprintete ihr hinterher, doch ihre Wölfin hatte bereits einen Vorsprung und war schneller als er in seiner Menschengestalt. Er wollte nicht shiften, solange es nicht unbedingt notwendig war. Noch bevor er sie erreichen konnte, setzte sie zum Sprung an und stürzte sich auf den Mann. Sie überrumpelte ihn, was ihr einen kurzen Vorteil verschaffte, doch der Mann erholte sich schnell von der Überraschung, shiftete in seine Wolfsgestalt... und überwältigte sie beinahe augenblicklich.

Fuck.

Marco shiftete und warf sich auf Henrys massigen schwarzen Wolf, bevor dieser seine Reißzähne in Julias Flanke versenken konnte. Marco stieß Julia zur Seite und wälzte sich kämpfend mit Henry über den Asphalt, während sie knurrend die Krallen ineinander gruben, Fleisch und Fell herausrissen und nach der Kehle ihres Gegners schnappten. Cruz‘ Beta hatte jedes Recht, Marco auf der Stelle zu töten – er hatte das Revier seines Rudels betreten und das machte ihn zu Freiwild – doch wenn Marco diesen Kampf verlor, würde er nicht das einzige Opfer bleiben. Julia würde nach dem Kampf als Kriegsbeute in die Fänge von Cruz' Rudel geraten und nicht besser behandelt werden als die Frau, die immer noch neben ihnen auf dem Boden lag. Wahrscheinlich sogar schlechter. Und er kannte das Ausmaß des Grauens, das sich dabei abspielen konnte.

Er hatte bereits einen Alpha deswegen getötet.

Julias Wölfin war zunächst zurückgewichen, doch jetzt näherte sie sich ihnen wieder und versuchte, sich knurrend und beißend in den Kampf einzumischen.

Halt dich hier raus, rief er ihr verärgert in Gedanken zu. Sie brachte sie damit beide in Lebensgefahr. Doch an der Wildheit in ihren Augen konnte er sehen, dass sie sich nicht vollständig unter Kontrolle hatte – ihre Wölfin hatte diesen Typ angegriffen, weil dieses Arschloch eine Frau misshandelt hatte, und das konnte Marco Julia schlecht verübeln. Ihre Instinkte waren ausgezeichnet. Nur in diesem Kampf hatte sie einfach keine Chance und er wollte, dass sie beide das hier überlebten.

Endlich zog sie sich zurück, sodass Marco sich darauf konzentrieren konnte, Cruz' Beta auseinanderzunehmen. Marco war stark – der Unterwerfungsbund mit einhundert Wölfen verstärkte seine Magie und seine physische Kraft – und genau das hielt ihn auch an der Macht. Wenn er nicht abgelenkt gewesen wäre, hätte er diesen Typen längst fertiggemacht. Jetzt, da er sich fokussieren konnte, riss er mit seinen Fangzähnen ein großes Stück aus der Seite des Mannes, stürzte sich dann auf seine Kehle und umschloss sie fest mit seinen Kiefern. Das wütende Knurren des Betas verwandelte sich schnell in ein schmerz- und angsterfülltes Jaulen, als Marco in der Absicht, ihn zu töten, fester zubiss. Der Beta versuchte, sich zu wehren, war ihm aber hoffnungslos unterlegen.

Marco zerrte noch heftiger an ihm und schmeckte das Blut des Mannes in seinem Maul.

Dann erschlaffte Henrys Körper.

Marco stieß ein triumphierendes Knurren aus, ließ den Mann los und wich einen Schritt zurück.

Als er wieder in seine menschliche Gestalt shiftete, war sein nackter Körper von Kopf bis Fuß mit dem Blut des Mannes bedeckt. Er wischte sich übers Gesicht und starrte auf das, was er getan hatte. Cruz' Beta war noch nicht tot – aber mit absoluter Sicherheit kurz davor. Ohne medizinische

Hilfe würde er innerhalb der nächsten Minuten verbluten.

Scheiße.

Sie waren auf der falschen Seite der Grenze und er hatte beinahe ein feindliches Rudelmitglied getötet.

Kapitel Sechs

JULIA SCHAFFTE ES, ZURÜCK IN IHRE Menschengestalt zu shiften und hastig ihre Klamotten anzuziehen, doch was sie vor sich auf dem Boden sah, schockierte sie immer noch.

Marco hatte einen Mann getötet.

Der Mann lag regungslos und blutüberströmt in seiner Wolfsform auf dem Asphalt. Marco war ebenfalls zurück in seine Menschengestalt geshiftet und stand jetzt nackt auf der Straße, das Gesicht und die Brust mit dem Blut des Mannes bedeckt. Das Mädchen, das Julias Wölfin zu diesem durchgedrehten Rettungsversuch veranlasst hatte, kauerte noch immer auf dem Bürgersteig und starrte entsetzt auf den toten Wolf. Womöglich lag er auch im Sterben und war noch nicht gänzlich tot, Julia war sich nicht sicher – da war so viel Blut – doch wenn er bei diesem Blutverlust noch nicht gestorben war, war es zweifellos nur noch eine Frage der Zeit.

Die Muskeln in Marcos Schultern zuckten, während er auf den Mann herabstarrte und seine Klauen ein- und ausfuhr. Dann drehte er sich plötzlich um und rannte auf Julia zu. Sie keuchte überrascht auf, doch sie hatte keine Angst, sondern wunderte sich nur, was er vorhatte. Allerdings wollte er gar nicht zu ihr, sondern zu seinen Kleidungsstücken. Doch als er sie erreichte, zog er sie nicht an, wie Julia es in ihrer albernen Angst, nackt in der Öffentlichkeit zu sein, getan hatte, obwohl gerade ein Mann vor ihren Augen starb. Marco durchwühlte lediglich seine Klamotten, bis er sein Handy gefunden hatte.

„Stefan? Schnapp dir Maria komm so schnell wie möglich her." Marcos Stimme war ein halbes Knurren. Er sah zu Julia. „Nein, mir geht's gut. Julia auch. Aber wir sind in Cruz' Revier und es könnte sein, dass ich gerade seinen Beta umgebracht habe." Marco hielt sein Telefon für eine Sekunde von seinem Ohr weg, bevor er es wieder an den Mund führt und hineinschrie: „Also, er *wird* ganz sicher tot sein, wenn du und die Heilerin euch nicht auf der Stelle hierher bewegt. Die Ecke bei Duncan und Noboru. *Sofort.*“

Er wischte übers Handydisplay und beendete den Anruf.

Dann lief er zu der Frau, die noch immer am Boden lag. Sie hatte angefangen zu wimmern und drückte sich den Handrücken gegen ihren Mund. Als Marco sich näherte, zuckte sie vor ihm zurück, doch er hielt ihr seine Handflächen entgegen, um ihr zu zeigen, dass er ihr nichts tun würde.

„Bist du verletzt?“, fragte er.

Schnell schüttelte sie den Kopf und rutschte rückwärts vor ihm weg. „Er... er wird mich umbringen. Hierfür bringt er mich um.“ Mit zitterndem Finger zeigte sie auf den verblutenden Mann.

„Du stehst jetzt unter meinem Schutz“, sagte Marco mit einem Knurren. Er streckte eine Hand nach ihr aus, wartete aber ab, damit sie selbst entscheiden konnte, ob sie sie ergreifen wollte. „Ich werde nicht zulassen, dass dir irgendjemand was antut.“

Doch die Frau schüttelte den Kopf. „Er ist mein Partner“, flüsterte sie.

Marco ließ die Hand sinken und fluchte. Dann drehte er sich um und starrte finster auf den Mann am Boden. „So sollte man seine Partnerin nicht behandeln“, knurrte er.

Julia war sich nicht sicher, ob er damit den sterbenden Mann oder die Frau ansprach.

Vielleicht würde er den Mann einfach sterben lassen.

Julia schob sich auf Marco zu, zögerte aber, vor allem, weil er noch immer nackt und blutverschmiert war. Sie richtete den Blick fest auf sein Gesicht und versuchte, seine Aufmerksamkeit zu bekommen. Er sah sie an und blinzelte leicht, als hätte er vergessen, dass sie da war.

Als er sich ihr dann vollständig zuwandte, musterte er ihren Körper mit besorgtem Blick, als suchte er nach Verletzungen. „Alles in Ordnung? Du warst lang genug in den Kampf verwickelt, um... “ Er sah ihr wieder in die Augen. „Ich habe mir Sorgen gemacht.“

Julia zuckte zusammen. Ihre Wölfin war durchgedreht und hatte sie in Gefahr gebracht – was wahrscheinlich einem anderen Mann das Leben kosten würde. „Es tut mir so leid, Marco, aber ich konnte nicht anders. Also… ich meine, ich konnte meine Wölfin nicht aufhalten. Sie ist einfach... ausgeflippt.“

Marcos Miene wurde weicher. Er kam auf sie

zu und im Gegensatz zu ihr, zögerte er nicht, sie zu berühren. Er legte ihr eine Hand auf die Wange und zog sie näher zu sich. Es war eine besitzergreifende Geste, die Julias Wölfin unter ihrer Haut ganz wild werden ließ.

Er war nahe genug, um sie zu küssen, doch er war immer noch blutüberströmt. „Entschuldige dich niemals dafür, das Richtige getan zu haben.“ Dann senkte er die Stimme zu einem rauen Flüstern. „Aber ich muss das hier jetzt schnellstmöglich in Ordnung bringen. Ich möchte, dass du dich im Hintergrund hältst – geh zurück in mein Revier, einfach an dieser Straßenecke vorbei, und bleib dort. Egal, was du siehst oder hörst, ich will nicht, dass du nochmal über diese Grenze kommst. Verstanden?“

Julia nickte, auch wenn sie eigentlich protestieren wollte. Doch sie hatte ihm dieses Schlamassel eingebrockt – sie würde alles tun, was er sagte, um ihm zu helfen, da wieder rauszukommen.

Marco nahm die Hand von ihrem Gesicht. Als Julia zurück über die Straße und zu der Ecke lief, die Marco ihr gezeigt hatte, passierten zwei Dinge auf einmal – Stefan, eine kleine Frau und drei weitere Rudelmitglieder kamen aus der Richtung des Unterschlupfes die Hauptstraße hinuntergerannt, während aus der entgegengesetzten Richtung, in Cruz' Revier, ein massiger Wolf, flankiert von vier ebenso muskulösen Männern, auf sie zu kam.

Marco befand sich noch immer in Cruz' Revier. Immer noch nackt und blutverschmiert. Doch er blieb unbeirrt neben dem reglosen Körper des Mannes stehen, als Cruz und seine Männer näherkamen.

„Ich hätte dich für klüger gehalten, Marco." Der Anführer war älter – Julia schätzte ihn auf etwa fünfunddreißig – doch in seinen dunklen Augen lag etwas Erbarmungsloses. „Aber wie ich sehe, befindest du dich auf meiner Seite der Grenze und das kann eigentlich nur bedeuten, dass du einen ausgeprägten Todeswunsch hast."

Marco wich kein Stück zurück. „Ich hatte guten Grund, die Grenze zu übertreten, Cruz – einer deiner Männer hat ein ungepaartes Weibchen aus meinem Rudel angegriffen."

Cruz zog eine Augenbraue hoch und sah auf den sterbenden Mann herab. „Willst du mir etwa erzählen, mein Beta hätte dein Revier betreten, um sich ein Mädchen zu schnappen?"

„Sag mir nicht, dass dich das überrascht", erwiderte Marco ruhig und nickte dann in Julias Richtung. „Ich hatte jedes Recht, sie zu verteidigen. Dein Beta hat einen ordentlichen Kampf geliefert, aber er war mir nicht gewachsen. Wir sind auf dieser Seite gelandet – ein formaler Verstoß – aber keine Absicht. Ich habe eine Heilerin hergerufen, falls du versuchen willst, ihm das Leben zu retten." Marco deutete auf die kleine Frau neben Stefan. Die beiden hatten sich, genau wie die anderen drei Rudelmitglieder, schützend vor Julia gestellt – mit Stefan und der Heilerin an der Spitze.

Cruz musterte die kleine Frau und sah dann auf seinen Beta. „Okay, lass uns sehen, ob deine Heilerin ihm helfen kann."

Marco nickte ihr zu und sie eilte hinüber, kniete sich hin und begann sofort mit der Arbeit – sie öffnete ihre schwarze Tasche und zog etwas heraus, das aussah wie Nadel und Faden, womit sie sich am Hals des Mannes zu schaffen machte.

„Ich bin bereit, über den Verstoß, den dein Beta auf meiner Seite begangen hat, hinwegzusehen", sagte Marco ruhig. „Wenn du bereit bist, die Tatsache zu akzeptieren, dass er deswegen sterben könnte."

Cruz sah unbeeindruckt aus. „Vielleicht hat meinem Beta einfach gefallen, was er gesehen hat." Er taxierte Julia mit einem anzüglichen Blick, dessen Widerwärtigkeit sie selbst hinter den vier riesigen Shifter-Männern spürte, die sie beschützten.

„Sie steht nicht zur Verhandlung." Marcos Stimme war eiskalt.

Die Heilerin stand mit blutverschmierten Händen wieder auf. An Marco gewandt schüttelte sie den Kopf. Selbst von hinten konnte Julia sehen, wie sich Marcos Schultern anspannten.

Auch Cruz entging das nicht. Mit dem Kinn wies er eines seiner Rudelmitglieder an, seinen wahrscheinlich toten Beta zu untersuchen. Der Mann kniete sich neben den leblosen Körper und fühlte nach einem Herzschlag. Dann sah er zu seinem Boss hoch und schüttelte den Kopf.

„So. Du hast also meinen Beta getötet. In meinem Revier," sagte Cruz sehr langsam.

„Er war zuerst in meinem Revier." Julia spürte die Anspannung in Marcos Stimme wie ein Stromkabel in sich, das warnende Funken spie. Das hier war *ihre* Schuld – ihre mangelnde Kontrolle über ihre Wölfin hatte diese beiden Männer, diese beiden Rudel, gegeneinander aufgebracht. Selbst wenn ihre Wölfin das Richtige getan hatte, wie Marco ihr versichert hatte, bedeutete das wenig, wenn Marco deswegen umkam.

Das Knurren von Cruz und seinen Männern signalisierte deutlich ihre Absichten. Ihre Klauen und Reißzähne traten hervor und auch Marcos Rudelmitglieder vor Julia knurrten immer aggressiver und waren bereits halb geshiftet.

Doch Marco machte weder Anstalten, zu shiften, noch, sich zu bewegen. „Ich bin bereit, die Sache mit einer Entschädigung aus der Welt zu schaffen, aber du bist derjenige, der jetzt klug entscheiden muss, Cruz."

Cruz' Knurren wurde lauter. „Ich nehme die Frauen als Bezahlung. Die junge und die Heilerin."

„Ich habe doch gesagt, dass sie nicht zur Verhandlung stehen. Aber ich bin bereit, dir etwas vom südlichen Teil meines Reviers zu überlassen. Den Abschnitt, auf den du eh schon ein Auge geworfen hast. Dann kannst du aufhören, zu versuchen, dir unsere Kunden aus Bellevue heimlich unter den Nagel zu reißen und direkt mit ihnen handeln. Ich werde sie sogar zu dir schicken."

Kunden? Er musste von Drogenhandel reden.

Cruz sah ihn mit zusammengekniffenen Augen an. „Klingt sehr danach, als würdest du versuchen, mir Zucker in den Arsch zu blasen."

Erstaunlich ruhig, aber mit immer noch angespannter Stimme, sagte Marco: „Viel wichtiger ist doch, dass wir zusammenarbeiten, um dieses Wolfsjäger-Problem zu lösen. Unsere Leute werden direkt auf offener Straße entführt. Wir haben zwar Patrouillen aufgestellt, aber wenn diese Typen in dein Revier fahren, können wir sie nicht verfolgen. Wir brauchen einen Waffenstillstand, Cruz, zumindest für eine Weile. Wir müssen uns darauf einigen, nicht jedes Mal völlig auszurasten, wenn jemand die Reviergrenze übertritt. Vor allem nicht, wenn der Wolfsjäger der Grund dafür ist. Immerhin ist er unser gemeinsamer Feind und das ist die einzige Möglichkeit, dieses Arschloch fertigzumachen, bevor er uns einen nach dem anderen entführt."

Cruz hob eine Hand, um seine Rudelmitglieder zurückzuhalten – seine Krallen waren verschwunden und seine Hand war wieder vollkommen menschlich. „Und warum sollten wir das tun?", höhnte er. „Kann mir doch egal sein, wenn Leute aus deinem Rudel verschwinden."

„Ich bin mir sicher, dass deine Leute ebenfalls verschwinden." Er hielt Cruz' Blick fest. „Und wenn sie bis jetzt noch nicht wiederaufgetaucht sind, dann lass mich dir verraten, wie du sie auffinden wirst – tot und verstümmelt. Brutal und ausgiebig gefoltert. Was glaubst du, wie lange deine Leute dich noch als Alpha behalten werden, wenn du sie nicht vor diesen Typen beschützen kannst? Ich für meinen Teil würde so einem Alpha mit Sicherheit nicht folgen."

An dem Unbehagen, das durch die Schultern von Cruz' Rudelmitgliedern wanderte, konnte Julia sehen, dass Marco einen Nerv getroffen hatte. Cruz knurrte seine Rudelleute an, was deren Missmut nur noch schürte.

Wieder an Marco gewandt sagte er: „Okay, Waffenstillstand. Fürs Erste. Aber übertreib es nicht mit den verdammten Grenzübertretungen, Marco."

„Einverstanden." Marco neigte den Kopf in Cruz' Richtung. „Und wenn ihr seht, dass diese Wichser zu uns rüberkommen, ruft mich an. Du hast meine Nummer. Wenn unsere Reviere zusammenarbeiten, können sie hier niemanden schnappen und die Innenstadt verlassen, bevor wir sie kriegen."

Cruz' Augenbrauen wanderten leicht nach oben, doch er nickte. „Geht klar. Wir schalten diese Arschlöcher aus – dann kehren wir zu unserer alten Abmachung zurück."

Die beiden Wölfe nickten einander zu und wichen dann langsam zurück. Marco nahm die Heilerin mit, doch einer von Cruz' Männern hielt die Frau fest, die Julia zu retten versucht hatte, und zerrte sie grob mit sich fort. Sie wehrte sich nicht und Julia musste sich unweigerlich fragen, was mit ihr passieren würde, jetzt, da ihr Partner tot war. Vielleicht würde sie einen besseren Mann finden. Einen, der sie beschützen würde. Doch in Cruz' Rudel... schien das eher unwahrscheinlich zu sein. Es wäre klug von ihr gewesen, Marcos Rudel beizutreten, als er es ihr angeboten hatte. Doch sie hatte offenbar zu große Angst gehabt.

Und vielleicht wäre es auch für Julia die richtige Entscheidung, sich Marcos Rudel anzuschließen.

Marco hatte sie gerade höllisch beeindruckt. Er hatte Julia und diese fremde Frau gerettet, ihr einen Platz in seinem Rudel angeboten und es geschafft, eine Bandenschlägerei abzuwenden, die durch all das beinahe ausgebrochen wäre. Und er hatte einen Waffenstillstand ausgehandelt. Hatte Feinde dazu gebracht, sich gegen den Wolfsjäger zu verbünden. Sie war hin und weg von seinem Auftritt... sogar ganz unabhängig davon, dass er ohne seine Klamotten sündhaft heiß aussah.

Marco klaubte sein T-Shirt vom Boden auf und wandte dabei Cruz' abziehenden Rudelmitgliedern absichtlich den Rücken zu, während er sich das Blut von Gesicht und Brust wischte. Er gesellte sich zu dem kleinen Grüppchen seiner Rudelmitglieder und der Heilerin, das immer noch schützend vor Julia stand.

Marco beugte sich zu Stefan und fragte leise: „Ist er weg?“

„Fast.“ Stefan spähte über Marcos Schulter. „Mir gefällt nicht, dass du einen Teil unserer Einnahmequellen abgetreten hast, aber alter Schwede, Marco, hast du gerade mal eben einen Waffenstillstand ausgehandelt? Scheiße, Mann, darf ich deinem Rudel beitreten?“

Marco grinste ihn an, doch sein Lächeln erlosch schnell wieder, als er über Stefans Schulter hinweg Blickkontakt mit Julia herstellte. *Mist.* Er musste gerade verdammt sauer auf sie sein. Vielleicht stand das Angebot, seinem Rudel beizutreten, gar nicht mehr. Oder die Möglichkeit, ein paar Tage in der Gang-Unterkunft bleiben zu können. Sie selbst würde auch niemanden um sich haben wollen, der dermaßen rücksichtlos und unkontrolliert war und für so viel Ärger sorgte wie sie.

„Wichtig ist, dass all unsere Leute die Sache sicher überstanden haben. Das ist das Einzige, was für mich zählt.“ Er sagte es an Stefan gewandt, doch für Julia fühlte es sich so an, als wären die Worte speziell an sie gerichtet. Dann brach er ihren

Blickkontakt ab, als Stefan ihm seine Klamotten reichte.

Während er sich anzog, lösten die anderen Wölfe ihre enge Brigadeformation auf. Niemand sagte etwas zu ihr, doch sie erntete einige schräge Blicke. Gerade als sich die Stille unangenehm lang hinzog, ertönte eine Art Alarmsignal von Stefans Handy.

Er zog es aus seiner Hosentasche und entsperrte es... dann fuhr er zusammen und fluchte leise.

„Was ist los?“, fragte Marco, während er sein T-Shirt überstreifte.

„Dieser verfluchte Wolfsjäger hat ein neues Video hochgeladen.“ Stefan sah mit zusammengekniffenen Augen auf das Handy. „So eine Scheiße!“

Marco warf ebenfalls einen Blick aufs Handy. Julia konnte es nicht richtig erkennen, aber es schien nur eine Aufnahme einiger Gebäude zu sein, bei der unten eine Textzeile entlanglief.

„Fuck!“, stieß Marco aus.

Julia zuckte verwirrt zusammen. Was war so schlimm an ein paar Gebäuden in einem Wolfsjägervideo? Die Videos, die sie zuvor gesehen hatte, waren deutlich schlimmer gewesen – gefolterte Wölfe und alle möglichen Auswüchse des Hasses.

Stefan schüttelte den Kopf. „Irgendwo muss ein

Aufnahmegerät sein – eine Art Überwachungskamera. Das ist nicht von Hand gefilmt, Marco. Sie haben irgendwas in der Nähe des Unterschlupfs installiert."

Marco schob sich an Stefan und den anderen Rudelmitgliedern vorbei. „Dann lasst uns dieses Scheißteil finden und rausreißen."

Ohne sie eines weiteren Blickes zu würdigen, stürmte er an ihr vorbei – Julias Herz zog sich leicht zusammen.

Dabei wusste sie, dass er hinter dem Wolfsjäger her war und versuchte, sein Rudel zu beschützen – und wenn sie eines über Marco Wilding bereits wusste, dann, dass er alles tun würde, um seine Familie zu beschützen. *Sein Rudel.* Er war die Sorte Alpha – die Sorte *Mann* – von der sie zwar schon gehört, doch an deren Existenz sie nie wirklich geglaubt hatte.

Stefan wartete ab, bis sie sich endlich zusammengerissen hatte und aufhörte, Marcos Rücken hinterher zu starren.

Dann eilten sie ihm alle gemeinsam hinterher.

Kapitel Sieben

WIE BESESSEN STELLTE MARCO DAS APARTMENT AUF DEN KOPF.

Er hatte das halbe Rudel damit beauftragt, sowohl die Wohnungen zu durchsuchen als auch die verlassenen Geschäfte im Erdgeschoss und sogar die Laternenmasten draußen davor. Irgendwo war eine Kamera versteckt, die sein Rudel und den Unterschlupf ausspionierte, und er würde sie finden. Stefan blieb an seiner Seite und ließ das Video in einer stummen Dauerschleife auf seinem Handy ablaufen, während er versuchte, den Winkel auszumachen, aus dem die Kamera filmte. Im Video tönte der Wolfsjäger lang und breit davon, dass er die kriminellen Shifter der Stadt überwachte und sie nach und nach vernichten würde. Ersteres war definitiv wahr, doch Marco würde alles in seiner Macht Stehende tun, um Letzteres zu verhindern.

Isabel hatte eine Gruppe von Welpen zusammengetrommelt und sie ebenfalls für die Suche eingeteilt. Sie kletterten die Laternenmasten am Bürgersteig hoch, zwängten sich in die schmalen Ecken der Apartments und tasteten mit ihren dünnen Fingern jedes noch so kleine Loch ab, in dem sich eine Kamera befinden könnte. Marco war froh, dass sie beschäftigt war, denn so konnte er Julia bei sich haben – er zerrte sie förmlich von Raum zu Raum mit sich, ohne sie auch nur einmal aus den Augen zu lassen.

Er wusste, wie verrückt das aussehen musste, und dass er damit ordentlich die Gerüchteküche anheizte, nicht zuletzt im Kopf seines Betas – Stefan warf ihm und Julia immer wieder Blicke zu, die Bände sprachen – doch Marco konnte es gerade nicht ertragen, von ihr getrennt zu sein. Oder vielmehr würde sein Wolf es nicht ertragen und ihm die Ohren vollheulen – und so eine Ablenkung konnte er gerade nicht gebrauchen.

Marco hatte sie beinahe verloren, als sie in Cruz' Revier gerannt war. Er hatte es ernst gemeint, dass sie sich dafür nicht entschuldigen musste, doch er hatte verschwiegen, dass ihm im

Kampf durchaus bewusst gewesen war, welche negativen Konsequenzen es für sein Rudel haben konnte, wenn er Cruz‘ Beta erledigte... nur war es ihm in dem Moment einfach egal gewesen.

Für ihn hatte einzig und allein gezählt, *sie* zu beschützen. Und dass ein anderer Mann dieses Mädchen – *sein Mädchen* – bedroht hatte, hatte seinen Wolf rasend gemacht.

Die Erkenntnis, dass er so über sie dachte, zementierte etwas in seinem Inneren. Etwas, das er in den darauffolgenden Minuten nicht hatte ausdrücken oder gar danach handeln können – doch sobald er die Chance dazu bekam, würde er es ihr sagen.

„Wir müssen höher“, sagte Stefan vom Fenster aus. Er hielt die Kamera hoch und glich den Aufnahmewinkel mit dem im Video ab. „Wir sind nah dran, aber ich glaube, das Ding ist noch mindestens ein Stockwerk über uns.“

„Alles klar,“ sagte Marco, „dann lasst uns hochgehen.“

Julia hatte die Arme vor der Brust verschränkt und die Stirn in Falten gelegt. Sie hatte irgendetwas davon gesagt, dass sie ihn nicht stören wollte, und versucht, zurück zur Gang-Unterkunft zu gehen, aber das hatte er schnell unterbunden. Nachdem er ihr klargemacht hatte, dass sie bei ihm bleiben sollte, war sie ihm schweigend überallhin gefolgt. Doch sie wirkte unruhig. Bei allem, was sich gerade ereignet hatte – der Kampf, der tote Mann und die Konfrontation mit Cruz' Rudel – konnte er nur erahnen, was in ihrem Kopf vor sich ging.

Er brannte darauf, die Kamera des Wolfsjägers zu finden, doch er hatte auch noch fünfzig weitere Leute für die Suche abgestellt. Er konnte sich eine Minute Zeit nehmen, um sich zu vergewissern, dass es ihr gut ging.

Sie folgten Stefan in den Wohnungsflur. Marco ließ ihn etwas vorgehen und drehte sich dann zu Julia um. „Hey, wie geht's dir?"

Sie schien noch immer neben der Spur zu sein. „Hm? Oh, ja. Mir geht's gut." Doch sie sah nicht im Geringsten so aus, als würde es ihr gut gehen.

Er ließ eine Hand auf ihre Wange gleiten, so, wie er es zuvor getan hatte, und ihm gefiel, wie sie sich anfühlte – nicht nur ihre zarte Haut, sondern wie wunderbar die Form ihres kleinen Gesichts in seine Hand passte. Er zog sie näher zu sich und neigte seinen Kopf, um ihr in die Augen sehen zu können. Wenn nicht gerade die halbe Welt durch die Stockwerke und Wohnungen um sie herum geschwirrt wäre, hätte er sie auf der Stelle geküsst.

Aber das war sowieso nicht das, was sie von ihm brauchte – erst einmal musste er sie wieder beruhigen. Er war sich noch nicht ganz sicher, wie er das anstellen würde, doch dass sie vor seiner Berührung nicht zurückwich, sondern sich, wenn auch nur ganz leicht, in sie hineinlehnte, sagte seinem Wolf mehr als tausend Worte.

„Es wird alles wieder gut“, sagte er leise, damit es die Leute, die am anderen Ende des Flures herumtrampelten, nicht hören konnte. „Egal, worüber du dir Sorgen machst, das musst du nicht.“

Sie nickte, presste aber weiterhin fest die Lippen aufeinander.

Er runzelte die Stirn, hatte jetzt aber keine Zeit, darauf einzugehen. Er strich ihr mit dem Daumen über die Wange, bevor er seine Hand sinken ließ, um ihre zu ergreifen und sie in Richtung Treppenhaus zu führen.

Erst als sie nach oben gingen, sprach sie wieder. „Glaubst du wirklich, dass du diese Kamera finden wirst? Moderne Überwachungstechnik kann extrem klein sein.“

Er sah zu ihr zurück und zog eine Augenbraue hoch. „Ach ja? Hast du etwa Erfahrungen in Sachen Überwachung, von denen ich wissen sollte?“

Sie schüttelte den Kopf. „Nein. Ich meine, ich weiß darüber noch ein bisschen was aus meinem Technikstudium. Nicht viel, aber zumindest, dass man eine Kamera nahezu überall verstecken kann."

Er runzelte die Stirn und musste zugeben, dass sie wahrscheinlich recht hatte. Bis sie das nächste Stockwerk erreicht hatten, hielt er ihre Hand, ließ sie dann aber los, als sie die Wohnung zur Straße hin betraten. Der gesamte Wohnkomplex war schon seit geraumer Zeit verlassen, genau wie der Rest der Ladengeschäfte und Wohnhäuser in dieser Gegend. Das war einer der Gründe, warum sie hier die Gang-Unterkunft aufgebaut hatten – weil sie so von einem Ring unbewohnter Gebäude umgeben wurde. Natürlich bedeutete das auch, dass sich praktisch jeder in diese Gebäude schleichen und ein Überwachungssystem installieren konnte.

Er führte Julia in die Wohnung und sie sahen beide dabei zu, wie Stefan, John und Bobby jeden Zentimeter der Fenster absuchten und sie dann öffneten und sich hinauslehnten, um die Außenwände zu überprüfen.

Marco warf Julia einen ernsten Blick zu, von dem er hoffte, dass er Sicherheit ausstrahlte. „Ich weiß nur", sagte er laut genug, dass es jeder hören konnte, „dass wir hier eine Familie gegründet haben. Meine eigene Familie war vollkommen verkorkst, doch die Familie, die wir hier haben, ist etwas Besonderes. Und ich will verdammt sein, wenn ich zulasse, dass der Wolfsjäger meine Familie terrorisiert und auseinanderreißt. Mein Vater war nicht besser als Cruz, nicht besser als der alte Alpha dieses Rudels – das waren alles Arschlöcher. Aber ich erschaffe hier etwas Besseres. Und ich werde alles dafür tun, um es zu beschützen."

Julias Augen waren leicht geweitet, doch sie hatte seine kleine Ansprache nickend verfolgt.

Eine Welle der Zufriedenheit durchströmte ihn.

Er konnte nicht glauben, wie idiotisch es von ihm gewesen war, sie so nah an Cruz' Revier zu bringen – fast hätte er sie verloren, bevor ihm überhaupt klarwerden konnte, wie wichtig sie ihm war.

Stefan und die anderen waren weiterhin damit beschäftigt, die Wohnung nach der Kamera abzusuchen. Also ließ Marco seine Hand wieder in Julias gleiten und zog sie in den hinteren Teil des Apartments. Die Wohnung war nicht besonders groß – es gab nur eine offene Küche, ein kleines Wohnzimmer und einen kurzen Flur, der zu zwei Schlafzimmern im hinteren Teil führte. Er ging mit ihr ein Stück in den Flur hinein – gerade weit genug, um ihnen etwas Privatsphäre zu verschaffen, aber nicht so weit, dass es aussah, als würden sie sich in eines der Schlafzimmer verdrücken wollen.

Auch wenn ihm die Idee durchaus gefiel.

Sie sah ihn fragend an.

„Ich weiß nicht, was sonst noch in deinem Leben vor sich geht", sagte er leise zu ihr, „aber ich würde mich freuen, wenn du in Erwägung ziehen würdest, Teil des Rudels zu werden. Wir können dich vor allem möglichen Ärger beschützen, du bist eine verdammt gute Kämpferin und ich glaube, was wir hier aufbauen, könnte genau das sein, wonach du suchst. Vielleicht irre ich mich da ja, aber das glaube ich nicht."

Sie wich seinem Blick aus und sah überall hin, außer zu ihm – zu den Wänden, von denen die Farbe abblätterte, den verzogenen Holzdielen, sogar zurück zu den anderen Wölfen im Wohnzimmer, die die Wohnung auf der Suche nach der Kamera komplett auf den Kopf stellten. Es schien, als würde sie nach den richtigen Worten suchen, also wartete er.

Endlich sah sie ihn wieder an. „Das würde ich sehr gerne", sagte sie leise. „Ich bin mir nur nicht sicher, ob... du weißt gar nichts über mich, Marco."

Das rüttelte etwas in ihm los. Es stimmte – er wusste nicht, wo sie herkam, was sie getan hatte, bevor sie versucht hatte, Ethan zu retten, oder gar was sie antrieb und was diese Dunkelheit in ihr zu bedeuten hatte – und trotzdem wusste er alles, was er wissen musste. Sein Wolf fühlte sich zu ihr hingezogen, wie noch zu keiner Frau zuvor. Und sie war auf eine Art und Weise *gut*, wie es nur wenige Menschen waren – instinktiv, entschlossen und ohne Rücksicht auf ihre eigene Sicherheit. Und das war eine Frau, die er zum einen uneingeschränkt respektierte und zum anderen mit allem, was er hatte, beschützen wollte.

Kurzum, sie waren wie füreinander gemacht. Es gab nur noch einige Dctails zu klären.

Er zog sie etwas näher und senkte den Kopf, um ihr leise ins Ohr flüstern zu können. „Julia, woher kommt diese Dunkelheit in dir? Was hat dich dazu gebracht, so auf Cruz' Beta loszugehen?"

Sie knirschte mit den Zähnen. „Ich weiß es nicht. Es tut mir leid, ich konnte einfach nicht anders..."

Sanft drückte er ihre Hand. „Ich sage nicht, dass das etwas Schlechtes ist. Soweit ich das beurteilen kann, war es eine instinktive Reaktion. Oder zumindest schien deine Wölfin zu denken—"

„Hey, Marco!", rief Stefan vom Wohnzimmer aus. Er blieb auf Distanz und beäugte sie beide, als wäre er sich nicht sicher, ob er sie unterbrechen sollte.

„Hast du was gefunden?“, fragte Marco und beendete sein Vieraugengespräch mit Julia. Er war sich sicher, dass es Stefans wachsamen Blick sowieso nicht entgangen war.

„Nein, ich denke, wir müssen noch ein Stockwerk höher.“ Stefan winkte die Männer Richtung Tür. „Wir sehen uns das mal an. Ich geb dir Bescheid, wenn wir was gefunden haben.“

Aus zusammengekniffenen Augen sah Marco Stefan und den anderen beiden Wölfen nach, die aus der Wohnung eilten und Julia und ihn alleine zurückließen. Das musste Stefans Absicht gewesen sein, um ihnen etwas Zeit zu zweit zu verschaffen. Seine Vermutung bestätigte sich, als er hörte, wie die Wohnungstür hinter ihnen ins Schloss fiel.

Sein Beta war einfach der Beste.

Marco drehte sich zu Julia um, schob sie an die Wand und stützte sich mit den Händen links und rechts von ihrem Kopf ab. „Wie lautet dein Nachname, Julia?“ Er lehnte sich vor, versuchte aber noch nicht, sie zu küssen.

Ihre Augen weiteten sich, während sie sich gegen die Wand drückte und ihn überrascht anstarrte, dass er ihr plötzlich so nah kam. „Holloway."

Sie wirkte verwirrt, doch er wollte keinerlei Zweifel an seinen Absichten lassen.

„Julia Holloway", flüsterte er, während er sich ihren Lippen näherte. „Ich will alles über dich wissen."

Dann küsste er sie. Sanft, seine Lippen nur hauchzart auf ihren, um sicherzugehen, dass sie es auch wollte – dass diese unglaubliche sexuelle Anziehung, die er verspürte, nicht nur sein einseitiges Verlangen nach diesem wunderschönen, starken Mädchen war, das irgendwie in seinen Armen gelandet war. Als er zurückwich, folgten ihre Lippen ihm, suchten nach seinen und strichen wieder darüber, doch dann zuckte sie plötzlich zurück, als hätte sie es nicht mit Absicht getan.

Weil ihn zu küssen instinktiv geschah – wie alles Gute und Richtige, das sie tat.

Und mehr musste er nicht wissen.

Seine Lippen krachten wieder auf ihre und gehorchten dem dringenden Verlangen nach ihr, das er von Anfang an verspürt hatte. Es war ein dermaßen vereinnahmender Kuss, dass sein Wolf triumphierend aufheulte. Er ließ eine Hand hinter ihren Kopf gleiten, um diesen vor der aufgerissenen Rigipswand zu schützen, gegen die er sie drückte. Seine Zunge eroberte bereits ihren Mund und das Wimmern in ihrer Kehle erweckte seinen Schwanz zum Leben. *Sie war so verdammt süß.* Er ließ die andere Hand um ihre schmale Taille gleiten und zog sie an sich, damit sie ganz genau spüren konnte, wie sehr er sie wollte. Dann wanderte seine Hand auf ihren traumhaften Hintern und packte zu. Ihre Hände flatterten mit federleichten Berührungen über seine Schultern und seinen Rücken, als könnte sie sich nicht entscheiden, wie sie sich bei diesem Ritt am besten festhalten sollte. Vielleicht verlor sie sich aber auch wie er in der Hitze des Kusses, in dem sein süßes Verlangen nach ihr endlich erfüllt wurde, während er ihren Mund erkundete und seinen Körper an ihren presste.

Verdammt, er wollte sie. Hier und jetzt.

Wenn sie nur irgendein Mädchen gewesen wäre, hätte er es mit Sicherheit einfach getan – doch Julia Holloway war bei weitem nicht irgendein Mädchen. Und unter keinen Umständen würde er im Flur irgendeiner maroden Wohnung Sex mit ihr haben. Sie verdiente etwas Besseres. Viel besser. Wahrscheinlich sogar mehr als er ihr bieten konnte, doch er wollte verdammt sein, wenn er es nicht wenigstens versuchte.

Er wollte alles von ihr – Herz, Körper und Seele – und nicht nur einen heißen, gestohlenen Kuss.

Aber *scheiße*, dieser Kuss raubte ihm den Verstand.

Er brach den Kuss ab, allerdings nur, um mit seinem Mund ihr Kinn entlangzugleiten und ihre süße Haut zu schmecken, während er sich mit zarten Küssen einen Weg zu ihrem Hals hinab bahnte. Das gehauchte Seufzen, das aus ihrem Mund drang, als sie ihren Kopf nach hinten warf und sich ihm hingab, ließ seinen Wolf geradezu durchdrehen. Er hob ihr Bein und legte es um seine Hüfte, damit er seinen steinharten Penis gegen die süße Stelle zwischen ihren Beinen pressen konnte. Ihr stockender Atem verriet ihm, dass er sie jetzt sofort, hier im Flur haben könnte... und *verdammt*, er zog es ernsthaft in Erwägung.

Er wollte sie, wie er noch nie zuvor eine andere Frau gewollt hatte.

Und er wusste nicht, ob er genug Selbstkontrolle hatte, um bei einem *Nein* zu bleiben, falls sie *Ja* sagen sollte.

Scheiße.

Er zwang sich dazu, einen Gang runterzuschalten. „*Gott,* Julia“, keuchte er. „Ich will dich so sehr.“

Als er spürte, wie seine Worte ein Schaudern

durch ihren Körper schickten, trieb ihn das direkt wieder an. Zwei Herzschläge später fühlte er den Boden unter seinen Stiefeln beben… was aber nichts mit ihrer überbordenden Leidenschaft zu tun hatte. Es kam aus dem Hausflur – mehrere Leute stürmten das Treppenhaus hinunter und brachten dabei das ganze Stockwerk zum Erzittern.

Dann hämmerte jemand an die Wohnungstür. „Marco!“ Es war Stefan, der durch die Tür rief. „Wir haben sie!“

Marco wich zurück, ließ Julias Bein los und hörte auf, sie mit vollem Körperkontakt gegen die Wand zu drücken. Sein Atem ging schwer, genau wie ihrer – und ihre großen Augen starrten ihn mit einer Mischung aus Staunen und mühsam beherrschter Lust an.

„Wir müssen wohl später weitermachen“, sagte er, heiser vor Verlangen.

Sie blinzelte nur, ohne ihm zuzustimmen oder zu widersprechen, dennoch musste er sich zwingen, sich von ihr zu lösen. Er strich seine Klamotten glatt, nahm ihre Hand und ging mit ihr zur Wohnungstür.

Kapitel Acht

Oh, mein Gott. Dieser Kuss.

Dieser Gedankc wirbelte in einer Endlosschleife durch Julias Kopf, nach einem Nachmittag voller dramatischer Ereignisse, bei denen Marco sie wieder einmal vor ihrer eigenen Dummheit bewahrt hatte. Und selbst als er wie besessen nach dieser Kamera gesucht hatte, um sein Rudel zu beschützen, hatte er Zeit gefunden, sie gegen die Wand zu drücken und ihr zu zeigen, wie sehr er ihren Körper wollte.

Und ihr Körper *vibrierte* in diesem Wissen, ganz zu schweigen von ihrer Wölfin, die die darauffolgenden zwei Stunden voller Erwartung vor sich hin schnurrte. Doch in dieser Zeit hatten andere Dinge angestanden. Sie hatten die Kamera zerstört und beobachtet, wie der Überwachungsfeed des Wolfsjägers abbrach, und dann hatten sie sich in der Gang-Unterkunft versammelt, um neue Schichtpläne für weitere Patrouillen auszuarbeiten. Zwischen all dem blieb Marco keine Zeit, diesem Kuss einen weiteren folgen zu lassen... oder sogar noch mehr.

Jetzt befand Julia sich erneut mit ihm in dem verlassenen Möbelgeschäft, doch sie waren alles andere als allein. Er hatte ein Dutzend Kinder – er nannte sie Welpen – mitgebracht, für die nachmittäglicher Unterricht und das Trainieren ihrer jungen Wölfe auf dem Plan stand. Sie waren nach Geschlechtern aufgeteilt worden – die Mädchen auf der einen Seite, die Jungs auf der anderen – und übten, zwischen ihrer Menschen- und Wolfsgestalt hin und her zu shiften. Die Jungen und Mädchen rannten nackt herum, wobei jede Gruppe von mehreren Erwachsenen beaufsichtigt wurde, damit sie auf ihrer Seite der wackeligen Trennwand blieben, die man in der Mitte des riesigen Raumes aufgebaut hatte. Sie spielten manche Spiele als Wölfe und andere in ihrer Menschengestalt, wobei die Jungs von Marco und die Mädchen von Isabel trainiert wurden. Julia blieb mit den anderen auf der Mädchenseite, doch ab und zu erhaschte sie Blicke auf Marco und seinen unglaublichen Körper auf der anderen Seite der Trennwand.

Er wollte sie. Und sie konnte nicht abstreiten, dass sie sich ebenfalls zu ihm hingezogen fühlte, zumindest körperlich. Er war unverschämt heiß und dieser Kuss hatte jeden Teil ihres Körpers entfacht, der entfacht werden konnte. Nur war Marco nicht auf der Suche nach einer Bettgespielin. Zumindest ging sie nicht davon aus. Er musste dringend eine Partnerin finden und er hatte deutlich gemacht, dass die anderen Frauen in seinem Rudel, Isabel inbegriffen, für ihn nicht in Frage kamen.

Doch an *ihr* war er definitiv interessiert.

Julia wusste nur nicht, wie sie damit umgehen sollte.

Sie brauchte einen sicheren Ort, an dem sie bleiben konnte, bis sie ihr Leben wieder im Griff hatte, doch sie plante fest, sich wieder in dieses Leben zurückzukämpfen. Sie wollte es Stück für Stück wieder zusammensetzen und es nicht einfach komplett aufgeben.

Was sie jedoch tun müsste, wenn sie in Marcos Rudel blieb.

Dazu kam, dass sie inmitten einer komplizierten Rudelpolitik landen würde, von der sie keine

Ahnung hatte und die sich natürlich in erster Linie um *Isabel* drehte. Die große, schlanke und wunderschöne Wölfin, die scheinbar *nicht* Marcos Freundin war. Und die Julia während des Trainings immer wieder mit abschätzenden Blicken bedacht hatte.

Was ihr überhaupt nicht unangenehm war. Nein, kein Stück.

Isabel beendete das letzte Ballspiel mit den Kindern und rief ihnen noch etwas nach, während diese davonstürmten. Da Julia nichts davon verstand, ging sie davon aus, dass es irgendein Rudel-Code sein musste. Während die Kinder zum Trinkbrunnen liefen, winkte Isabel Julia von der Seitenlinie, wo sie gesessen und zugesehen hatte, zu sich. Sie nahm all ihren Mut zusammen, machte sich auf den Weg und versuchte, sich nicht anmerken zu lassen, welche Überwindung sie das kostete.

„Hey, wie kommst du zurecht?", fragte Isabel.

Es fühlte sich ziemlich seltsam an, dass Isabel sich um sie sorgte, doch soweit Julia das einschätzen konnte, war es ehrlich gemeint. Tatsächlich wirkte Isabel wie jemand, bei dem Julia sich durchaus vorstellen konnte, mit ihr befreundet zu sein. Wenn Julia nicht erst vor zwei Stunden mit Marco rumgemacht hätte.

„Ja, mir geht's gut. Danke, dass du fragst." Julia wusste nicht, was sie sonst noch sagen sollte.

„Ich habe gehört, dass du es ganz allein mit Cruz' Beta aufgenommen hast." In Isabels Augen blitzte so etwas wie Schalk auf. Das war ganz sicher nicht die offizielle Version der Geschichte, daher musste es ihr irgendwer verraten haben... *Marco.* Beim Gedanken daran, dass die beiden sich über sie unterhalten hatten, wurde Julia noch unwohler.

„Gehörte nicht zu meinen besten Entscheidungen." Julia trat unbehaglich von einem Bein aufs andere. Sie sah nach, ob die Kinder zurückkamen, aber offenbar war der Unterricht für heute beendet. Sie lachten und alberten herum, während sie die Trennwand abbauten. Als sie wieder zu Isabel blickte, bemerkte Julia, wie diese sie musterte, als versuchte sie, aus ihr schlau zu werden.

Na, klasse.

„Hör zu", sagte Julia und hob abwehrend die Hände, „ich weiß nicht einmal, ob ich hierbleibe, verstehst du? Du musst dir also keine Sorgen machen, dass ich, ähm, noch mehr Probleme verursache." Es war nicht zu leugnen, dass der Kuss mit Marco heiß gewesen war, doch sie wollte nicht diejenige sein, die einfach auftauchte und alles kaputtmachte. Vor allem, da ihr so langsam klar wurde, wie viel Gutes Marco hier bewirkte.

Isabel runzelte die Stirn. „Verstehe."

Julia hatte keine Ahnung, was das bedeuten sollte.

Auch Marco hatte mittlerweile das Training auf der Jungenseite beendet und die improvisierte Sporthalle leerte sich schnell. Julia fragte sich, was für den Rest des Tages auf dem Plan stand. Es war fast Abendessenszeit, also würden sie vielleicht zum Essen in die Gang-Unterkunft zurückkehren. Manche Kinder lebten auch außerhalb der Unterkunft – das wusste sie nicht zuletzt daher, weil sie Ethan auf seinem Nachhauseweg von der Schule gerettet hatten.

„Naja", sagte Isabel, während sie sich langsam rückwärts zur Tür bewegte. „Ich hoffe, du entscheidest dich, zu bleiben. Du wärest auf jeden Fall eine Bereicherung fürs Rudel." Dann drehte sie sich um und ging zur Tür, während Julia mit offenem Mund zurückblieb.

Isabel nickte Marco im Vorbeigehen zu und er sah ihr stirnrunzelnd nach, dieselbe Verwunderung in seinem Blick, die Julia in ihrer Brust fühlte.

Was zum Teufel sollte das? Wusste sie nicht, dass

Marco sich zu ihr hingezogen fühlte? Oder war das irgendein kompliziertes Frauenspielchen, das Julia nicht verstand? Sie war nie besonders gut darin gewesen, solche Signale zu deuten, da sie immer zu beschäftigt gewesen war, ihr Leben zwischen den Problemen ihrer Mutter und den zahlreichen Stiefvätern in geordneten Bahnen zu halten. Sie hatte nie die Möglichkeit für intrigante Mädchenspielereien gehabt – sie war nie Teil einer angesagten Clique gewesen, sondern immer darauf spezialisiert, unter dem Radar zu bleiben und jeglicher Schikane aus dem Weg zu gehen.

Doch noch ehe sie dahinterkommen konnte, war Isabel weg und sie alleine mit Marco im Trainingsraum.

Schon wieder.

Julia schluckte, als er sich ihr mit einem schwachen Lächeln zuwandte.

Langsam und mit diesem schiefen Lächeln im Gesicht durchquerte er den Trainingsraum und kam auf sie zu.

Gott, ein Blick von ihm genügte schon, um sie heiß zu machen. Ein Blick, in dem allerlei Erwartungen und Versprechungen lagen. Einmal mehr strömte die lebendige Erinnerung an ihren Kuss durch Julias Körper.

„Was wollte Isabel?“, fragte er, als er bei ihr ankam.

Sie zuckte aufrichtig verwirrt die Schultern. „Sie sagte nur, sie hofft, dass ich im Rudel bleibe.“

Marco zog die Augenbrauen hoch und nickte knapp. „Das würde mich auch freuen.“

Julia seufzte. „Ich weiß nicht, Marco, ich bin einfach—“

Er hob eine Hand, um sie zu unterbrechen. „Du musst dich ja nicht jetzt sofort entscheiden. Aber ich habe über dich nachgedacht...“ Er ließ einen Blick über ihren Körper schweifen, der sie von Kopf bis Fuß erglühen ließ, und sie fragte sich, ob er über dasselbe nachgedacht hatte, wie sie. Nämlich darüber, wie die Chancen standen, diesen Kuss zu wiederholen. Vielleicht sogar mit weniger Klamotten.

Marco fuhr sich mit der Zunge über die Lippen und beantworte damit praktisch ihre Frage. „Und ich habe über deine Wölfin nachgedacht.“

Ihre Wölfin? Gott, sie hoffte, dass das nicht irgendein versauter Wolfsfetisch war. „Bitte sag mir jetzt nicht, dass du mit mir in meiner Wolfsgestalt rummachen willst“, erwiderte sie mit einem Stirnrunzeln. „Auf sowas stehe ich nämlich überhaupt nicht.“

Er schnaubte lachend und grinste sie frech an. „Nein, die meisten Shifter bevorzugen ihre menschliche Gestalt für derartige Aktivitäten. Ich habe überlegt, wie du deine Wölfin kontrollieren könntest – denn falls du meinem Rudel beitreten solltest, bräuchtest du etwas mehr Disziplin als vorhin."

Sie starrte betrübt zu Boden. „Ich dachte wirklich, ich hätte sie etwas besser unter Kontrolle."

„Genau darüber habe ich nachgedacht." Er rückte näher und tauschte dabei das sexy Lächeln gegen ein begeistertes Strahlen aus. „Du bist so... leidenschaftlich. So emotional. Und du hast einen ausgeprägten Gerechtigkeitssinn. Ich glaube, das hat damit zu tun, dass deine Wölfin so stark ist und einfach herauskommen will, wenn du gewisse Dinge fühlst." Er streckte die Hand aus, um ihr eine lose Haarsträhne hinters Ohr zu streichen. „Diesen Teil von dir mag ich wirklich sehr gerne."

Selbst diese kurze Berührung entfachte erneut ein Feuer in ihr.

„Aber ich fänd's großartig, wenn du in der Lage wärst, ihn besser zu kontrollieren", sagte er sanft. „Daher hab ich mir überlegt, dass wir ein kleines Rollenspiel machen könnten."

Überrascht zog sie die Augenbrauen hoch.

„Nicht die Art von Rollenspiel", sagte er mit

einem Lachen und sein freches, sexy Grinsen kehrte zurück. „Obwohl ich danach für alles offen wäre."

Sie sah ihn gespielt finster an. „Was meinst du dann?"

Er trat einen Schritt zurück. „Was immer du tust, ich will, dass du unter keinen Umständen shiftest." Es war ein Befehl, wie er sie seinen Rudelmitgliedern erteilte. Sie spürte ihn durch ihren ganzen Körper surren, als ihre Wölfin auf seinen Alphawolf reagierte.

„Du meinst, nie wieder?", fragte sie unsicher.

Er grinste. „Nur für die nächsten 10 Minuten oder so. So lange, wie du es eben schaffst."

„Ich verstehe nicht—" Doch er hob erneut seine Hand, um sie zu unterbrechen.

„Es gibt unzählige Ungerechtigkeiten in der Shifter-Welt", sagte er und seine Stimme bekam einen harten Klang. „Unsere Kinder werden ab dem Moment ihrer Geburt von der Gesellschaft verstoßen. Es gibt Leute, die Shifter öffentlich outen..." Er gestikulierte zur Welt, die außerhalb der Wände dieses verlassenen Möbelgeschäfts lag. „Leute, die dich wie Dreck behandeln, sobald sie wissen, dass du ein Shifter bist. Die dich lieber tot sehen würden."

„Das weiß ich doch“, protestierte sie. „Ich weiß das alles nur zu gut—“

Er unterbrach sie erneut und begann, sie zu umkreisen, während er sie mit einem durchdringenden Blick taxierte. „Tust du das? Wirklich? Wo kommst du her, Julia? Denn egal woher du kommst, ich bin mir ziemlich sicher, dass es da nicht so beschissen ist wie hier in Seattles Innenstadt, dem Nährboden für Shifter-Gangs und allen möglichen Missbrauch.“

Ihre Wölfin sträubte sich gegen die Anschuldigung, sie hätte nicht genug gelitten, nicht so sehr, wie er und seine Leute. „Du weißt *nichts* über mich!“ Ein leichtes Knurren ihrer Wölfin hatte sich in ihre Stimme geschlichen.

„Genau, ich weiß *gar nichts* über dich.“ Merkwürdigerweise sah es so aus, als würde er ein Lächeln unterdrücken. „Doch ich bezweifle, dass du eine Vorstellung davon hast, wie unsere Welt wirklich ist. Weißt du, was der Wolfsjäger mit Ethan angestellt hätte? Hast du eine Ahnung, was ich bereits mitansehen musste?“

Ein Schaudern durchlief sie und ihre Armhärchen stellten sich auf. „Ich habe die Videos gesehen.“

„Die Videos sind nichts“, spuckte Marco. Noch

immer umkreiste er sie und zwang sie so, sich mit ihm zu drehen. „Nichts im Vergleich zu dem, was er meinen Leuten tatsächlich angetan hat. Er hat sie gefoltert, Julia. Zu Tode gefoltert. Weißt du überhaupt, wie schwierig das bei einem Wolf ist? Hast du eine Vorstellung davon, wie viel Schmerz und Leid der Wolfsjäger und seine Schläger bereits über mein Rudel gebracht haben?"

Sie schüttelte den Kopf, wollte es nicht mehr hören. „Ich weiß, dass es schlimm—"

Plötzlich hörte er auf, sie zu umkreisen, griff nach ihren Schultern und zog sie zu sich. Doch in seiner Stimme oder seinem Gesicht war nichts Sanftes mehr, nur Härte und eine funkelnde Entschlossenheit. „Er hat eine kleine, alte Frau zu Tode gefoltert. Er hätte Ethan bei lebendigem Leib gehäutet. Das ist das Schicksal, das uns erwartet, Julia. Jeden einzelnen von uns, wenn es nach Leuten wie dem Wolfsjäger ginge."

Sie riss sich aus seinem Griff los. „Du sagst das, als wäre es meine Schuld! Ich habe nichts getan, um —" Er stieß mit dem Zeigefinger in ihre Richtung. „*Genau!* Du hast nichts getan. Was hast du schon versucht, um es zu verhindern?"

„Das ist nicht fair! Was soll ich denn tun? Ich bin doch—"

Er lehnte sich zurück und bedachte sie mit einem leicht angewiderten Blick. „Du bist doch... was? Keiner von uns? Besser als wir?“

Sie ballte die Fäuste. Sie konnte spüren, wie ihre Wölfin mit den Pfoten scharrte und hinauswollte, um ihm die Meinung zu geigen. Oder vielleicht sogar das Gesicht zu zerkratzen. „Das habe ich nicht gesagt! Ich meinte bloß, dass ich nur eine einzelne Wölfin bin…“ Und plötzlich wich alle Anspannung aus ihrem Körper.

Sie war nur eine einzelne Wölfin.

Marcos Augen leuchteten auf und etwas von seinem unterdrückten Lächeln schlich sich auf sein Gesicht. „Ja. Du bist bloß eine einzelne Wölfin.“ Doch jetzt klang seine Stimme ermutigend. „Doch zusammen, Julia... zusammen sind wir *ein Rudel.* Und gemeinsam schaffen wir so viel mehr.“ Er schloss die Lücke zwischen ihnen, legte die Hand auf ihre Wange und hielt sie auf eine Weise fest, die sie in seine Berührung schmelzen ließ. Er hob ihr Kinn an und sah aus, als wollte er nichts sehnlicher, als sie leidenschaftlich zu küssen. Und *Gott*, wie sehr sie sich wünschte, dass er genau das tat. „Bloß eine Wölfin – eine wunderschöne, starke, heiße und sexy Wölfin“, flüsterte er und über die kurze Distanz konnte sie seinen heißen Atem spüren. „Doch wenn du dich mir anschließt, dich meinem Rudel anschließt, wirst du bei alldem nicht mehr allein sein. Nie wieder. Lass mich dich beschützen. Schließ dich unserem Kampf an. Du hast das Temperament und die Energie, die unser Rudel braucht... *die ich brauche*..." Seine letzten Worte waren leise, kaum mehr als ein Flüstern.

Er wartete mit leuchtenden Augen ab, wollte die Worte von ihren Lippen hören. Dass sie bei ihm bleiben würde. Dass sie sich seiner Sache und seinem Rudel anschließen wollte. Doch sie wusste, was es hieß, sich ihm anzuschließen – seine Partnerin zu werden. Und auch wenn sie nur eine sehr vage Vorstellung davon hatte, was das bedeutete, bereitete es ihr wahnsinnige Angst.

Sie war noch nicht so weit.

Und sie war sich absolut nicht sicher, ob die Lösung ihrer Probleme darin bestand, einer kriminellen Shifter-Gang beizutreten. Ganz egal, wie heiß Marco war – er war nun mal der Alpha einer Shifter-Gang, die mit Drogen dealte und in eine ganze Reihe weiterer illegaler Machenschaften verwickelt war.

Sie löste sich aus seinem Griff und bemerkte, wie Enttäuschung das Leuchten in seinen Augen trübte. „Ich weiß nicht, Marco. Das geht alles so schnell. Und ich... ich brauche eigentlich nur einen Ort, an dem ich ein paar Tage bleiben kann. Dann bist du mich wieder los."

Die Leidenschaft verschwand aus seiner Miene und sie wurde ausdruckslos – ohne jegliche Lebhaftigkeit von zuvor. Es schien, als würde eine unterdrückte Wut unter seiner Haut brodeln, die er aber nicht herausließ.

Er machte einen Schritt zurück. „Na gut. Wenn es das ist, was du willst." Doch er war stinksauer, das konnte sie sehen.

Er deutete mit ausgestreckter Hand zur Tür. „Ich sorge dafür, dass du sicher zurück zur Unterkunft kommst. Du kannst so lange bleiben, wie du willst. Bis du soweit bist, zu gehen."

Ihr Herz zog sich zusammen, doch er brachte sie in eine unmögliche Situation – wie konnte sie über Dinge wie eine Paarung nachdenken, wenn sie gerade einmal einen Tag mit ihm und seinem Rudel verbracht hatte? Sie hatte noch nicht einmal geschlafen, seit sie zu ihnen gestoßen war. Eigentlich hatte sie die ganzen letzten Tage, in denen sie durch die Straßen geirrt war und ums Überleben gekämpft hatte, nicht geschlafen. Und hier war ein heißer, hinreißender Wolf, der wollte, dass sie sich seinem Rudel anschloss und ihr dafür Sicherheit anbot. Einen Ausweg.

War sie eine Vollidiotin, weil sie sein Angebot ablehnte?

Steif stakste sie an ihm vorbei und ignorierte den kalten Ausdruck in seinem Gesicht. Aber es schnitt ihr trotzdem ins Herz.

Wie versprochen sorgte Marco dafür, dass sie sicher zur Unterkunft zurückkam.

Dann drehte er ihr ohne ein weiteres Wort den Rücken zu und ließ sie allein.

Kapitel Neun

MARCO STAMPFTE DURCH DIE GANG-UNTERKUNFT und ignorierte die alarmierten Blicke seiner Rudelmitglieder.

Was hatte er sich nur gedacht? Dass er tatsächlich seine Seelenverwandte gefunden hätte? Julia schien ganz offensichtlich anderer Meinung zu sein. Was zwischen ihnen passiert war, war rein körperlich gewesen, zumindest aus ihrer Sicht. Doch er war nicht sauer auf sie – in erster Linie tat es einfach nur höllisch weh, dass die einzige Frau, an der er je ernsthaft interessiert gewesen war, nichts von ihm wissen wollte. Dieser Kuss im Flur war zwar wahnsinnig heiß gewesen, doch schien ihr das nicht viel zu bedeuten. Dafür war er ihr gut genug, doch nicht für mehr. An seinem Herzen war sie nicht interessiert.

Und sein Herz gehörte seinem Rudel.

Wie hatte er das vergessen können? Er hatte es nicht so weit gebracht, weil er ein romantischer Idiot war. Immerhin verließen sich hundert Leute darauf, dass er mit kühlem Kopf agierte. Während er an den Pritschen und dem Essbereich vorbei in Richtung Gemeinschaftsraum stapfte, wurde ihm klar, was er zu tun hatte – Isabel finden und sie zur Partnerin nehmen.

Es war seine Pflicht und diesmal würde er es durchziehen, verdammt nochmal.

Er steckte den Kopf durch die Tür des Gemeinschaftsraums, doch dort war sie nicht. Rufe seines Namens ignorierend wandte er sich wieder um und suchte den offenen Bereich des Unterschlupfs ab. Wo immer sie auch war, er würde sie finden, in sein Zimmer schleifen, heißen, wütenden Sex mit ihr haben und Julia vergessen. Marco hatte den Stress seiner Probleme schon öfters in Isabels Armen vergessen können – er konnte es wieder tun. Und dieses Mal wäre es für immer.

Er war vielleicht nicht in Isabel verliebt, doch er wusste, dass sie sich der Sache verschrieben hatte. *Seiner Sache*. Anders als Julia.

Er wusste eh nicht genau, was er von ihr erwartet hatte – sie war nicht Teil des Rudels, kam nicht aus der Stadt und war wahrscheinlich irgendein kleines reiches Mädchen, das vor ihrem Papi abgehauen und im falschen Teil der Stadt gelandet war. Er würde sie in ihr Leben zurückkehren lassen und dasselbe mit seinem tun.

Er würde sich um sein Rudel kümmern, wie es ein Alpha tun sollte.

Seine Suche im Unterschlupf blieb erfolglos. Er konnte Isabel nirgends finden und spürte, wie er das Rudel mit seinem ziellosen Herumrennen nervös machte. Er musste mit Stefan reden – der konnte Marco dabei helfen, wieder einen klaren Kopf zu bekommen und wahrscheinlich wusste er auch, wo Isabel war. Auf dem Weg zu Stefans Zimmer versuchte Marco, nicht länger so wütend aufzustampfen. Früher, als ihre Unterkunft noch ein riesiger Supermarkt gewesen war, hatten die Räume im hinteren Bereich als Büros und Lager gedient. Jetzt war einer davon Marcos privates Zimmer und ein anderer weiter hinten gehörte Stefan. Auch die Heilerin hatte einen eigenen Raum, der gleichzeitig als Krankenzimmer diente – und im Rest lagerten die mageren Vorräte und wenigen Waffen des Rudels.

Mit großen Schritten ging Marco an seinem Zimmer und mehreren Lagerräumen vorbei, doch er konnte bereits sehen, dass Stefans Tür geschlossen war. Wahrscheinlich war er irgendwo auf Patrouille – wenn er nicht da war, würde er ihn einfach anrufen und Isabel so ausfindig machen.

Er stieß die Tür auf und erstarrte.

Da war Isabel... *in Stefans Armen.*

Stefans Kopf wirbelte zu ihm herum, als er hereinplatzte – doch Marco war sich todsicher, dass er gerade Isabel geküsst hatte. Und zwar nicht mit einem Schmatzer auf die Wange.

„Was zum Teufel…“ Marco glotzte sie völlig versteinert an, unfähig zu begreifen, was er da sah. *Stefan und Isabel.* Was zur—

Stefan sprang mit einem Satz von Isabel weg, als hätte er einen Stromschlag bekommen. Dann standen die beiden einfach nur da und starrten Marco mit entsetzten Blicken an. Selbst wenn Marco sie nicht auf frischer Tat ertappt hätte, hätte er es dennoch gewusst – die Schuld stand ihnen deutlich ins Gesicht geschrieben.

Stefan erholte sich als erster und stellte sich vor Isabel, die Hände an seine Seiten gepresst und zu Fäusten geballt. „Es ist meine Schuld“, sagte er, einen Ausdruck dumpfen Schmerzes im Gesicht.

Marco starrte ihn bloß an. Dann riss er seinen Blick von Stefans gequälter Miene los und blickte in Isabels gepeinigtes Gesicht.

„Warum hast du es mir nicht gesagt?“, fragte er sie.

Sie antwortete nicht, sondern schüttelte bloß den Kopf und sah noch gequälter und entsetzter drein.

Stefan schob sich so vor Isabel, dass er sie vor Marcos Blick abschirmte. „Sie kann nichts dafür“, stieß er hervor, während er erneut die Fäuste an seinen Seiten ballte. „Lass sie in Ruhe.“

Marco fletschte die Zähne, trat langsam und bedächtig in den Raum und schloss die Tür hinter sich. Dann stieß er den Zeigefinger in Richtung seines besten Freundes und Betas, hielt aber vorsichtshalber Abstand, da er Stefan im Moment am liebsten erwürgt hätte. „Und du... *du* hättest es mir verdammt nochmal sagen müssen!“

Stefan zuckte zusammen und Marco konnte es spüren – der Unterwerfungsbund ließ Marco den Schmerz fühlen, den sein bester Freund wegen dieses Betrugs verspürte. Die Schuld, die Qual und die Reue – all diese Gefühle waren so stark, dass sie an den magischen Bändern zerrten, die sie miteinander verbanden. *Stefan und Isabel.* Sie beide hatten ihm die Treue geschworen. Stefan war sein Beta. Sie war seine angestrebte Partnerin.

Es war der ultimative Verrat.

„Ich bin dein Beta“, sagte Stefan. „Ich würde niemals... wir haben nie... ich schwöre bei Gott, Marco, ich wollte es. *Sehr sogar.* Aber wir haben es nie getan.“ Dann kamen seine Klauen hervor. „Aber ich verspreche dir, wenn du ihr wehtust, bringe ich dich um.“

Stefans Worte waren wie Schläge, die auf ihn einprasselten. Marco wich einen Schritt zurück und prallte gegen die Tür. „Du liebst sie.“ Es war ein Flüstern.

Stefans Fäuste waren immer noch geballt. „Seit ich sie das erste Mal gesehen habe. Aber sie...“ Er senkte den Blick.

Marco sah zu Isabel, die nervös die Hände wrang. „Liebst du ihn?“, fragte er sie.

Stefans Schultern zuckten. Er drehte den Kopf, um sie anzusehen, und als sich ihre Blicke trafen, spielte sich zwischen ihnen eine komplett wortlose Unterhaltung ab, die Marco nicht hören musste, um sie zu verstehen.

Sein Beta und seine angestrebte Partnerin liebten sich... und das schon eine ganze Weile.

„Es macht keinen Sinn, es jetzt noch zu verheimlichen", sagte Stefan leise zu ihr.

Sie biss sich auf die Lippen und als sie zu Marco aufblickte, glitzerten Ozeane voller Schmerz in ihren Augen. „Ich habe dir die Treue geschworen", sagte sie sanft. „Wir beide haben das. Wir hätten dich niemals hintergangen. Und du brauchtest..." Selbst von der anderen Seite des kleinen Raumes konnte er sehen, wie ihr die Röte in die Wangen stieg. „Du brauchtest jemanden. Du bist der Alpha und du brauchtest jemanden, bei dem du Geborgenheit finden konntest, während du so hart daran gearbeitet hast, unser Rudel aufzubauen. Das konnte ich dir nicht vorenthalten."

Ein sehr vertrautes Schuldgefühl stach in Marcos Brust. „Du hättest Nein sagen können. Nein sagen *sollen*."

Sie schenkte ihm ein trauriges Lächeln. „Ich wollte nicht. Du hast so viele Opfer für das Rudel gebracht... für mich... Ohne dich wäre ich nicht einmal mehr am Leben, Marco. Ich hätte dich unter keinen Umständen im Stich gelassen – ich wäre solange wie nötig mit allem, was du von mir brauchst, für dich dagewesen."

Marco presste die Augen zusammen und wollte

es nicht glauben, wollte es nicht hören. Wie hatte er das all die Zeit nicht bemerken können?

Er zwang sich dazu, die Augen zu öffnen und hielt Isabels Blick einen Moment lang fest. „Ich wünschte, du hättest es mir gesagt."

Isabel sah aus, als würde sie gleich in Tränen ausbrechen. *Verdammt*, er machte das hier wirklich furchtbar.

„Sie hat getan, was sie das Beste fürs Rudel hielt", sagte Stefan und Wut schlich sich in seine Stimme. „Wage es ja nicht, deswegen sauer auf sie zu sein." Auch das war ihm sehr vertraut – Stefan hatte Isabel immer in Schutz genommen.

Wieso hatte Marco nie sehen können, dass da mehr dahintersteckte?

Er begegnete dem wütenden Starren seines besten Freundes und spürte dessen Schmerz über die Magie, die sie verband. „Ich bin nicht sauer auf sie. Oder dich." Und das war die Wahrheit – was er im Moment in sich fühlte, war keine Wut. Es war mehr ein Loslösen von der Realität, bei dem alles, an das er fest geglaubt hatte, auf den Kopf gestellt wurde.

Stefans Gesichtsausdruck wurde wieder gequält. „Wir wollten nicht, dass du es auf diese Weise herausfindest. Wir dachten, vielleicht..." Er schielte über die Schulter zu Isabel.

Sie nickte. „Wir dachten, dass dieses neue Mädchen, Julia, vielleicht die Richtige für dich sein könnte. Das ist alles, worüber wir..." Wieder tauschte sie einen schuldbewussten Blick mit Stefan aus, dann sah sie zurück zu Marco. „Das war das, worüber wir *größtenteils* gesprochen haben. Dass du mich vielleicht nicht mehr brauchst, wenn du Julia hast."

Marco starrte kopfschüttelnd zu Boden. „Nein. Daraus wird nichts." Dann sah er zu den beiden auf. „Aber ihr habt dennoch meinen Segen, ganz unabhängig davon."

Stefan sagte noch etwas zu ihm, doch das konnte Marco über das Dröhnen in seinen Ohren hinweg nicht mehr hören. Er griff hinter sich an die Tür, zog sie ruhig und fast wie in Zeitlupe auf, und schloss sie hinter sich wieder.

Langsam lief er an den geschlossenen Türen vorbei zu seinem Zimmer. Sein Kopf war schwer vor Benommenheit und einem Gefühl der Verwirrung, als hätte er den Bezug zur Realität verloren. Was ging sonst noch in seinem Rudel vor, von dem er nichts wusste? Vielleicht sogar direkt vor seinen verdammten Augen?

Er blieb abrupt vor seinem Zimmer stehen und starrte auf die geschlossene Tür. Er brauchte etwas Zeit für sich, um in Ruhe über alles nachzudenken, bevor er wieder vor sein Rudel oder gar Stefan und Isabel trat.

Sein Beta würde die Frau zum Weibchen nehmen, die Marcos Partnerin hatte werden sollen. Er war nicht eifersüchtig oder dergleichen – ein entfernter, tief in ihm begrabener Teil freute sich sogar für sie. Nun, vielleicht war er ein bisschen neidisch auf das, was sie hatten. Nichtsdestotrotz musste er sich eine Partnerin suchen, vielleicht eines der anderen ungepaarten Weibchen seines Rudels, doch momentan war er nicht in der Lage, da eine Entscheidung zu treffen. Insbesondere nicht, da diese Entscheidung lebenslange Konsequenzen für diejenige bedeutete, die es letztendlich werden würde.

Er musste eine ganze Weile so dagestanden haben, die Hand auf dem Türknauf, als plötzlich Ethan atemlos auf ihn zugerannt kam und ihn aus seinem Nebel riss.

„Marco! Marco!“, keuchte er und klammerte sich an Marcos Arm.

„Immer mit der Ruhe, Kumpel, wo brennt's denn?“ Stirnrunzelnd sah er auf das Kind herab, das wegen irgendetwas ziemlich aufgebracht war. Marco versuchte, sich trotz des Durcheinanders in seinem Kopf zusammenzureißen – wenn wirklich etwas passiert war, musste er mental voll da sein, um damit umgehen zu können.

„Es geht um Miss Julia!", stieß Ethan aus. „Sie hat sich von mir verabschiedet!"

Was? „Ist sie schon gegangen?" Besorgt sah er den Jungen an. Er hatte Julia gesagt, dass sie so lange bleiben konnte, wie sie wollte – und es war schon fast dunkel draußen. Wenn sie glaubte, jetzt gehen zu können...

„Ja! Sie ist weg! Ich hab gesehen, wie sie vorne rausgegangen ist. Du musst sie aufhalten, Marco."

Marcos Wolf begehrte in ihm auf. „Worauf du dich verlassen kannst", knurrte er. „Was hat sie sich nur dabei gedacht, so spät noch rauszugehen?" Marco rannte zum Vorderausgang los, doch dann hörte er kleine, schnelle Schritte hinter sich. Er dreht sich um und sah, dass Ethan ihm folgte. Marco stieß den Zeigefinger in seine Richtung. „Du bleibst hier, kleiner Mann. Ich hol sie zurück und bringe sie wieder in Sicherheit."

Ethan blieb abrupt stehen und nickte rasch.

Marco wirbelte herum und rannte so schnell er konnte weiter.

Er stürmte durch die Vordertür und suchte die Straße ab, konnte sie aber nirgendwo entdecken – er bekam ein Stechen im Herz, als hätte er einen Herzinfarkt. *Schon zum zweiten Mal.* Es war dasselbe Gefühl, das ihn ereilt hatte, als sie sich auf Cruz' Beta gestürzt hatte. Seine Stiefel hämmerten über den rissigen, mit Unkraut überwucherten Asphalt hinaus auf die Straße... und dann sah er sie. Sie war nur zwei Blocks entfernt, ging jedoch geradewegs auf Cruz' Revier zu. *Verdammt.* War sie wahnsinnig geworden?

Er sprintete ihr mit brennenden Lungen hinterher. Als er noch einen halben Block entfernt war, hörte sie ihn schließlich. Wenigstens versuchte sie nicht, vor ihm wegzulaufen, obwohl er auf sie zugestürmt kam.

„Was zur Hölle machst du hier?", rief er, während er langsamer wurde und atemlos neben ihr zum Stehen kam.

Sie zog den Kopf ein und schrak vor ihm zurück. Sie hatte sich einen Rucksack über die Schulter geworfen, der aussah, als hätte sie ihn irgendwo aus dem Lager gekramt. Ihre Hände nestelten an einem der Riemen herum und es dauerte einen Moment, bis ihm klar wurde, dass sie zitterte.

Er zwang sich, mit möglichst ruhiger Stimme zu sprechen. „Du kannst nicht alleine hier draußen rumlaufen, Julia. Cruz wird dich schnappen und zur Paarung zwingen, bevor du um Hilfe schreien kannst. Außerdem könntest du jederzeit den Leuten des Wolfsjägers in die Arme laufen." Er schnaufte schweratmend durch. „Warum bist du... was machst du nur?" Er fühlte sich wie der letzte Idiot – es war so offensichtlich, dass sie weglief, weil er, gedemütigt von ihrer Zurückweisung, davongestampft war. *Aber um Himmels Willen* – er wollte doch nicht, dass sie raus auf die Straße und direkt in ihren Tod lief... oder noch schlimmer, zu einer Paarung mit einem Wolf wie Cruz gezwungen wurde.

Sie straffte die Schultern und setzte eine entschlossene Miene auf, doch er konnte sehen, wie sie zitterte. „Du bist ein guter Mann, Marco. Du vollbringst hier wirklich gute Dinge. Das kann jeder sehen. Aber ich... ich gehöre einfach nicht hierher. Ich lenke dich nur ab. Ich dachte, wenn ich weg wäre..."

Er schloss die Lücke zwischen ihnen und ergriff ihre Schultern. Sie fuhr leicht zusammen, als hätte sie Angst, dass er ihr wehtun würde. Und diese Erkenntnis sickerte wie ein schmerzendes Gift in sein Herz.

„Du sollst dir keine Sorgen um *mich* machen. Ich bin der Alpha. *Ich* sorge mich um *dich*. So läuft das.“ Er drückte ihre Schultern und sah ihr tief in die Augen. Sie sollte bloß nicht auf die Idee kommen, ihm in dieser Angelegenheit zu widersprechen. „Du bist hier draußen nicht sicher. Deswegen werde ich dich jetzt erst einmal wieder reinbringen und dann reden wir darüber, wo du hingehörst. Und wohin nicht.“ Doch noch während die Worte seinen Mund verließen, wusste er *ganz genau*, wo sie hingehörte – an seine Seite, in seinen Armen und unter seinen Berührungen stöhnend. Und jeder seiner Instinkte sagte ihm, dass es stimmte. Die Art, wie sich sein Biest beruhigte, sobald er sie berührte, wie sie mit einem befreiten Ausdruck auf seine Befehle reagierte und sich leicht in seinen Halt lehnte – für Marco gab es keinerlei Zweifel mehr.

Julia Holloway gehörte zu ihm.

Und er würde alles tun, um ihr das zu beweisen.

Er legte ihr seinen Arm um die Schultern, zog sie fest an sich und führte sie schnell von Cruz' Revier fort. Marco wollte jedoch nicht zum Unterschlupf zurück – dort gab es zu viele Augen und er war absolut nicht in der Verfassung, Stefan und Isabel zu begegnen – doch die Sporthalle sollte für heute geschlossen sein. Er lotste sie in die entsprechende Richtung und während sie gingen, ließ das Zittern in ihren Schultern nach. Sie fühlte sich warm an und ließ seine Umarmung bereitwillig zu, zumindest für den Moment und auch wenn es nur für den Weg in die Sicherheit war... Doch er wusste, dass ihre Wölfin sich zu seinem Wolf hingezogen fühlte, und umgekehrt. Julia verstand nur einfach nicht, was ihre Wölfin ihr zu sagen versuchte. Sie hatte ihre Bestie kaum unter Kontrolle, daher war er sich sicher, dass sie nicht alle Signale ihrer Wölfin verstand. Sie wusste nicht, wie sie ihrer Wölfin zuhören und Bestätigung bekommen sollte, dass sie das Richtige tat, so wie er seinen Wolf gerade vor Freude summen hörte, weil er beschützend den Arm um sie schlang. Sie nah bei sich hielt.

Sie zurückbrachte.

Sein Wolf wusste, dass *er* der Richtige für sie war. Jetzt musste Marco nur *sie* noch davon überzeugen.

Als sie die Sporthalle erreichten, war diese bereits für die Nacht abgeschlossen, doch er trug glücklicherweise den Generalschlüssel bei sich und hatte die Tür schnell geöffnet. Im Innern hing noch der Schweißgeruch der Horde herumrennender und spielender Kinder in der Luft. Aber es war der Geruch seines Rudels. Seines Zuhauses.

Er schloss die Tür hinter ihnen und schaltete nur die Hälfte der Lampen ein, damit die Beleuchtung nicht zu grell war. Sie hatte die Arme eng um die Brust geschlungen und der Rucksack hing immer noch über ihre Schulter. Er kam zu ihr und fuhr ihr mit dem Daumen über die Wange. Er konnte sehen, wie sie versuchte, sich nichts anmerken zu lassen, doch die Signale ihres Körpers waren deutlich zu erkennen – ihre Lippen öffneten sich leicht, ihr Atem stockte und die Pupillen ihrer hübschen Augen weiteten sich. Er ließ einen Finger unter den Riemen ihres Rucksacks gleiten, hob ihn von ihrer Schulter und stellte ihn auf dem Boden neben ihnen ab.

Dann legte er ihr sanft die Hände auf die Wangen und hob ihren Kopf an, damit sie ihm in die Augen schauen musste. „Ich bin so froh, dass ich dich gefunden habe."

Sie blinzelte und lächelte leicht. „Ich bin ja nicht besonders weit gekommen, oder?"

Er kam näher, ließ eine Hand auf ihren Hinterkopf gleiten und fuhr mit der anderen die Konturen ihres Unterkiefers nach. „Das meinte ich nicht", flüsterte er.

Dann küsste er sie. Nicht wie zuvor – kein zögerlicher, um Erlaubnis fragender Kuss und auch kein wildes Knutschen an der Wand – sondern ein drängendes Verlangen, ihr mit seinen Lippen, seiner Zunge und seinen Berührungen zu zeigen, wie sehr er für sie *brannte.*

Wie sehr er sie sein machen wollte.

Nach einem kurzen Schockmoment erwachte sie zum Leben – ihre Hände gruben sich in seine Haare, krallten sich in sein Hemd – und er packte fester zu. Dann neigte er ihren Kopf so, dass er sich noch besser über ihren Mund hermachen konnte, während er mit der anderen Hand ihren süßen Körper an seinen presste. Sein Schwanz erwachte augenblicklich zum Leben – er war schon seit ihrer ersten Berührung auf der Straße bereit für sie. Seine Hand fuhr über ihren Rücken, fand den Saum ihres T-Shirts und glitt darunter, auf ihre samtweiche Haut. Er stöhnte in ihren Mund und sein Verlangen nach ihr wuchs so rasend schnell, dass es sich anfühlte, als wäre sein Körper in einem Schraubstock gefangen, der sich immer fester und fester um ihn schloss. Sein Mund verließ ihre Lippen und Marco knabberte sich zu ihrem Hals herab. Eines Tages, das schwor er sich, würde er seine Fangzähne wirklich in ihr versenken und sie für immer sein machen, doch jetzt... jetzt musste er sie erst einmal überzeugen, sich ihm Stück für Stück hinzugeben.

Erst diesen Kuss. Dann ihren Körper. Dann ihre Wölfin... und wenn er großes Glück hatte, ihr Herz.

Ihr Atem stockte, während er an ihrem Hals knabberte und seine Hände gierig die Rückseite ihres Körpers erforschten – die weiche Haut unter ihrem T-Shirt, die prallen Rundungen ihres Hinterns, das wundervolle honigbraune Haar, das er in seiner Faust ballte.

„Sag mir, dass du das nicht fühlst", raunte er ihr mit heiserer Stimme ins Ohr. „Sag mir, dass nur ich dieses Verlangen habe, dass du nackt über mich gleitest."

Ihre Antwort bestand nur aus einem Wimmern und ihr Atem stockte erneut, als er seine Hand nach vorne gleiten ließ, entschlossen nach ihrer Brust griff und sie massierte. Erneut drückte er seinen Mund auf ihren und befreite ihre Brüste unter dem T-Shirt aus dem BH, während er sie zu einem der Sofas führte, die an der Wand standen. Dort hörte er auf, sich über ihren Körper herzumachen, obwohl es sie zum Keuchen brachte, und hob mit einer Hand ihr Kinn an, damit er ihr in die vor Lust halb geschlossenen Augen sehen konnte.

Sie fühlte es – den Ruf ihrer Wölfin. Da war er sich sicher.

„Lass mich dir all das zeigen, was du mich fühlen lässt“, flüsterte er.

„Aber ich gehöre nicht zu deinem Rudel. Ich bin nicht deine—“

Er brachte sie mit einem Kuss zum Schweigen, schnell, bestimmt und fordernd. Er wollte nicht, dass sie die Worte aussprach. „Ich will *dich*. Das ist für *mich*, nicht für mein Rudel. Nicht für unsere Sache. Ich will dich als Mann und als Wolf.“

Ihre Lippen bebten, doch sie sagte nichts.

Kraftvoll zog er sie an seinen Körper. „Sag ja. Ich *weiß*, dass du es willst. Sag ja und ich bringe dich dazu, meinen Namen zu schreien, Julia Holloway.“

Bebend stieß sie den Atem aus. *„Ja.“* Es war ein von Verlangen erfülltes Flüstern.

Und er hatte noch nie im Leben etwas derart Süßes gehört.

Kapitel Zehn

Heilige Scheiße, Marco Wilding war wie ein Feuersturm, der über Julia hinwegfegte und sie förmlich verschlang.

Sie hatte kaum *Ja* gesagt, da hatte er schon das besitzergreifendste und verführerischste Knurren ausgestoßen, das sie je gehört hatte, und ihr in nur einer fließenden Bewegung BH und T-Shirt ausgezogen. Sein eigenes Hemd folgte direkt darauf. Dann ließ er sich auf das Sofa sinken und zog sie zu sich, sodass sich ihre Brüste auf der Höhe seines Gesichtes befanden. Sein Mund und seine Hände wechselten sich an ihren Brüsten ab, massierten und leckten und ließen so viel Hitze zwischen ihre Beine strömen, dass sie sich in dem Verlangen wandte, ihn auch *dort* zu spüren. Sie klammerte sich an die geschmeidigen, stahlharten Muskeln seiner Schultern, von denen eine durch ein großes Wolfstattoo dunkel gefärbt wurde, das ihm bis zum Ellbogen ging. Julia war sich sicher, dass es sich dabei um das Tattoo seines Rudels handelte, und es steigerte die rohe, sexuelle Anziehungskraft seines göttlichen Körpers umso mehr. Er war zweifellos der mit Abstand stärkste Mann, dem sie sich je hingegeben hatte. Seine Muskeln spannten sich unter ihren Handflächen und brachten ihren ganzen Körper zum Beben. Die ungeheure Lust, die sich zwischen ihren Beinen aufbaute, und dieses irrsinnig heiße Verlangen nach ihm trieben sie in den Wahnsinn... und das, obwohl sie noch immer die Hälfte ihrer Klamotten anhatten.

Doch Marco war bereits damit beschäftigt, das zu ändern.

Sein Mund knabberte noch immer an ihren Brüsten, doch seine Hände wanderten nach unten, um ihre Jeans zu öffnen und sie zusammen mit ihrem Höschen ihre Beine herabzustreifen. Sein ungeduldiges Knurren machte sie rasend... zumindest ihren menschlichen Körper, der immer leidenschaftlicher nach ihm verlangte. Ihre Wölfin hingegen schnurrte wie ein kleines Kätzchen und summte glückselig, in den Händen dieses Alphawolfes zu sein, dieses *Mannes*, der noch so viel mehr war. Es bestand kein Zweifel, dass das hier genau das war, was ihre Wölfin wollte, und auch Julias Körper konnte es nicht erwarten, ihn in sich zu spüren – nur ihr Kopf hatte noch Bedenken. Konnte diese Unsicherheit nicht gänzlich ausblenden. Allerdings war sie schon zu weit gegangen, um noch aufhören zu können – sie wusste nicht, ob sie es *ertragen* würde, wenn sie jetzt nicht weitermachten – also musste sie es ihm später erzählen.

Was sie getan hatte.

Wie ihr Leben wirklich aussah.

Vielleicht würde er sie dann nicht mehr wollen, doch sein sexy Knurren ließ keinen Zweifel daran, dass er sie *jetzt* wollte.

„Du bist so verdammt schön", raunte Marco an ihrem Bauch und seine Hand glitt zwischen ihre Beine – nur für einen kurzen Moment, doch das reichte, um in ihr das Verlangen nach mehr zu wecken. Dann hob er sie von sich hoch und stand auf – eine Schrecksekunde lang fürchtete sie, dass er sie einfach hier stehenlassen würde, stattdessen streifte er seine Hose runter und nahm umgehend wieder Platz, um seine Stiefel und die restlichen Klamotten auszuziehen.

Er lehnte sich auf dem Sofa zurück und sein

Schwanz ragte stolz und groß aus seinem Schoß auf, während sie noch vor ihm stand und er seinen glühenden Blick langsam über ihren nackten Körper wandern ließ. „Ich habe noch nie im Leben etwas so Schönes gesehen“, flüsterte er wie zu sich selbst, doch sie hörte es und es brachte sie zum Strahlen. Sie hätte das Gleiche über ihn sagen können – er war die personifizierte männliche Perfektion, wie er da so lässig und fast schon entspannt auf dem Sofa saß, mit Ausnahme von diesem *Schwanz*, der länger und dicker war als alles, was sie je gesehen hatte.

„Gefällt dir, was du siehst?“, fragte er und sie riss ihren Blick wieder hoch, um ihm ins Gesicht zu sehen. Er grinste breit. „Warum kommst du nicht her und schwingst dich drauf?“

Ihr stockte der Atem. Hatte er gerade wirklich...? *Oh ja.*

Er wartete ihre Reaktion gar nicht erst ab, sondern griff nach ihrer Hand und zog sie zu sich. Nicht gerade anmutig fiel sie rittlings auf seinen Schoß. Wieder zögerte sie kurz, unsicher, wie sie das anstellen sollte – er war so groß, sie war nicht einmal sicher, ob er in sie passen würde. Mit einem verruchten, lustvernebelten Blick sah Marco sie an, während er sie mit einer Hand an der Schulter festhielt und die andere zwischen ihre Beine gleiten ließ.

Sie schnappte nach Luft, als er mit zwei Fingern in sie hineinstieß. Er zog sie für einen Kuss zu sich herab, während seine Finger weiter in sie pumpten und sein Daumen ihre erregbarste Stelle fand und massierte, als hätte er es schon hundertmal gemacht.

„Marco", keuchte sie an seinem Mund.

„Oh, Baby, du bist so feucht", hauchte er und sie spürte ein Beben durch ihn gehen. „Ich muss in dir sein. *Jetzt.*"

Seine Hand glitt aus ihr und er packte stattdessen ihre Hüften und senkte sie hinab, während er sich gleichzeitig hochdrückte und in sie fuhr. Sie schrie auf und krallte sich in seine Schultern – seine schiere *Größe* hob sie regelrecht vom Sofa hoch. Dann sank er wieder herab und zog sich aus ihr heraus, bevor sie sich richtig auf ihn einstellen konnte.

„*Oh ja*", sagte er gepresst.

Dann ließ er sie erneut langsam seinen Schaft hinabgleiten und dehnte und füllte sie aus, bis sie vollständig auf ihm saß. Ihr Mund öffnete sich staunend. Sie hatte sich das nicht eingebildet. Er *war* so groß.

Er knurrte und warf den Kopf nach hinten. „Du bist so verdammt eng, Julia. Gott, damit wirst du mich umbringen."

Sie schaffte es nicht, etwas zu erwidern, da sie noch immer dabei war, sich an seine gewaltige Größe zu gewöhnen. Außerdem wollte sie nicht reden... sie wollte sich *bewegen*. Diesen schönen, sexy Mann reiten, bis er in ihr kam.

Sie hob ihre Hüften an und ließ sich dann langsam wieder herabsinken.

Marcos Kopf stürzte nach vorn und sein Mund landete keuchend an ihrer Brust. *„Heilige Scheiße"*, flüsterte er. Dann sah cr zu ihr auf. „Mach das nochmal."

Ihr Körper bebte bereits vor Erregung – und dieser *Fülle* in ihr – doch sie tat es. Hoch und runter, wieder und wieder, während sie dabei immer schneller wurde. Marcos Kopf kippte erneut nach hinten und jedes lusterfüllte Knurren, das sie ihm entlockte, steigerte auch ihre Lust. Sie schoss einem Orgasmus entgegen, der sich anfühlte, als würde er sie in Stücke reißen, doch sie hörte nicht auf, ihn immer schneller zu reiten.

Marco atmete angestrengt durch zusammengebissene Zähne, dann richtete sich der lodernde Blick seiner dunkelblauen Augen auf sie. Mit beiden Händen packte er ihre Hüfte, rammte sie noch fester auf sich herab und ließ sie mit jedem weiteren Stoß aufschreien. Doch als sein Daumen erneut ihre Klitoris fand, hielt sie es nicht länger aus... sie zog sich bebend um ihn zusammen, warf unkontrolliert stöhnend den Kopf zurück und ließ sich von ihrem Höhepunkt davontragen.

Gerade als sie den Gipfel ihres Orgasmus erklommen hatte, hielt Marco ihre Hüfte fest, drehte sich mit ihr um und drückte sie mit dem Rücken in die Couch. Er war immer noch in ihr, doch jetzt lag er zwischen ihren Beinen, die sie instinktiv um seinen Rücken geschlungen hatte. Dann glitt er langsam raus und rammte sich wieder in sie hinein.

Oh Gott. Schon dieser einzelne Stoß war so berauschend, dass er jegliches Denken bei ihr auslöschte.

Doch dann wiederholte er es und ließ sie noch lauter aufkeuchen. Sein unglaublicher, muskelgestählter Körper bedeckte ihren, seine Lippen schwebten über ihrem Hals und er stöhnte und knurrte in ihr Ohr, während er sie wieder und wieder kraftvoll nahm.

„Ich will dich", keuchte er.

„*Ja!*", stöhnte sie.

„Ich will *alles* von dir." Sein Atem ging rau und seine Stöße verliehen jedem seiner Worte mehr Nachdruck.

Sie konnte ihr *Ja* nicht noch enthusiastischer äußern oder es noch ehrlicher meinen, also packte sie seinen muskulösen Hintern, der sich anspannte, während er in sie pumpte, und trieb ihn weiter an. Er wurde schneller, nahm sie härter und fester und sie raste auf einen weiteren Höhepunkt zu, der den ersten wie ein bloßes Vorspiel wirken ließ.

Als sie kurz davor war, erneut zu kommen, knurrte er: „Und dann mache ich dich *mein*."

Und dieses letzte besitzergreifende Wort, begleitet von einem weiteren tiefen Stoß, brachten sie dazu, gegen ihn zu bocken und den Kopf genussvoll zurückzuwerfen und seinen Namen zu schreien. Er stieß ein langes, kehliges Stöhnen aus und erstarrte. Sie konnte fühlen, wie sein Schwanz in ihr pulsierte, als er kam. Eng umschlungen und mit rasenden Herzen hielten sie sich weiter fest und sein keuchender Atem paarte sich mit ihrem.

Er blieb lange in ihr, während ihre Körper abkühlten und ihr Atem sich wieder beruhigte.

Es schien, als wollte er sich nicht von ihr trennen.

Und die Wahrheit war, dass sie das auch nicht

wollte. Sie wollte so bleiben, heiß und klebrig und mit einer pochenden Befriedigung erfüllt, bis in alle Ewigkeit. Das war ohne Zweifel der beste Sex gewesen, den sie je gehabt hatte. Mit dem besten Mann, dem sie je begegnet war. Und das Letzte, was sie nun wollte, war, dass es bei diesem einen Mal blieb.

Schließlich glitt er behutsam aus ihr heraus, doch er blieb eng an sie gekuschelt. Er lag noch immer auf ihr, stützte sich aber auf den Ellbogen ab, damit nicht sein volles Körpergewicht auf ihr lastete. Er strahlte eine Hitze aus, die sie überall dort wärmte, wo er ihre Haut berührte – an den Beinen, der Hüfte und wo sich ihre harten Nippel an seine Brust drückten. Er spielte genüsslich mit ihren Haaren und hauchte sanfte Küsse auf ihr Kinn, ihre Wangen, ihre Augenbrauen und sogar ihre Lider, als sie diese schloss. Als er ihr einen flüchtigen Kuss auf die Nasenspitze setzte, öffnete sie die Augen wieder.

„Bitte sag, dass du bleibst", sagte er zärtlich.

Sie spähte über seine Schulter – draußen war es stockdunkel. „Ist glaube ich sowieso ein bisschen spät, um noch rauszugehen."

Wieder küsste er ihre Nase. „Ich meinte, dass du nicht nur bis morgen früh bleibst. Ich weiß, dass das alles wahnsinnig schnell geht – versprich mir einfach, dass du eine Weile hierbleibst und mir eine Chance gibst. Du musst dem Rudel nicht beitreten. Du musst gar nichts tun. Nur bleib bitte."

Sie grinste und blickte an ihren nackten, aneinandergeschmiegten Körpern herab. „Ich würde sagen, ich habe schon was getan."

Er lachte. Sie liebte diesen Klang und wie sein Lachen ihre Körper und das Sofa vibrieren ließ, als wären sie alle eins.

Dann sah er sie stirnrunzelnd an. „Erzähl mir nicht, dass es dir nicht gefallen hat. Wenn diese Schreie nicht dem besten Orgasmus deines Lebens galten, würde es mir das Herz brechen."

Allein ihn darüber reden zu hören, durchströmte sie wieder mit Hitze. „Es war definitiv der beste."

Seine Augen funkelten frech. „Gut. Aber nur um sicherzugehen, werde ich dafür sorgen, dass der nächste noch besser wird."

Sie konnte sich nicht vorstellen, wie das möglich sein sollte, doch schon glitten sein Blick, seine Lippen und seine Hände wieder über ihren Körper und heizten ihn wieder auf, bevor er überhaupt richtig abgekühlt war.

„Nochmal?", versuchte sie zu protestieren, doch

sie konnte selbst hören, wie wenig überzeugend es klang.

„Mm-hm“, raunte er, während sein Mund genussvoll eine heiße Linie ihre Brust entlang knabberte. Er hob den Kopf, um sie anzugrinsen. „Wie ich höre, habe ich mindestens eine Nacht, die ich nutzen kann.“

Ihre Augen weiteten sich leicht. *Die ganze Nacht?* Meinte er das ernst?

Als er jedoch wieder zu ihren Brüsten abtauchte und eine Hand zwischen ihre Beine gleiten ließ, wurde schnell klar, dass er es *definitiv* ernst meinte. Sie konnte nicht anders, als sich leicht unter ihm aufzubäumen und nach Luft zu schnappen, als er über ihre noch immer hochempfindliche Klitoris streichelte, doch bevor sie damit weitermachten, mussten sie reden.

Sie ergriff seine Schultern und zog ihn wieder hoch. „Marco.“

Er knurrte frustriert, hörte jedoch auf, sich weiter ihren Bauch hinunter zu küssen. „Ja, meine Liebste?“

Diese Worte... und seine Augen, die mit solcher Zärtlichkeit und schimmernder Lust gefüllt waren… es raubte ihr einen Moment lang den Atem. Sollte sie vielleicht einfach nur diese Nacht mit ihm genießen und sich am Morgen wieder rausschleichen? Ihm die Wahrheit doch verschweigen?

Er runzelte die Stirn und rutschte weiter hoch. „Was ist los?"

„Ich... ich muss dir etwas sagen." Plötzlich wusste sie nicht mehr, wohin mit ihren Händen, und verschränkte sie schließlich verlegen hinter dem Kopf.

Sein Stirnrunzeln wurde etwas düsterer. Doch anstatt weitere Fragen zu stellen, rutschte er mit seinem unwiderstehlichen Körper von ihrem runter, um sich aufrecht hinzusetzen und sie auf seinen Schoß zu ziehen. Es war ungewohnt intim, mit bloßem Hintern auf seinen nackten Beinen zu sitzen, doch er hielt sie zärtlich fest, strich ihr das Haar aus dem Gesicht und nutzte den andere Arm, um ihren Rücken zu stützen.

Sanft hob er ihr Kinn an. „Keine Sorge. Du kannst mir nichts erzählen, das etwas an meinen Gefühlen für dich ändern würde."

Damit sprach er direkt das an, was sie am allerwenigsten verstand. „Was empfindest du denn für mich?"

Ein kleines Lächeln tauchte auf seinem Gesicht auf und verschwand dann wieder. „Mein Wolf war nie glücklicher. Weil er seine Seelenverwandte gefunden hat."

Ein Kribbeln durchlief sie und brachte ihre Brustwarzen dazu, sich hart und erregt aufzustellen. Er bemerkte es sofort, streichelte zärtlich eine Brust und stieß ein leises Knurren aus. Er bedachte sie mit einem tadelnden Blick, ihn nicht in Versuchung zu führen, doch das tat sie kaum mit Absicht. Sie wusste nicht, ob es ein freudiges oder ängstliches Schaudern war, doch es kam definitiv tief aus ihrem Inneren – es war ihre Wölfin, die auf dieses Wort reagierte. *Seelenverwandte.*

Doch der menschliche Teil von ihr konnte es nicht verstehen. „Was ist mit Isabel?"

Seine Hand glitt von ihrer Brust und sein Kiefer arbeitete einen Moment. „Sie ist in meinen Beta verliebt."

„In Stefan?", fragte Julia und ihre Augen wurden groß.

Er nickte und blickte finster drein. „Offenbar schon vom ersten Tag an." Dann wurde seine Miene wieder weicher und er fuhr ihr mit einem Finger über die Lippen. „So ist das nun mal, wenn man füreinander bestimmt ist", flüsterte er. „Ein Teil von dir weiß sofort, dass diese Person deine andere Hälfte ist." Er ließ die Hand sinken und schenkte ihr ein zaghaftes Lächeln. „Unsere Wölfe wissen es schon lange vor uns. Was das angeht sind sie wirklich sehr klug. Sie verlassen sich da ganz auf ihren Instinkt."

Sie hielt den Atem an. Denn sie konnte tatsächlich etwas in ihrem Inneren spüren... etwas, das sie zu ihm hinzog... doch sie traute ihrer Wölfin nicht. Noch nicht. Vielleicht konnte sie ja mit Marcos Hilfe einen Weg finden, ihr zu vertrauen. Allerdings machte das nicht ungeschehen, was sie getan hatte. Und Marco verdiente die Wahrheit, bevor er beschloss, dass sein Wolf in sie verliebt war.

„Meine Wölfin ist auch so... instinktgetrieben", sagte sie, senkte den Kopf und wickelte sich eine Haarsträhne um die Finger.

„Ich weiß", sagte er heiser und brachte sie dazu, aufzusehen. „Und dazu ist sie noch extrem heiß und unglaublich mutig." Wieder sah er sie mit glühenden Augen an.

Sie schüttelte den Kopf und sah weg. „Nicht wirklich mutig, eher... dumm."

„Hey." Er legte ihr einen Finger unters Kinn und drehte ihren Kopf wieder zu sich. „Da habe ich aber etwas anderes gesehen."

Endlich blickte sie ihm in die Augen. „Du weißt nicht, was ich alles getan habe, Marco." Sie schürzte die Lippen, zwang sich aber schließlich dazu, es auszusprechen. „Ich haben einen Mann getötet."

Er runzelte die Stirn, doch er wirkte eher verwirrt als geschockt. „Nun, wenn du das getan hast, bin ich mir ziemlich sicher, dass er es verdient hatte."

Kurz starrte sie ihn mit offenem Mund an, dann verfinsterte sich ihr Blick. „Das ist keine Entschuldigung."

Er sah sie mit hochgezogener Augenbraue an. „Eine Entschuldigung ist nur ein Grund, an den man nicht wirklich glaubt." Dann musterte er sie nachdenklich und kuschelte sie wieder näher an sich. „Was ist passiert?"

Julia holte tief Luft und ließ es dann einfach raus. „Mein Vater war ein Shifter, aber er ist schon vor meiner Geburt abgehauen. Meine Mutter hatte danach eine ganze Reihe Ehemänner, jeder von ihnen ein größerer Versager als der davor. Ich habe noch zu Hause gelebt und versucht, irgendwie das College zu schaffen – ohne dass wir irgendwelches Geld hatten – und als ich eines Tages vom Unterricht nach Hause kam, war da dieser Typ... Er war einfach... er war sturzbetrunken und hat meine

Mutter windelweich geprügelt. Dann ist er auf mich los und ich—"

Marcos Knurren hatte an Lautstärke zugenommen, doch dass sich sein Arm fester um ihren Rücken zog, verunsicherte sie. War er sauer? Auf sie?

„Ich musste mich wehren!", sagte sie mit ebenfalls wachsendem Zorn.

Marco zog scharf die Luft ein und atmete dann langsam wieder aus. „Natürlich musstest du das. Und jetzt sag mir bitte, dass du diesen Scheißkerl umgebracht hast. Du musst den Rest kurz überspringen, mein Liebling, und mir sagen, ob dieses Arschloch das bekommen hat, was es verdiente."

Ihre Schultern entspannten sich und eine unendliche Erleichterung breitete sich wie warmer Honig in ihr aus. Marco hielt es für gerechtfertigt. Sie wusste nicht, ob sie der gleichen Meinung war, doch zu wissen, dass er sie nicht verurteilte, gab ihr ein Gefühl von *Geborgenheit.*

„Ja, ich habe ihn getötet", sagte sie und stieß befreit den Atem aus. Sie hatte ihn getötet... *weil er es verdient hatte.* Das ließ zwar nicht das Entsetzen über ihre Tat verschwinden, doch es rückte das Ganze in die richtige Perspektive und fühlte sich dadurch irgendwie... *abgeschlossen* an. Als könnte sie es jetzt endlich verarbeiten.

„Du hast definitiv das Richtige getan“, knurrte Marco, doch er klang nicht mehr so wütend. Dann legte er ihr wieder die Hand auf die Wange. „Aber ich kann mir vorstellen, dass es dir eine scheiß Angst eingejagt hat.“

„Ich hatte mich nicht unter Kontrolle“, flüsterte sie. „Meine Wölfin war... sie ist völlig durchgedreht und hat ihn umgebracht. Es war... furchtbar.“

Seine Augen verengten sich. „Du hast ihn in deiner Wolfsgestalt getötet?“

Sie nickte.

„Wo liegt dann das Problem?“

„Wo das Problem liegt?“, fragte sie ungläubig und wich zurück. „Ich habe einen Mann getötet, Marco. In der Wohnung meiner Mutter. In meinem Zuhause. Ich habe ihn in Stücke gerissen, bis nur noch ein blutiger Haufen übrig war. Wahrscheinlich ist die Polizei immer noch auf der Suche nach mir.“

Er runzelte die Stirn. „Also bist du auf der Flucht. Deswegen bist du hier gelandet.“

Sie schluckte. „Ich brauchte ein Versteck. Einen Ort, an dem ich bleiben kann, bis ich mein Leben wieder in Ordnung gebracht habe.“

In seinen Augen dämmerte langsames Begreifen. „Du willst, dass alles wieder so wird wie vorher. Du willst dein altes Leben zurück... und nicht hier bei einer kriminellen Shifter-Gang leben."

Sie zuckte leicht zusammen, als er ihre Gedanken laut aussprach. „Ich schätze, ich bin jetzt auch eine kriminelle Shifterin. Ich habe es, naja, wohl nur noch nicht akzeptiert."

„Hey," unterbrach er sie scharf. „Du bist *keine* Kriminelle. Hättest du ihn mit einer Pistole erschossen, wäre es in Ordnung gewesen, oder? Wärst du dann davongelaufen? Nein. Du hättest auf Notwehr plädiert und die Polizei hätte dich wahrscheinlich nicht einmal verhaftet. Aber du bist geflohen, weil du wusstest, dass es so nicht laufen würde, und zwar weil du geshiftet bist... denn *das* hat dich in den Augen des Gesetzes zu einer Kriminellen gemacht. Zu einem gefährlichen, wilden Tier, das unschädlich gemacht werden muss. Die Welt stempelt uns schon als Kriminelle ab, bevor wir überhaupt irgendwas getan haben... *aber das sind wir nicht.*" Er holte tief Luft, um den wachsenden Zorn in seiner Stimme zu zügeln. „Ich behaupte nicht, dass alles, was mein Rudel tut, legal ist... ich sage nur, dass alles davon *notwendig* ist. Ebenso wie es notwendig war, das Arschloch zu töten, das erst deine Mutter und dann dich angegriffen hat. Es ist nichts falsch daran, *sein Leben zu verteidigen*, Julia."

Ihre Augen weiteten sich, während sie seine Worte in sich aufsog. „Glaubst du das wirklich?"

„Von ganzem Herzen." Seine aufgebrachte Miene wurde wieder weicher. „Ich habe dir zwar gesagt, dass nichts, was du mir erzählen könntest, etwas an meinen Gefühlen für dich ändern würde, aber da habe ich mich geirrt."

Ihr Herz setzte für einen Schlag aus. „Hast du?"

Seine Hand, die sachte auf ihrem Knie geruht hatte, glitt ihre Seite hoch, bis er ihre Brust zu fassen bekam und sie besitzergreifend massierte, während er Julia für einen innigen Kuss zu sich zog. Als er kurz innehielt, um Luft zu holen, konnte sie spüren, wie sein Schwanz zwischen ihnen steif wurde. Sie konnte kaum glauben, dass er schon wieder bereit für mehr war, nachdem sie gerade erst den unglaublichsten Sex ihres Lebens gehabt hatten.

„Du bist sogar noch mehr, als ich zu hoffen gewagt habe", flüsterte er gegen ihre Lippen. Und ehe sie sich versah, hatte er sie schon wieder auf die Couch gelegt, glitt in sie hinein und dehnte sie auf die köstlichste Art und Weise.

Sie schlang die Arme um ihn und gab sich lustvoll jeder Berührung, jedem Kuss und jedem sinnlichen Kribbeln hin. Sie wusste nicht, was sie tun würde – in keiner Beziehung – doch eines wusste sie, und zwar, dass ihr jeder einzelne Augenblick mit Marco Wilding immer kostbarer wurde.

Und umso mehr hasste sie die Vorstellung, ihn verlassen zu müssen.

Kapitel Elf

MARCO STÖHNTE, ALS ER KAM, UND SANK DABEI noch tiefer in Julias süßen Körper ein.

Sie waren in seinem Zimmer, auf seinem Bett, wo er sie von hinten nahm und einfach diesen herrlichen Anblick genoss, der sich ihm bot. Jetzt ließ ihr eigener Orgasmus sie ebenfalls aufstöhnen und er spürte, wie sie um ihn kam, als ihr Körper unter ihm genüsslich bebte. Er verlangsamte die Geschwindigkeit, mit der er in sie pumpte, und hasste bereits den Gedanken, die süße Enge ihres Körpers zu verlassen, aber *gütiger Himmel*, er war fix und fertig.

Außerdem wurde es Zeit, aufzustehen.

Morgensex war für ihn das absolut Beste.

Genau wie Abendsex. Und Mitten-in-der-Nacht-Sex. Seit über einer Woche vergnügten sie sich nun schon so, ohne dass es weniger zu werden schien.

Nicht, dass er sich auch nur im Geringsten beschwert hätte. Sie hatten jede nur erdenkliche Stellung ausprobiert, doch nach der aufregenden ersten Nacht in der Sporthalle waren sie dabei immer in seinem Zimmer gewesen und hatten mittlerweile wahrscheinlich jeden Quadratzentimeter des kleinen Raumes eingeweiht.

Er glitt aus ihr heraus und rollte sich neben sie auf den Rücken. Julia ließ sich auf seine Brust fallen und schien ebenso atemlos und erschöpft zu sein wie er. Ohne sie anzusehen strich er ihr mit einer Hand durchs Haar, während er einfach nur an die Decke starrte und versuchte, seinen Atem zu beruhigen.

Mittlerweile kannte er jede Kurve ihres Körpers und er hatte jeder einzelnen gebührend gehuldigt. Er wusste, dass sie nach dem Sex gerne erst etwas zur Ruhe kam, anstatt sich direkt zu unterhalten, was ihm gerade sehr entgegenkam, da er dagegen ankämpfen musste, nicht wieder einzudösen. Er hatte heute Morgen offenbar mit einem Ständer im Bett gelegen – momentan ein Dauerzustand, wie es schien – was ihm aber nur aufgefallen war, weil Julia ihn in den Mund genommen und Marco so aus dem Tiefschlaf gerissen hatte.

Sie war nicht nur unglaublich im Bett, sondern auch sonst zweifellos das Beste, was ihm je passiert war. Sein Plan, sie zum Bleiben zu bringen, schien aufzugehen – jeden Tag gelang es ihm ein Stück mehr, sie weiter in die Rudelaktivitäten zu integrieren... und er hoffte, sich Nacht um Nacht, Orgasmus für Orgasmus einen Weg in ihr Herz bahnen zu können.

Zumindest hatte sie seit einiger Zeit nicht mehr davon gesprochen, gehen zu wollen.

„Gott, Marco“, hauchte sie an seiner Brust. „Ich hatte mich noch nicht einmal von dieser Sache an der Wand erholt, die wir letzte Nacht gemacht haben.“

Schmunzelnd hob er den Kopf, um sie anzusehen. „Womit hast du denn gerechnet, wenn du mich morgens mit einem Blowjob weckst, mein Schatz?“

Sie grinste und schmiegte sich an ihn. Gott, er liebte das Gefühl ihres nackten Körpers an seinem, selbst wenn sie nicht miteinander schliefen – eigentlich *vor allem*, wenn sie nicht miteinander schliefen und sie so wie jetzt einfach nur mit den

Fingerspitzen verträumte Linien auf seine Brust malte.

„Keine Ahnung", sagte sie sarkastisch. „Ich hab wohl gedacht, dass ich dir einfach einen blasen könnte."

Er lachte so laut los, dass die Matratze bebte. „Tut mir leid, aber das hättest du vorab klarstellen müssen." Er grinste sie an. „Sonst lasse ich mich zu leicht von dem Gedanken ans Hauptereignis hinreißen."

Sie fächerte sich Luft zu und tat so, als würde sie überhitzen. Was vermutlich nicht einmal vorgespielt war. „Du bist wirklich unverbesserlich, du Sexgott." Dann legte sie ihm beide Hände auf die Brust und sah ihm ernst in die Augen. „Aber irgendwann werde ich auch mal wieder eine Nacht durchschlafen müssen."

„Wir können schlafen, wenn wir tot sind." Er grinste und zog sie für einen schnellen Kuss zu sich. „Aber ich glaube, so langsam sollten wir wirklich aufstehen." Er hob sie von seiner Brust und tastete neben dem Bett nach seiner Hose, die irgendwo auf dem Boden gelandet war, als sie letzte Nacht ins Zimmer gekommen und direkt übereinander hergefallen waren. Er fand sie, zog sein Handy heraus und warf einen Blick auf die Uhr. „Scheiße!"

Sie rappelte sich auf die Ellbogen hoch. „Was ist los?"

„Ich komme zu spät zum Training." Er stieß ein unterdrücktes Fluchen aus. So sehr er Julia auch liebte und es liebte, mit ihr zu schlafen, er musste sich wirklich zusammenreißen und aufpassen, dass er dabei seine Pflichten als Alpha nicht vernachlässigte.

Ihre Augenbrauen flogen hoch. „Oh nein – dann bin ich auch zu spät!" Sie kletterte aus dem Bett und machte sich auf die Suche nach ihren Klamotten.

„Stimmt..." Er schlüpfte in seine Jeans. „Du fängst heute in der Schule an, oder?"

„Ja." Sie starrte missmutig auf ihr zerknittertes T-Shirt, warf es dann zur Seite und suchte sich stattdessen ein frisches von seinen heraus. „Ich gehe zur Schule, um Kinder zu unterrichten, und rieche nach Sex! Am ersten Tag! Wirklich ein toller Start."

Er lachte, doch er wollte sich nochmal vergewissern, dass sie wirklich dorthin wollte. Er liebte es, dass sie dem Rudel half – und besonders, dass es ihre eigene Idee gewesen war – doch er wollte nicht, dass sie sich unter Druck gesetzt fühlte.

„Bist du dir sicher, dass du das machen möchtest?", fragte er. „Du könntest auch erst morgen anfangen.“ Sie hatten die Schule vor Kurzem wieder geöffnet, da es seit dem letzten Angriff keine Anzeichen vom Wolfsjäger oder seinen Anhängern mehr gegeben hatte, und das war jetzt schon über eine Woche her.

Sie zog sein T-Shirt über, doch da es zwei Größen zu groß war, hing es schlabberig an ihrer schmalen Figur herab. Sie raffte es unten zusammen und verknotete es, damit es besser saß.

„Es wird kaum jemand überrascht sein, dass wir miteinander schlafen“, sagte sie mit einem Grinsen. „Ich bin mir ziemlich sicher, dass sogar die Kinder da mittlerweile hintergekommen sind. Aber ja, ich will heute anfangen... ich möchte, dass diese Kinder die Bildung bekommen, die sie verdienen. Damit sie eine Zukunft haben können. Außerdem habe ich schon ein paar Ideen, die ich gerne umsetzen würde…“ Der Blick, den sie ihm zuwarf, während sie ihre Jeans zuknöpfte, war etwas schüchtern, fast schon verlegen.

Doch er hatte nichts anderes von ihr erwartet. „Natürlich, mach das. Aber ich möchte trotzdem, dass du später zum Kampftraining mit den Jungs vorbeikommst. Kannst du das in deinem Zeitplan noch unterbringen?“ Sie hatte Marco mittlerweile gezeigt, was sie so draufhatte – sie konnte etwas Jiu-

Jitsu, was verdammt heiß war – und er war jederzeit für eine nackte Wrestling-Einlage mit ihr zu haben, doch einige ihrer Kampftechniken waren so gut, dass sein ganzes Rudel davon profitieren konnte. Außerdem hoffte er, dass das Training eine weitere Gelegenheit bot, sie ins Rudel zu integrieren und dazubehalten. Sie hatten in letzter Zeit weder über ihren Rudelbeitritt noch über eine Paarung oder dergleichen gesprochen – er hatte sich vorgenommen, es nach ihrem raketenhaften Start langsam angehen zu lassen. Er wollte, dass sie sich *sicher* war. Und bevor er sie das nächste Mal fragte, wollte auch er sicher sein, wie ihre Antwort ausfallen würde.

„Ich würde liebend gerne mit euch trainieren", sagte sie mit einem kleinen Lächeln. „Vielleicht kann ich nach der Schule zum Nachmittagstraining kommen?"

„Abgemacht." Er stieg in seine Stiefel und ging zu ihr, um ihr einen kurzen Kuss auf die Wange zu geben. „Du weißt, dass ich das hier liebe, oder? Alles daran – die Schule, das Training..."

Grinsend sah sie zu ihm auf, während sie sich bückte, um ihre Schuhe zuzubinden. „Dass ich dich morgens mit einem Blowjob wecke?"

Er schloss die Augen, legte den Kopf in den

Nacken und knurrte. „Wenn du jetzt anfängst, davon zu reden, kommen wir hier *niemals* raus."

Sie lachte und richtete sich auf, dann schlang sie die Arme um seine Taille und küsste ihn auf die Brust. „Dann sind meine Lippen jetzt versiegelt."

Er blickte zur ihr hinab. „Bitte sag das nie wieder."

Sie lachte erneut und stieß sich von ihm ab. Doch er griff nach ihrer Hand und hielt sie fest, denn er konnte es kaum ertragen, mehr als ein paar Schritte von ihr entfernt zu sein. Und sie den halben Tag nicht zu sehen, würde hart genug für ihn werden. Immerhin war sein Wolf völlig erledigt und räkelte sich glückselig und befriedigt auf dem Rücken. Das würde es Marco leichter machen, für eine Weile von ihr getrennt zu sein. Er verschränkte seine Finger mit ihren, während sie gemeinsam sein Zimmer verließen und die Tür hinter sich schlossen.

Ein Kichern weiter hinten im Flur erregte ihre Aufmerksamkeit. Stefan und Isabel bemerkten sie nicht einmal, so sehr waren sie damit beschäftigt, sich auf dem Weg in Stefans Zimmer zu befummeln. Marco grinste, sah Julia an und wackelte mit den Augenbrauen.

„Sie waren letzte Nacht beide auf Patrouille",

sagte er leise. „Ich schätze, sie kommen gerade erst zurück."

„Und kommen direkt wieder zur Sache", erwiderte Julia grinsend.

Marco drückte ihre Hand noch fester. „*Hör auf* mit dem Dirty-Talk oder ich schleife dich sofort zurück in mein Zimmer und beuge dich übers Bett."

Sie lächelte breit und es brachte etwas in ihm zum Leuchten – im Bett war sie wie ein geschmeidiges Sex-Kätzchen und außerhalb davon war sie extrem tough und unglaublich klug. Bevor ihr Leben den Bach runtergegangen und sie in Marcos Welt gelandet war, hatte sie ihren Uniabschluss in einem Technikbereich angestrebt. Er fühlte sich wie ein absoluter Glückspilz – sie war unglaublich heiß und er war unsterblich in sie verliebt. Er betete nur, dass er das mit ihr nicht doch noch irgendwie versauen würde.

Er hielt weiter mit ihr Händchen, während sie in den offenen Gemeinschaftsbereich gingen. Luke, einer seiner besten Männer, wartete im Essbereich auf Julia – er würde sie zur Schule begleiten.

Luke nickte ihm zur Begrüßung zu. „Hey, Boss." Dann sah er zu Julia. „Bereit, wenn Sie es sind, Ma'am."

„Ich bin bereit." Sie versuchte immer noch, ihre vom Sex zerzausten Haare zu bändigen.

„Viel Glück mit den kleinen Monstern", sagte Marco und drückte ihr erneut einen Kuss auf die Wange. Er wollte sie wirklich nicht gehen lassen, doch das würde er jetzt nicht zeigen.

„Bis später", sagte sie lächelnd, nahm ihre Hand aus seiner und ging mit Luke davon. Marco sah ihnen hinterher und kämpfte gegen das Verlangen an, ihnen nachzulaufen und Luke zu sagen, dass er den Geleitschutz übernehmen würde. Doch er hatte wirklich einiges zu erledigen.

Er machte sich zum Hinterausgang des Unterschlupfs auf und trat in den morgendlichen Sonnenschein hinaus. Ein Dutzend seiner besten Männer hatte sich bereits dort versammelt und sich für das Nahkampftraining aufgestellt. Das Training war eine direkte Konsequenz der Angriffe des Wolfsjägers und für die meisten von ihnen noch neu – aber Marco wollte, dass seine Leute sich selbst verteidigen und andere beschützen konnten, wenn es darauf ankam. Mit jedem Tag, der ohne weitere Angriffe oder Entführungen verging, wagte Marco ein bisschen mehr zu hoffen, dass der Wolfsjäger nach dem letzten Rückschlag das Interesse an ihnen verloren hatte. Doch der pessimistische Teil von ihm glaubte nicht, dass ihr Glück anhalten würde.

Normalerweise wäre Stefan hierfür zuständig gewesen, doch er und Isabel hatten gerade erst die Nachtschicht hinter sich gebracht und Marco ließ seinen besten Freunden gerne mehr Zeit, um sich besser kennenzulernen. Er hatte bisher nicht nachgefragt, ob Stefan sie schon zu seiner Partnerin gemacht hatte – das war ihre Angelegenheit und er war sich sicher, dass sie es ihm früh genug erzählen würden. Aber er wäre nicht überrascht, wenn Stefan es bei der erstbesten Gelegenheit tun würde, wann immer die sich auch ergeben mochte.

Denn *ihn* brachte es beinahe um, Julia nicht jedes Mal, wenn sie sich stöhnend unter ihm aufbäumte, sofort zu seiner Partnerin machen zu können. *Geduld.* Die gehörte sicherlich nicht zu seinen Stärken, doch Julia war ihm zu wichtig, als dass er das Risiko eingehen wollte, sie zu verlieren.

Casey, eines der neueren Rudelmitglieder, unterbrach das Training und joggte mit irgendeinem elektronischen Gerät in der Hand auf ihn zu.

Marco deutete mit dem Kinn darauf. „Ist das das, was ich denke?" Casey hatte eine Ausbildung als Elektrotechniker gemacht, bevor er als Wolf geoutet worden war und seinen Job verloren hatte.

Irgendwie war er danach in der Innenstadt und in Cruz' Gang gelandet, wo er ums nackte Überleben gekämpft hatte. Marco hatte ihn irgendwann halb tot in einer Gasse gefunden und seitdem gehörte Casey fest zu seinem Rudel. Marco hatte ihn gebeten, einen Peilsender zu basteln, für den Fall, dass der Transporter des Wolfsjägers wieder auftauchen sollte. Wenn sie die Übergriffe ein für alle Mal stoppen wollten, mussten sie herausfinden, wo die Männer des Wolfsjägers die Leute hinbrachten, die sie entführten. Dann würde Marco diesem verdammten Wichser die Kehle rausreißen und diesen verfluchten Albtraum beenden.

„Ja", sagte Casey. „Hat eine Weile gedauert, die ganzen Teile zusammenzusuchen, aber ich habe jetzt mehrere funktionsfähige Prototypen."

Er reichte Marco das Gerät. Es war größtenteils nackte Elektronik – eine Leiterplatte, eine Batterie und anderer Elektronikkram, den Marco nicht kannte. Das ganze Ding wirkte ziemlich instabil und zerbrechlich.

„Ist natürlich noch nicht fertig", sagte Casey zum Gerät gestikulierend. „Funktioniert aber schon. Es hat allerdings nur eine Reichweite von etwa acht Kilometern, maximal zehn. Das heißt, dass wir ihnen auf den Fersen bleiben müssen, sobald der Tracker angebracht ist. Die Distanz ist aber groß genug, dass wir außer Sichtweite bleiben und den Arschlöchern trotzdem überallhin folgen können, wo sie unsere Leute hinbringen."

Marco nickte. „Gute Arbeit." Er hielt das Gerät hoch. „Wir werden allerdings etwas brauchen, das ein bisschen stabiler ist."

„Ja, ich weiß. Ich arbeite schon an einem Gehäuse, um die Elektronik zu schützen. Das da kannst du erst einmal behalten – das Gehäuse sollte heute Nachmittag fertig sein."

„Super. Sobald du ein fertiges Modell hast, kannst du anfangen, mehr davon zu bauen. Sag Bescheid, falls du mehr Geld brauchst. Egal wie, ich möchte, dass am Ende der Woche jedes Rudelmitglied so einen Peilsender bei sich trägt. Sollte der Transporter des Wolfsjägers das nächste Mal auftauchen, will ich die größtmögliche Chance haben, so einen Tracker daran anzubringen. Dann spüren wir ihn auf und sorgen dafür, dass er es bereut, sich je mit unserem Rudel angelegt zu haben."

Casey grinste. „Alles klar, Boss." Er joggte zurück in die Unterkunft, um sich in seiner Werkstatt dort an die Arbeit zu machen, und Marco ließ das Gewirr aus GPS-Teilen in seine Hosentasche gleiten.

Dann wandte er sich um und beobachtete, wie seine Rudelmitglieder sich eins gegen eins gegenüberstellten. Sie hatten sich fertig aufgewärmt und begannen nun mit einfachen Kampfübungen. Marco winkte Mason zu sich – er war erst siebzehn, doch bereits ein ausgewachsener männlicher Shifterwolf. Er hatte jede Menge Kraft und tonnenweise Testosteron, die darauf brannten, es mit dem Wolfsjäger aufzunehmen, Marco wollte nur sichergehen, dass er auch etwas Kampferfahrung hatte, damit ihm sein Übermut nicht zum Verhängnis wurde. Er selbst war gerade einmal einundzwanzig, doch er war bereits in mehr Kämpfe verwickelt gewesen, als er zählen konnte – und an manche konnte er sich nicht einmal mehr erinnern, besonders nicht nach seinem Sieg über den ehemaligen Alpha. Zwar hatte er früher nicht all seine Kämpfe gewonnen, doch jetzt stärkte ihn der Unterwerfungsbund von über hundert Rudelmitgliedern.

Mason würde keine Chance haben, aber Marco wollte ihm beibringen, klug zu kämpfen und sich nicht von seinem durchaus gerechtfertigten Zorn leiten zu lassen.

Er deutete Mason mit einem kurzen Winken,

näherzukommen. „Zeig mir mal, was du draufhast. Aber ohne zu shiften."

Der Junge ging auf ihn los und landete kurz darauf mit dem Gesicht voran auf dem Asphalt. Wieder und wieder griffen sie einander an und kamen in der heißen Sonne gewaltig ins Schwitzen. Mason lernte etwas über das Kämpfen, aber vor allem darüber, am Leben zu bleiben. Sie hatten etwa eine Stunde trainiert, als Casey auf einmal aus der Unterkunft gerannt kam.

„Marco!", rief er, noch bevor er sie erreicht hatte.

Mason nutzte diesen kurzen Moment der Ablenkung und trat Marco die Beine weg. Mit voller Wucht landete er auf dem rissigen Beton.

„Arschloch", knurrte Marco, doch der jüngere Wolf lachte nur.

Marco rappelte sich gerade wieder hoch, als Casey ihn außer Atem und mit weit aufgerissenen Augen erreichte.

Marco wurde augenblicklich nüchtern. „Was ist los?"

„Irgendwas ist an der Schule los", stieß Casey atemlos aus.

Julia. Marco wartete nicht ab, ob er noch mehr sagen würde, er packte Casey einfach am T-Shirt und zerrte ihn zur Straße. „Du kommst mit mir“, bellte er. „Alle anderen holen sich ihre Waffen und treffen uns an der Schule!“

Dann rannte er so schnell er konnte los und betete, dass er nicht zu spät kam.

Kapitel Zwölf

Vermummte Eindringlinge in schwarzer Kampfausrüstung drängten die Lehrerin und die Schüler in Richtung Treppenhaus.

Julia wurde an der Tür des Klassenzimmers festgehalten, in dem der Unterricht für die etwa ein Dutzend Kinder stattgefunden hatte. Einer der Angreifer drückte ihr eine Pistole in die Seite und bewachte sie, während die anderen großen, massigen Typen die Kinder wie Tiere zusammentrieben.

Es dauerte nicht lange, bis sie alle einzeln hintereinander die Treppe hinabliefen.

„Beweg dich“, bellte der Mann, als sie nicht augenblicklich loslief, nachdem das letzte Kind den Raum verlassen hatte. Um seinen Worten mehr

Nachdruck zu verleihen, stieß er Julia von hinten gegen die Schulter. Als wüsste Julia nicht ganz genau, was hier vor sich ging. Die Männer versteckten ihre Gesichter unter Sturmhauben, wie Feiglinge, denn das war alles, was sie waren – bewaffnete Feiglinge. Und sie hatten ganz offensichtlich vor, sie alle zu entführen.

Julia stieg ohne besondere Eile die Stufen herab, gerade noch schnell genug, um ihren Bewacher nicht zu provozieren. Ihr Verstand raste und sie überlegte verzweifelt, was sie tun könnte. Sie könnte shiften und einen der Entführer erledigen, doch es waren zu viele – insgesamt bestimmt ein Dutzend – außerdem wollte sie nicht riskieren, dass bei dem Kampf eines der Kinder verletzt würde. Die Kinder für ihren Teil verhielten sich vorbildlich, sie blieben ruhig und shifteten nicht – Marco hatte sie wirklich gut erzogen. In ihrer Wolfsform wären sie in weitaus größerer Gefahr, einfach weil diese Männer – die Anhänger des Wolfsjägers – nicht zögern würden, sie in dieser Gestalt zu töten. In ihrer menschlichen Gestalt zu bleiben war eines der wenigen Dinge, die ihnen das Leben retten konnten.

Das traf auch auf Julia zu, aber gerade ging es ihr nur darum, die Kinder davor zu bewahren, dem

Wolfsjäger in die Hände zu fallen. Doch ihr kam einfach keine Idee, wie sie das verhindern sollte.

Das Klassenzimmer war genau genommen nur ein umfunktioniertes Apartment in der fünften Etage eines Wohnhauses, in dem der Aufzug nicht funktionierte, also mussten sie die fünf Stockwerke hinunterlaufen. Das verschaffte ihr zwar etwas Zeit, doch es half nichts – sie hatte einfach keine Ahnung, was sie tun sollte.

Als sie das Erdgeschoss erreichten, sah sie, was mit den beiden Rudelmitgliedern passiert war, die die Schule bewacht hatten – Luke und Jason lagen regungslos am Boden. Sie konnte nicht sagen, ob sie tot oder nur betäubt waren, so wie sie damals, als die Leute des Wolfsjägers versucht hatten, sie und Ethan zu entführen. Doch sie hatte keine Zeit, sich die beiden genauer anzusehen, denn ihr Bewacher packte ihren Arm und drängte sie durch die Tür nach draußen in den hellen Sonnenschein. Ein großer weißer Transporter stand quer vor dem Eingang des Wohnkomplexes und die Lehrerin sowie die meisten Schüler befanden sich bereits im Wagen. Einer der Nachzügler in der Schlange sah sich besorgt nach ihr um – es war Ethan.

Julia schürzte nur die Lippen und schüttelte den Kopf. Sie wollte nicht, dass er ihretwegen irgendeinen verrückten Rettungsversuch unternahm und sich in Gefahr brachte. An seinem Blick konnte sie nämlich erkennen, dass er genau darüber nachdachte.

Er ließ die Schultern sinken und drehte sich wieder zu dem Transporter um. Die Wache an der Fahrzeugtür hob ihn hoch, um ihn ins Innere zu verfrachten. Das musste zu viel für Ethan gewesen sein – er stieß ein kleines Kinderknurren aus, krallte sich in das Gesicht des Mannes und zerrte an dessen Maske, während er mit der kleinen Faust seiner anderen Hand auf ihn einschlug.

„Ethan!“ Julia stürzte nach vorne. „Hör auf damit!“

Plötzlich ertönte hinter ihr ein tosendes Gebrüll und alle, selbst Ethan und die Wache, erstarrten und drehten sich in Richtung des Lärms um.

Es war Marco – mit tobender Wut in den Augen preschte er aus einer Gasse neben dem Wohngebäude heraus und auf sie zu.

Julias blieb das Herz stehen. Sie wusste nicht, was Marco vorhatte, doch sie würde alles geben, um ihm zu helfen. Sie stürzte vorwärts, riss Ethan aus den Armen des Gangsters und wandte sich blitzschnell ab, um das Kind mit ihrem Körper zu beschützen.

Um sie herum ertönten Schreie. Für einen kurzen Augenblick trafen sich Julias und Marcos Blicke, als er sie und Ethan packte und sie vom Transporter weg zu Stefan schubste, der direkt hinter ihm war. Stefan zerrte sie noch weiter vom Transporter fort und hielt dabei den metallenen Deckel einer Mülltonne als Schutzschild vor sie.

Marco prügelte so wild auf den Gangster ein, dass auch die anderen Männer des Wolfsjägers nicht anders konnten, als sich in den Kampf einzumischen. Das Zischen mehrerer Schüsse erklang – Betäubungspfeile – doch sie fühlte keine Stiche in ihrer Haut. Stefan, Ethan und sie hetzten weiter auf die Gasse zu.

„Los, los, los!“, schrie Stefan. Metallisches Klirren erklang von seinem improvisierten Mülltonnendeckel-Schild. Julia hielt Ethan mit eisernem Griff fest und gemeinsam schafften sie es in die Gasse, wo sie sich außerhalb der Schusslinie hinter die nächste Ecke kauerten.

Erst dann sah sie zurück.

Marco war zu Boden gegangen und wurde von sechs Entführern in Schach gehalten, während einer von ihnen immer weiter Pfeile in seinen Körper schoss.

„Nein!“, schrie sie und streckte unwillkürlich die Hand nach ihm aus.

Stefan packte sie am Arm und schleifte sie zurück um die Ecke. Dann beugte er sich zu ihr und flüsterte ihr mit heiserer Stimme ins Ohr: „Marco hat das so geplant. Versau es jetzt nicht!“

Marco wollte das so? Mit weit aufgerissenen Augen sah sie nochmal zurück. Die Männer des Wolfsjägers zerrten Marcos betäubten Körper in den Transporter und luden ihn neben dem Rest der Kinder und der Lehrerin ab. Nur Julia und Ethan waren entkommen und das auch nur durch das Opfer, das Marco gebracht hatte.

„Du musst sie aufhalten!“ Sie krallte sich in Stefans Hemdkragen, damit er ihr zuhörte.

Er bedachte sie mit einem mitfühlenden Blick, schüttelte aber bloß den Kopf. Erst da bemerkte Julia, dass noch jemand mit ihnen in der Gasse war – Casey, ebenfalls eines von Marcos Rudelmitgliedern. Sie hatte schon einige von Marcos Unterhaltungen mit ihm mitbekommen und wusste, dass er Ahnung von Technik hatte, doch ihr Mund klappte entsetzt auf, als sie sah, dass er die ganze Szene mit seinem Handy filmte!

„Was zur Hölle machst du da?“, fuhr sie ihn an

und beinahe wäre ihre Wölfin vor Wut aus ihr herausgebrochen.

Casey zuckte zusammen und sah aus den Augenwinkeln zu ihr, doch dabei filmte er weiterhin mit ruhiger Hand den Transporter. Dessen Seitentür wurde knallend zugezogen, dann entfernte sich das Fahrzeug mit quietschenden Reifen vom Wohngebäude.

Julia stieß Stefan von sich weg. „Was zum Teufel ist hier los? Wie konntest du nur zulassen, dass sie Marco mitnehmen?"

Casey beendete die Videoaufnahme und das leise Klicken zerschnitt die Stille, die auf ihre Anschuldigung folgte. Doch er ignorierte ihre Frage und wandte sich Stefan zu. „Ich kann den letzten Teil, wo sie redet, rausschneiden."

Stefan nickte. „Gib mir Bescheid, wenn es fertig ist."

Ethan stand neben ihr, sein Gesichtsausdruck ebenso fassungslos wie Julias. „Warum habt ihr sie entkommen lassen?" Mit seiner jungen Stimme klang der Vorwurf noch schärfer.

Die beiden Männer wandten sich unbehaglich um und Stefan beugte sich zu Ethan herab. „Wir tun, was unser Alpha von uns verlangt hat. Mach dir keine Sorgen, kleiner Mann. Wir holen jeden einzelnen von ihnen zurück."

Julia starrte Stefan wutentbrannt an. „Du erklärst mir das jetzt gefälligst. *Sofort.*"

Stefan nickte Casey zu. „Hast du das Signal?"

Casey wischte über sein Handydisplay und hielt es ihm dann hin. „Ja, sieht gut aus, aber wir sollten uns so langsam in Bewegung setzen."

Julia starrte darauf und endlich kämpfte sich Verständnis durch ihre Panik und die Angst, Marco zu verlieren. „Ihr verfolgt ihn", sagte sie beeindruckt.

Casey nickte. „Es ist nur ein Prototyp, aber Marco hat ihn in seiner Hosentasche." Er sah zu Stefan. „Er hat nur eine Reichweite von acht Kilometern, vielleicht etwas mehr. Wir müssen ihnen nach." Wieder warf er einen Blick aufs Handy und seine Miene verfinsterte sich.

„Was ist los?", fragte Julia.

„Sie fahren durch Cruz' Revier." Casey blickte zu Stefan auf, der sich mit einer Hand übers Gesicht fuhr.

Julia starrte die beiden böse an. „Na schön, dann ruft ihr Cruz eben an und klärt das, damit wir ihnen folgen können."

„Ohne Marco..." Stefan schüttelte den Kopf

und Caseys besorgtes Stirnrunzeln wurde noch tiefer. Als verlangte sie Unmögliches von ihnen. Erneut stieg Julias Zorn in ihr auf.

„Ich rufe ihn an“, sagte Ethan mutig.

„Seht ihr?“, sagte Julia und zeigte auf das Kind, das offensichtlich mehr Mumm hatte als zwei von Marcos besten Männern. Warum zögerten sie überhaupt noch? „Selbst Ethan weiß, dass wir das machen müssen. Außerdem, was soll Cruz schon tun? Nein sagen?“ Julia deutete in die Richtung, in die der Wagen verschwunden war. „Der Wolfsjäger hat gerade eine ganze Schulklasse entführt! Und wir haben die erste richtig gute Gelegenheit, diesen Typen ausfindig zu machen. Dazu kann Cruz nicht Nein sagen.“

Stefan knirschte mit den Zähnen. „Okay, okay, du hast recht. Tun wir's.“

Casey tippte wieder auf sein Handy und hielt es sich dann ans Ohr. „Ja, hier ist alles glattgegangen. Ich habe das Signal, wir können die Verfolgung aufnehmen. Es sollen sich alle so schnell wie möglich beim Unterschlupf einfinden.“

Ein halbes Dutzend Shifter löste sich aus den Schatten der Gassen und Hauseingänge, die das Schulgebäude umgaben. Offenbar waren sie schon die ganze Zeit über da gewesen und hatten abgewartet, ob Marcos Plan aufgehen würde. Gemeinsam eilten Ethan, Julia, Stefan, Casey und die anderen Shifter zurück zur nur wenige Blocks entfernten Gang-Unterkunft. Einer von ihnen blieb zurück, um sich um Luke und Jason zu kümmern, die noch immer bewusstlos am Boden lagen.

Casey behielt das Signal die gesamte Zeit über im Auge. „Sie sind verdammt schnell", sagte er angespannt. „Wir müssen uns beeilen."

Im Laufschritt brachte Stefan Julia und Casey zu einem Auto auf dem Parkplatz hinter der Unterkunft – der Wagen war nichts Besonderes, nur ein alter, rostiger Toyota, doch er sprang sofort an. Stefan übernahm das Fahren, während Casey neben ihm auf dem Beifahrersitz und Julia auf der Rückbank saßen.

„Sie fahren parallel zur Hauptstraße, runter nach Rochester", sagte Casey, den Blick auf sein Handy geheftet.

Stefan warf Julia ein zweites Handy nach hinten, während er das Gaspedal durchtrat, mit quietschenden Reifen um die Kurve fuhr und geradewegs auf Cruz' Revier zusteuerte.

„Ruf an", sagte Stefan. „Du musst uns durch Cruz' Revier bringen, ohne dass wir erschossen werden."

Julias Magen drehte sich um, doch sie schnappte sich das Handy und rief die Nummer an, die Stefan eingegeben hatte. Dann hielt sie sich das Telefon ans Ohr.

Schon beim ersten Klingeln wurde abgehoben. „Was willst du?“, knurrte Cruz in den Hörer.

Julia biss sich auf die Lippen und versuchte tough zu klingen, doch sie hatte Todesangst um Marco und die Kinder. „Hier spricht Julia aus Marcos Rudel.“ Selbst sie konnte die Schwäche in ihrer Stimme hören.

Auf der anderen Seite der Leitung ertönte ein Lachen. „Ach, wirklich? Das heiße kleine Ding, das Marco so unbedingt haben wollte? Was ist los, bist du diesen Versager leid und hast beschlossen, dass du einen *richtigen* Mann in deinem Bett brauchst, Süße?“

Juli drehte sich der Magen um. „Nein“, sagte sie und ein Knurren mischte sich in ihre Stimme. „Ich bin jetzt Marcos Partnerin.“

Stefans Kopf wirbelte herum und er sah sie mit großen Augen an. Selbst Casey nahm kurzzeitig den Blick von seinem Handy. Aber es tat nichts zur Sache, dass es eine Lüge war – sie würde gerade alles sagen, um Cruz‘ Hilfe zu bekommen.

„Tja, sehr schade“, sagte Cruz spöttisch. „Dann nützt du mir jetzt nicht mehr viel.“

„Ich brauche deine Hilfe. Der Wolfsjäger hat Marco, eine Lehrerin und einen Haufen Schulkinder entführt. Sie durchqueren gerade dein Revier...“

Wieder lachte er, diesmal lauter. „Du verarschst mich.“

„Nein, ich verarsche dich *nicht.*“ Ihre Stimme stieg an. „Wir haben ihnen einen Peilsender untergejubelt und verfolgen sie jetzt—“

Sie brach ab, weil Casey ihr hektische Handzeichen gab und eine Linie in die Luft malte, um ihr zu verstehen zu geben, dass sie gerade eine Grenze überquerten. Sie mussten jetzt in Cruz' Revier sein.

„Und wir fahren gerade durch dein Revier, um sie zu verfolgen“, sagte Julia ins Telefon.

„Ihr seid in meinem Revier?“, fragte Cruz langsam.

Sein kalkulierender Tonfall gefiel Julia überhaupt nicht. „Wir fahren nur durch.“ Sie winkte Stefan zu, dass er schneller fahren sollte, doch er sah sie nicht – sein Kopf ruckte hin und her, um rechtzeitig reagieren zu können, falls sie jemand oder etwas aus den maroden und verbarrikadierten

Geschäften heraus angreifen würde, an denen sie vorbeifuhren.

„So, so..." schnurrte Cruz' boshafte Stimme in ihr Ohr. „Du erzählst mir also, dass Marcos Partnerin und mehrere Mitglieder seines Rudels gerade in meinem Revier sind. Ohne Marco. Ganz allein." Seine Häme schickte ein Frösteln durch ihren Körper. Doch dieser Typ war genau wie jedes andere Arschloch, mit dem sie es in ihrem Leben zu tun gehabt hatte. Er glaubte, seine Macht sei unbegrenzt und er selbst unantastbar. Doch sie wusste es besser. Es war, wie Marco gesagt hatte – ein einzelner Wolf war in erster Linie eines: *allein*. Die Macht von Marcos Rudel lag in seinen Mitgliedern. In seiner Abwesenheit brauchten sie etwas oder jemanden, der sie zusammenhielt, damit sie ihn retten konnten.

Und sie konnte diejenige sein. „Ja, wir sind in deinem Revier. Wir werden durchfahren und herausfinden, wo der Wolfsjäger Marco und die Kinder hinbringt. Und du lässt uns gefälligst. Denn wenn du das nicht tust und uns daran hinderst, Marco und die Kinder zu retten, wenn du uns aufhältst oder irgendwas antust, dann kann ich dir genau sagen, was passieren wird."

„Ich nehme keine Befehle von kleinen Mädchen

entgegen." Sie konnte buchstäblich hören, wie er die Zähne fletschte.

„Heute schon." Sie erntete verblüffte Blicke von den vorderen Sitzen, ignorierte diese jedoch. „In Marcos Rudel sind über hundert Wölfe." Ihre Stimme nahm Fahrt auf. „Und jeder einzelne von ihnen würde sein Leben geben, um ihn zu retten. Solltest du mitverantwortlich dafür sein, dass der Wolfsjäger ihn tötet, bekommst du es mit einem Rudelkrieg zu tun, wie du ihn noch nie erlebt hast. Und du wirst nicht nur mit Marcos Rudel Ärger bekommen – ich werde persönlich dafür sorgen, dass weit und breit bekannt wird, wie du uns Shifter verraten hast. Dass du, als du die Chance hattest, Shifter aus den Händen des Wolfsjägers zu retten – diesem Wahnsinnigen, der uns alle jagt – dich lieber wie ein Feigling verhalten und geweigert hast, anderen Wölfen zu helfen. Wenn ich in deinem Rudel wäre, würde ich spätestens dann nichts mehr mit dir zu tun haben wollen. Ganz zu schweigen davon, was all diejenigen, die *nicht* in deinem Rudel sind, mit dir anstellen werden."

Stefan und Casey war die Kinnlade aufgeklappt. Sie rasten noch immer durch Cruz' Revier und bisher hatte niemand auf sie geschossen, doch das war es nicht, was die beiden so fassungslos machte. Es schien eher damit zu tun zu haben, dass sie sich mit einem der bösesten und gewalttätigsten Bandenbosse der Innenstadt anlegte.

Es war ihr egal. Das hier war zu wichtig – sie würde alles tun, was nötig war, um Marco und die Kinder zu retten. Und abgesehen davon war jedes Wort, das sie gesagt hatte, wahr.

Am anderen Ende der Leitung herrschte Schweigen, obwohl sie im Hintergrund ein leises Knurren hören konnte.

Schließlich sagte Cruz: „Ihr habt freie Durchfahrt. Meine Leute sagen mir, dass ihr sowieso schon fast wieder aus unserem Revier raus seid."

„Gut", sagte Julia.

Casey bestätigte dies, indem er erneut mit der Hand eine Linie in die Luft zeichnete und eine durchfahrende Bewegung machte.

„Und jetzt hast du die Wahl", sagte Julia ins Telefon. Vielleicht ging sie damit zu weit, doch momentan hatte sie nichts zu verlieren und eine Menge zu gewinnen. Sie wusste, welche Ressourcen Marcos Rudel zur Verfügung standen, doch sie war sich sicher, dass die beiden Rudel zusammen noch stärker wären. Außerdem hatte sie keine Ahnung, was sie erwarten würde, wenn sie versuchten, Marco und die Kinder zu retten. Kurzum, sie konnten jede Hilfe gebrauchen, die sie kriegen konnten.

„Ach ja?“, fragte Cruz amüsiert, doch es schwang ein unterschwelliges Knurren mit. „Welche Wahl wäre das?“

„Sobald wir Marco zum Versteck des Wolfsjägers verfolgt haben, werden wir alle erdenklichen Mittel brauchen, um ihn zu erledigen. Wir werden alles tun, was wir können – es ist deine Entscheidung, ob du ein Teil davon sein willst. Willst du deinen Leuten sagen können, dass du geholfen hast, einen der meistgehassten Shifter-Feinde zu besiegen, als du die Chance dazu hattest? Oder sollen sie wissen, dass du lieber vom Spielfeldrand aus zugesehen hast?“

Sie ließ das Gesagte in der Luft hängen. Stefan schüttelte den Kopf, hielt seine Augen aber auf die Straße gerichtet. Casey starrte sie mit einem ungläubigen Blick an, in dem eine Mischung aus Bewunderung und vagem Entsetzen mitschwang.

Es dauerte eine ganze Weile, bis Cruz antwortete. Schließlich sagte er: „Wir haben Waffen und Leute. Gebt mir Zeit und Ort durch und wir werden da sein.“

Julia wurde klar, dass sie damit ein Risiko einging – vielleicht würde Cruz die Möglichkeit nutzen, seinen Langzeitrivalen Marco aus dem Weg zu räumen, anstatt ihn zu retten. Doch das würde ihn in dieselbe Situation bringen – nämlich mit einem epischen Rudelkrieg im Nacken.

Also beschloss sie, ihn beim Wort zu nehmen. „Gut. Haltet euch bereit. Wir melden uns gleich wieder."

Sie beendete den Anruf und gab Stefan das Telefon zurück.

„Ver-dammt", sagte Casey, den Mund immer noch offen. „Bist du dir sicher, dass du wirklich Marcos Partnerin bist? Denn wenn nicht—"

Stefan schlug ihm mit dem Handrücken ins Gesicht und würgte ihn ab.

„Was?" Casey lehnte sich zurück, um einem weiteren Schlag auszuweichen. „Ich mein ja nur, dass—"

„Halt die Klappe", sagte Stefan mit einem unterdrückten Lachen, bevor er nicht länger an sich halten konnte und einfach losprustete. Er warf Julia einen Blick über die Schulter zu. „Falls du doch noch nicht Marcos Partnerin bist und er hiervon hören sollte, garantiere ich dir, dass er dich eine Woche lang nicht aus seinem Schlafzimmer lassen wird." Dann blickte er immer noch lachend wieder nach vorne.

Julias Wangen glühten, doch sie ließ sie glauben, was sie wollten. Sie drückte sich bereits seit einer Woche davor, sich mit diesen Fragen auseinanderzusetzen – könnte ihr dieses Leben gefallen? Konnte sie tatsächlich Marcos Partnerin werden, ohne es später zu bereuen? Könnte sie ihrem bisherigen Leben den Rücken zukehren?

Jetzt wusste sie die Antwort darauf – sie hatte jedes Wort, das sie zu Cruz gesagt hatte, genau so gemeint. Wenn sie Marco lebend zurückbekam, würde sie ihn nie wieder gehen lassen.

Kapitel Dreizehn

Marco fühlte sich, als hätte er den Kater seines Lebens.

Seine Zunge lag ihm dick im Mund und sein Körper war so schwer, dass er sich kaum bewegen konnte. Er ließ den Kopf von einer zur anderen Seite rollen, während er versuchte, seine klebrigen Augenlider auseinander zu bekommen. Als er es endlich schaffte, die Augen zu öffnen, wünschte er sich fast, er hätte es nicht getan.

Er lag auf einer Art OP-Tisch und war dermaßen gründlich daran festgebunden, dass er sich kaum bewegen konnte. Durch sein dünnes T-Shirt spürte er das kalte Metall des Tisches unter sich. Auf der einen Seite von ihm befand sich ein vollständig eingerichteter medizinischer Bereich, mit Edelstahlschränken, weißen Arbeitsflächen, irgendwelchen elektronischen Geräten und etwas, das aussah wie ein Regal mit stählernen Folterinstrumenten. Ein Mann in blauem Kittel und mit OP-Maske vor dem Gesicht stand dort mit dem Rücken zu Marco und war dabei, die Instrumente sorgfältig aufzureihen.

Scheiße.

Doch was er sah, als er sich zur anderen Seite drehte, war noch schlimmer – dort standen mehrere Käfige aufgereiht, in denen man die Kinder und die Lehrerin gefangen hielt. Eine OP-Lampe über Marcos Kopf blendete ihn so stark, dass es ihm schwerfiel, die Dimensionen des Gebäudes auszumachen, doch es schien sich um eine Art Lagerhalle zu handeln. Mit grauen Betonböden und hohen Decken, die hinter den Dachsparren in den Schatten verschwanden.

Marco sah wieder zu dem Mann in OP-Kleidung, der ihm immer noch den Rücken zugewandt hatte. Marcos Hände waren an den Seiten festgebunden, doch obwohl er sich kaum rühren konnte, schaffte er es, heimlich mit der Hand seine Hosentasche abzutasten – der Peilsender war noch da.

Der Plan hatte funktioniert. Der Wolfsjäger hatte angebissen. Marco musste diesen Typen nur so lange hinhalten, bis Casey und Stefan ihn und die Kinder mit dem GPS ausfindig gemacht hatten. Marco nahm die Hand wieder vom Peilsender, denn jetzt hing alles davon ab, dass dieser nicht entdeckt wurde.

Endlich drehte sich der Mann im Kittel zu ihm um. „Wie ich sehe, hat dich das Aufputschmittel wieder munter gemacht", sagte er und es machte den Anschein, als würde er hinter seiner Maske grinsen. „Ich dachte schon, meine Männer hätten es hinbekommen, dich mit dem Betäubungsmittel zu töten."

Seine Männer? War das der Typ? Marco hatte sich die Videos oft genug angesehen, um die Stimme zu erkennen – sie klang definitiv nach dem Wolfsjäger.

„In dir steckten genug Betäubungspfeile, um eine kleine Elefantenherde außer Gefecht zu setzen", fuhr der Mann fort. „Was mich vermuten lässt, dass du ein besonders starker Shifter bist, Marco Wilding."

Marco konnte ein kurzes Zusammenzucken nicht verhindern – er hatte nicht erwartet, dass dieser Typ ihn kennen würde, dazu noch mit vollem Namen. Doch das bestätigte im Grunde nur, dass der Kerl tatsächlich der Wolfsjäger war.

„Offenbar war ich nicht stark genug, um dir zu

entkommen“, erwiderte Marco mit gekünsteltem Lächeln. „Es braucht schon einen Mann von wahrer Größe, um Kinder zu entführen und in Käfige zu sperren.“

Der Wolfsjäger schnaubte, drehte sich um und ergriff eines der Instrumente. Es war eine Spritze, doch sie war leer. Mit zwei schnellen Schritten war er neben Marcos Tisch.

„Große Worte von einem gefesselten Mann, dem die letzten Stunden seines Lebens bevorstehen.“ Dann riss er mit einer Hand Marcos Ärmel hoch und stieß ihm mit der anderen die Nadel unter die Haut. Marco biss die Zähne zusammen, nicht vor Schmerz, sondern weil er keine Ahnung hatte, was dieser Mann mit ihm vorhatte. Er konnte den Kopf gerade weit genug drehen, um zu sehen, wie sein Blut die Spritze füllte.

„Ich nehme nur eine Probe für ein kleines Projekt von mir.“ Der Wolfsjäger riss die Spritze aus Marcos Arm und hielt sie hoch, um die rote Flüssigkeit darin zu begutachten. „So sehr du auch vorgibst, kein Teil der Wilding-Familie zu sein und dich hier in den Slums der Innenstadt versteckst, als wärest du nur ein weiterer nichtsnutziger Shifter, der sich an den illegalen Machenschaften in dieser Stadt beteiligt... ich kenne die Wahrheit.“ Er nahm eine kleine Ampulle von der Arbeitsfläche und füllte das Blut vorsichtig hinein. „Deswegen interessiere ich mich auch für deine DNA und die Verbindung zu einem deiner Vorfahren, dem weißen Wolf." Er legte die Spritze weg und brachte die Ampulle zu einer der Maschinen, die in dem medizinischen Arbeitsbereich standen. Er öffnete die Klappe, stellte die Ampulle hinein, verschloss die Maschine wieder und startete sie mit einem Knopfdruck. Dann drehte er sich wieder zu Marco um. „Aber abgesehen von deiner, sagen wir, einzigartigen Abstammung, bist du genau wie jeder andere Wolf, der sich in den Schatten unserer Stadt versteckt und Jagd auf unsere Mitbürger macht. Im Grunde bist du sogar der Inbegriff dessen – Bandenboss und Shifter mit einem Geheimnis. Du bist all das, was ich verabscheue."

„Du brichst mir das Herz", sagte Marco und klimperte mit den Wimpern. „Aber na gut, wenn wir keine besten Freunde werden können, muss ich dir wohl die Kehle rausreißen."

Der Wolfsjäger lachte höhnisch. „Oh, ich bin mir sicher, dass du das willst – spätestens, wenn ich mit dir fertig bin. Aber so wird das nicht laufen." Er ging zurück zur Arbeitsfläche und kam mit einem anderen Stahlinstrument zurück. Diesmal war es ein Skalpell.

Es glänzte im Licht der Deckenbeleuchtung.

„Ich weiß nicht", sagte Marco mit Blick auf das Messer. „Irgendwie sind deine Pläne meistens für den Arsch. Ich meine, wie oft hast du jetzt schon erfolglos versucht, meine Familie auszulöschen?"

Über seiner Maske wurden die blauen Augen des Wolfsjägers noch eine Spur kälter. „Tja, dann sollte ich wohl dafür sorgen, dass bei deinem Tod alles klappt." Mit einer raschen Bewegung zog er Marco das Skalpell über die Brust, doch er verspürte lediglich ein kurzes Stechen.

Marco blickte an sich herab – der Wolfsjäger hatte zwar sein T-Shirt zerschnitten, doch seine Brust darunter praktisch nur angekratzt. Er sah wieder auf und legte den Kopf schräg. „Ich glaube, das ging daneben."

Der Wolfsjäger knurrte. Mit beiden Händen riss er Marcos T-Shirt auseinander und legte seine nackte Brust frei. „Ich bereite nur alles für den Hauptevent vor. Keine Sorge, ich fange gerade erst an." Dann drehte er sich um, ging zu einem Computer, der ebenfalls auf der weißen Arbeitsfläche stand, und begann, auf der Tastatur herumzutippen. An dem Bildschirm war eine Kamera befestigt.

Das rote Aufnahmelicht ging an.

Scheiße. Dieses Arschloch würde ein Video von Marcos Folter drehen. Das Letzte, was er wollte, war schreiend auf einem Video des Wolfsjägers gesehen zu werden, so eine Scheiße würde er also auf keinen Fall zulassen. Denn egal, wie diese Geschichte hier ausging, er wusste, dass Julia das Video irgendwann sehen würde. Ganz zu schweigen von jedem anderen Wolf in Seattle. Schließlich war es genau das, was der Wolfsjäger mit diesen verfluchten Videos bezweckte.

Allerdings bedeutete das auch, dass Marco Zuschauer hatte – Zuschauer, die hoffentlich *auch* das Video von der Entführung gesehen hatten. Casey sollte dies mittlerweile hochgeladen haben. Marco musste sich nur an den Plan halten, dann würde die Sache auch gut enden.

Der Wolfsjäger hörte auf, am Computer herumzumachen und kam zu Marco zurück. Er hatte immer noch das leicht blutige Skalpell in der Hand, doch diesmal ging er damit auf die andere Seite des OP-Tisches. Zweifellos, damit die Kamera Marcos Körper gut im Bild hatte, wenn er ihn aufschlitzte.

Doch solange er Marco folterte, würde er

wenigstens die Kinder in Ruhe lassen – hoffentlich konnte Marco den Wolfsjäger so lange beschäftigen, bis der Rettungstrupp eintraf.

„Hey, bevor wir anfangen", sagte Marco im Plauderton, „was hatte das Getue mit meiner Blutprobe auf sich? Sammelst du Trophäen von den Wölfen, die du zu Tode gefoltert hast?"

Der Wolfsjäger drehte das Skalpell zwischen den Fingern und schien zu lächeln. „Nein, damit erfülle ich bloß meine Bürgerpflicht. Ich bin mir sicher, dass du bereits in mehrere ungeklärte Straftaten, Vergewaltigungen und Morde verwickelt warst. Jetzt, wo ich deine menschliche DNA habe, muss ich dich bloß noch dazu bringen, in deine Wolfsgestalt zu shiften und dir dann deine tierische DNA entnehmen. Mit der Zuordnung können die guten Polizeibeamten von Seattle dann alle Verbrechen aufdecken, die du begangen hast. Natürlich wirst du für deine Verbrechen bereits mit deinem Leben bezahlt haben, doch so leiste ich immerhin meinen Beitrag, deinen unschuldigen Opfern etwas Frieden zu schenken."

Marco glaubte ihm kein Wort. Er wusste von seiner Cousine Terra, dass der Wolfsjäger besessen von der Wilding-Familie und dem weißen Wolf in ihrem Stammbaum war – der Mann hatte es eben selbst noch zugegeben. Doch das war ihr Familiengeheimnis und Marco wollte nicht, dass es von der Kamera aufgenommen wurde.

„Du bist ja so ein aufrichtiger Kerl“, sagte er sarkastisch. „Die meisten Vorzeigebürger, die ich kenne, verbringen ihre Wochenenden damit, kleine Kinder zu entführen und sie in Käfige zu sperren.“

Der Wolfsjäger fuhr leicht zusammen, dann nahm er das Skalpell und rammte es Marco geradewegs in die Brust. Marcos ganzer Körper krümmte sich vor Schmerzen und er musste die Zähne zusammenbeißen, um nicht aufzuschreien. Gepresst stieß er den Atem aus, als er den Kopf anhob, um zu sehen, was zur Hölle der Wolfsjäger ihm gerade angetan hatte – die Klinge steckte tief in seiner Brust. Es fühlte sich an, als befände er sich plötzlich unter Wasser, kaum fähig, zu atmen. Die Klinge schien zwischen seinen Rippen hindurchgeglitten zu sein und hatte wahrscheinlich einen seiner Lungenflügel punktiert, doch sein Herz schlug noch. Das war also verschont geblieben.

Scheiße. Es tat höllisch weh, doch es würde ihn nicht umbringen – zumindest nicht sofort.

Der Wolfsjäger schlenderte um den OP-Tisch herum, nahm sich ein weiteres Instrument –

diesmal ein etwas größeres Skalpell – und brachte sich wieder für die Kamera in Position.

„Die Polizei leistet gute Arbeit", sagte der Wolfsjäger. „Doch unsere Gesetze halten sie davon ab, das zu tun, was getan werden muss. Es liegt in der Verantwortung der Bürger – der Vorzeigebürger, um dein Wort zu benutzen – einzuspringen und das zu tun, was die Polizei, zumindest legal, nicht leisten kann, um die Bevölkerung zu schützen. Alles, was man über Shifter wirklich wissen muss, ist dass die Polizei mit ihnen genau dasselbe tun würde wie ich heute, wenn sie sie in Gewahrsam hätte. Also, Blutproben nehmen, um deine Schuld zu beweisen, und anschließend deinen nutzlosen Kadaver entsorgen."

„Ist das so?", fragte Marco und versuchte dabei, den Schmerz aus seiner Stimme zu halten. Er konnte bereits spüren, wie sein Körper versuchte, die Wunde zu heilen, doch gegen das Skalpell, das immer noch in seiner Brust steckte, konnte die Magie in seinem Blut wenig ausrichten. „Soweit ich weiß, giltst du bei Seattles Polizeibehörde als Staatsfeind Nummer eins. Ich hab sogar gehört, dass auch Shifter jetzt bei der Polizei willkommen sind. Wenn ich du wäre, wäre ich also vorsichtig, wen ich zu meinen Freunden zähle. Sieht nämlich nicht so aus, als könntest du dich bei der Polizei einschleimen."

„Stimmt, es gibt einige Shifter-Sympathisanten bei der Polizei“, sagte der Wolfsjäger angewidert. „Aber die müssen einfach wie ein Tumor herausgeschnitten werden, genau wie der Rest von euch.“ Dann riss er die Hand hoch und rammte Marco das zweite Skalpell in die Brust. Diesmal auf der anderen Seite.

Der Schmerz ließ ihn nach Luft schnappen und Sternchen vor seinen Augen tanzen – er schaffte es gerade noch, bei Bewusstsein zu bleiben und nicht laut aufzuschreien. In ihm heulte sein Wolf, tobte unter seiner Haut und versuchte, rauszukommen, um über den Wolfsjäger herzufallen. Doch Marco wusste, dass er seinen Wolf nicht freilassen konnte – denn das war genau das, was dieser Typ wollte. Ihn so wütend machen, dass er shiften würde. Dann würde der Wolfsjäger seine verdammte Blutprobe bekommen und Marcos Wolf vor den Augen seiner unfreiwilligen Zuschauer foltern.

Was Marco wieder daran erinnerte, dass die Kinder zusahen.

Scheiße.

Er drehte den Kopf zur Seite und zwang sich, die Augen offen zu halten, damit er ihre kleinen Gesichter sehen konnte. Ihre Augen waren vor

Entsetzen weit aufgerissen. Manche von ihnen weinten.

Er zwinkerte den Kindern zu und drehte sich dann zurück zum Wolfsjäger. Sein Atem ging rasselnd und er war kaum in der Lage, Luft zu holen. „Weißt du, ich könnte den ganzen Tag so weitermachen."

Hinter seiner Maske verschwand das Lächeln des Wolfsjägers. „Das werden wir ja sehen." Während er zurücklief, um ein weiteres Folterwerkzeug aus rostfreiem Stahl zu holen, mit dem er auf ihn einstechen konnte, drehte Marco den Kopf zu der Kamera am Computer.

„Für alle, die von zu Hause aus zuschauen", sagte er im unbeschwertesten Tonfall, den er zustande brachte, „es gibt da ein paar Dinge, die ihr über den Wolfsjäger wissen solltet." Dann senkte er die Stimme zu einem gespielten Flüstern. „Er hat einen *Vaterkomplex*. Der Typ kann einem wirklich leidtun—"

„Halt's Maul!" Der Wolfsjäger wirbelte herum und versperrte der Kamera die Sicht auf Marco. In seiner Hand hielt er eine weitere Stahlklinge.

„Hey! Komm schon, Alter. Du verdeckst die Kamera", schnaufte Marco. „Wie sollen die Leute denn die Show sehen, wenn du ihnen mit deinem dürren kleinen Arsch die Sicht versperrst?“

Marco konnte sehen, dass der Wolfsjäger hinter seiner Maske die Zähne fletschte, doch er nahm ebenfalls Marcos fröhlichen Tonfall an. „Da hast du ganz recht. Wir sollten ihnen eine deutlich bessere Show bieten.“ Der Wolfsjäger marschierte wieder zu seinem Platz auf der anderen Seite des OP-Tisches.

„Du siehst so bezaubernd aus mit deinem Mundschutz“, stichelte Marco. „Und die Doktorspielchen machen wirklich Spaß. Aber warum zeigst du den Leuten zu Hause nicht, wer du wirklich bist?“

„Sie müssen mein Gesicht nicht sehen, um zu wissen, wie rechtschaffend meine Arbeit ist“, sagte der Wolfsjäger, doch es klang verdammt steif. „Sie wissen, dass ich all das hier tue, um sie zu beschützen.“

Marco drehte den Kopf zur Kamera und verzog das Gesicht. „Klingt für mich eher so, als würde darunter eine *ziiiemlich* hässliche Visage stecken, was meint ihr?“

Der Wolfsjäger knurrte, packte Marco bei den Haaren und zerrte seinen Kopf wieder zurück. Er hielt die Klinge an Marcos Wange. „Ihr wollt ein hässliches Gesicht sehen? Dafür kann ich sorgen."

„Nicht das Gesicht! Nicht das Gesicht!", schrie Marco mit gekünstelt hoher Stimme. „Die Ladies wären am Boden zerstört."

Der Wolfsjäger knurrte, packte noch fester in Marcos Haare und zog ihm die Klinge quer über die Wange.

Scheiße, das tat höllisch weh – er konnte spüren, wie das Skalpell bis auf die Knochen eindrang. Noch schlimmer war aber, dass es ihm jetzt schwerer fallen würde, Widerworte zu geben. Er sollte sich wohl besser etwas zusammenreißen.

Der Wolfsjäger ließ Marcos Haare los und stieß seinen Kopf zur Seite, dann rammte er ihm das dritte Messer in die Brust. Diesmal fühlte es sich an, als hätte es seinen Körper bis zur Wirbelsäule durchstoßen und der explodierende Schmerz ließ schwarze Punkte vor seinen Augen tanzen. Er schüttelte den Kopf, um sie zu vertreiben, denn er durfte auf keinen Fall ohnmächtig werden – er musste durchhalten. Für die Kinder. Und damit sein Plan funktionierte.

„Du krankes Stück Scheiße!", stieß er knurrend aus und rang nach Atem.

Mit den Fingern schnipste der Wolfsjäger gegen

die drei Klingen, die aus Marcos Brust ragten und ließ eine nach der anderen schwingen. *Grundgütiger*, der Schmerz hallte durch seinen gesamten Körper.

Marco biss die Zähne zusammen und zischte ihm zu: „Fühlt sich das gut an, Jägerjunge? Macht dich das an?“

„Tatsächlich macht mir das *eine Menge* Freude.“

Marco war sich sicher, dass das zu hundert Prozent der Wahrheit entsprach.

„Du klingst wie ein waschechter Soziopath“, presste er hervor. „Du weißt schon, dass die meisten Sadisten irgendein traumatisches sexuelles Erlebnis in ihrer Kindheit hatten, oder? Also, was ist dir passiert, Kleiner? Mir kannst du es ruhig erzählen.“ Die blauen Augen des Wolfsjägers wurden dunkler. „Was denn? Hat sich dein Papi an dir vergangen?“ Wieder drehte Marco den Kopf zur Kamera. „Das würde wir alle gerne wissen, nicht wahr—“

Der Wolfsjäger schlug ihm so hart ins Gesicht, dass sein Kopf zur Seite flog und ihm auch noch das letzte bisschen Atem entwich.

Als er wieder Luft holen konnte, keuchte er: „So ist’s richtig! Kämpfe wie ein Mann!“

Wieder lief der Wolfsjäger um ihn herum, wahrscheinlich, um sich weitere Folterwerkzeuge zu holen. *Durchhalten.* Das war alles, was Marco tun musste. Solange dieser Bastard ihm nichts direkt ins Herz oder den Kopf rammte, konnte Marco sich von allem erholen, was dieses Arschloch ihm antun würde. Die Magie in seinem Blut arbeitete fieberhaft daran, jede einzelne Wunde zu heilen, und das trotz der Messer, die in ihm steckten.

Es würde ziemlich schwer sein, ihn zu töten. Vor allem, wenn der Wolfsjäger es in die Länge ziehen wollte.

Doch dann griff der Kerl in eine Schublade und anstatt sich eine weitere glänzende Klinge zu nehmen, kam er mit zwei flachen Dingern an den OP-Tisch zurück, die Marco auf beängstigende Weise an die Paddles eines Defibrillators erinnerten, mit denen man Herzen durch Stromschläge wieder zum Schlagen brachte.

Oder in seinem Fall stoppen konnte.

Oh, Scheiße.

„Wollen wir doch mal sehen, ob wir unseren Zuschauern nicht etwas richtig Schockierendes bieten können." Und mit diesen Worten hielt er die Paddles an die Stahlklingen, die aus Marcos Brust ragten.

Schon allein diese Berührung war so schmerzhaft, dass er fast bewusstlos geworden wäre. Doch als der Wolfsjäger dann gleichzeitig die Knöpfe der beiden Paddles drückte und tausende Volt durch ihn jagte, bäumte sich Marcos gesamter Körper auf. Er krümmte sich auf dem Tisch und versuchte verzweifelt, bei Bewusstsein zu bleiben, doch es war zu viel... viel zu viel...

Dunkelheit umschloss ihn.

Kapitel Vierzehn

JULIA KROCH BIS ZUM RAND DES FLACHEN HÜGELS UND SPÄHTE DARÜBER HINWEG.

Mitten im Nirgendwo, auf einem Berg außerhalb Seattles, stand ein Hangar neben der Landebahn eines verlassenen Flugplatzes. Es hatte sie etwas überrascht, dass sie so lange und so weit aus der Stadt rausgefahren waren, bis sie schließlich das Versteck des Wolfsjägers erreicht hatten, doch angesichts der Tatsache, dass er Leute entführte und zu Tode folterte, machte es wohl Sinn für ihn, einen möglichst abgelegenen Standort dafür zu wählen. Der Hangar bestand aus Metallblech und war auf einer Seite weiß gestrichen, während die andere Hälfte vor sich hin rostete. Sie schauderte beim

Gedanken daran, was dort im Inneren vor sich gehen mochte.

Stefan und Casey kamen hinter ihr her gekrochen.

„Das bringt mich echt um." Julia deutete auf den Hangar. „Ich gehe mal davon aus, dass wir das nicht allein schaffen können, oder?"

„Auf gar keinen Fall", sagte Stefan. „Marco hat darauf bestanden, dass wir das als Rudel machen. Er wusste nämlich genau, wie schwer manchen von uns das Warten fallen würde und wollte nicht, dass wir irgendetwas überstürzen." Er sah zwar zu Casey, während er das sagte, doch Julia war sich ziemlich sicher, dass er sie damit meinte. Und sie konnte nicht leugnen, dass ihre Wölfin in ihr tobte und langsam wahnsinnig wurde, weil Marco gefangen genommen worden war.

„Wie lange braucht der Rest des Rudels noch?", fragte sie.

Casey war für die Verfolgung des Transporters zuständig gewesen, Stefan hatte als Marcos Beta die Aufgabe übernommen, das Rudel telefonisch zusammenzutrommeln und ihren Standort durchzugeben. Die Fahrt hier raus hatte eine ganze Weile gedauert – wahrscheinlich fünfundvierzig Minuten – doch so lange würden sie auf den Rest des Rudels nicht mehr warten müssen. Denn sobald Marcos riskanter Last-Minute-Plan festgestanden hatte, hatten sie mit den Vorbereitungen begonnen und waren nur etwa zehn Minuten nach ihnen aufgebrochen.

„Etwa acht Minuten“, bestätigte Stefan. „Also, wie sieht unser Schlachtplan aus?“

Es überraschte Julia ein wenig, dass er die Frage an sie richtete, doch irgendwie hatte sie bereits die Verantwortung für die Situation übernommen. Womöglich lag es auch daran, dass sie sich als Marcos Partnerin bezeichnet hatte. Vielleicht machte sie das irgendwie zu seiner stellvertretenden Befehlshaberin. Aber vielleicht hatte Stefan auch einfach bemerkt, dass diese ganze Sache sie wahnsinnig machte und sie miteinbezogen werden musste.

Julia spähte zum Hangar. Es war ein großes Gebäude mit einer gewöhnlichen Tür an der Seite und einem Hangartor, durch das der Transporter bei seiner Ankunft verschwunden war. Doch das Tor hatte sich wieder geschlossen, bevor sie einen Blick ins Innere hatten erhaschen können. Diese beiden Türen schienen die einzigen Zugänge zu sein.

Julia deutete auf das Gebäude. „Scheint so, als

müssten wir diese Tür dort aufbrechen, oder so. Irgendwelche Ideen, wie wir das anstellen könnten?"

Casey blickte von seinem Handy auf. „Griffin bringt ein paar kleine Sprengsätze mit."

Stefan zog die Augenbrauen hoch. „Sprengsätze? Seit wann haben wir denn sowas?"

Casey zuckte mit den Schultern. „Sagen wir einfach, ich habe in meiner Freizeit ein bisschen rumgebastelt."

Stefan schüttelte den Kopf. „Okay, ich schätze mal, in dem Fall ist das was Gutes", gab er mürrisch zu. „Glaubst du, Griffin bekommt damit die Seitentür auf?"

Casey nickte. „Ja, ich denke schon. Aber vielleicht brechen wir sie auch einfach auf altmodische Weise auf. Es wird so oder so ein übler Kampf, egal wie wir reingehen."

„Habt ihr gesehen, wie viele Männer des Wolfsjägers an der Entführung beteiligt waren?", fragte Julia. „Ich war ja mittendrin im Geschehen, da ist mir das Zählen etwas schwergefallen."

„Mindestens ein Dutzend", antwortete Stefan. „Ich bin mir aber sicher, dass da drinnen noch mehr sind. Casey könnte recht haben – wenn wir da mit gezückten Waffen reinplatzen, werden wir ein paar Leute verlieren. Aber ich sehe keinen anderen Weg."

„Da drinnen sind auch Kinder", sagte Julia mit düsterem Stirnrunzeln.

„Ja, ich weiß. Glaub mir, wir werden so vorsichtig wie möglich sein. Die Frage ist nur, wie wir reinkommen, ohne—"

Casey stieß einen leisen Pfiff aus.

Julia sah zum Hangar, doch dort war alles ruhig. Als sie zu Casey blickte, hantierte der wieder mit seinem Handy rum. „Was ist los?"

„Ich habe das Video hochgeladen", sagte er und hielt ihnen das Handy hin, damit sie es sehen konnten.

Julia zuckte zusammen, als sie die Videoaufnahme davon sah, wie Marco ihr zur Hilfe eilte und dann von den Männern des Wolfsjägers niedergeschlagen wurde.

„Das Ding geht gerade viral. Hat bereits haufenweise Klicks," sagte Casey beeindruckt.

„Ist das schlecht?", fragte Julia. Sie erwähnte nicht, dass es nicht besonders gut für sie war, dass ihr Gesicht in einem Internetvideo auftauchte – besonders nicht in einem Shifter-Video, denn so hatte Casey es betitelt und eine kurze Beschreibung dessen, was passiert war, angefügt. Schließlich musste sie davon ausgehen, dass die Polizei sie immer noch wegen des Mordes an ihrem Stiefvater suchte.

„Nein, im Gegenteil“, sagte Casey. „Genau darauf hat Marco gehofft. Er meinte, wenn wir das hochladen, würden die Leute endlich sehen, was wirklich mit Shiftern passiert. Womit wir wirklich zu kämpfen haben. Das könnte etwas an unserem Image ändern und diesen PR-Krieg vielleicht sogar zu unseren Gunsten drehen.“

„Ich weiß nicht“, sagte Stefan. „Eine Menge Leute haben die Videos des Wolfsjägers gesehen. Wahrscheinlich freuen die sich genauso sehr wie der Wolfsjäger darüber, dass ein Haufen Shifter-Kinder in einen Transporter geladen und verschleppt wurde.“

„Nein, ich glaube, Marco hat recht“, sagte Julia nachdenklich. „Ich meine, natürlich gibt es ein paar kranke Arschlöcher da draußen. Und einige, die Shifter wirklich hassen. Aber die normalen Leute? Die müssen diese ganze Wolfsjäger-Sache doch auch entsetzlich finden, meint ihr nicht? Und wenn Kinder mit im Spiel sind... unmöglich, dass normale Menschen das für sich rechtfertigen oder ignorieren können."

Stefan schüttelte den Kopf, was aber nicht unbedingt Widerspruch signalisieren sollte. „Ich hoffe, du hast recht." Er spähte zum Hangar. „Ich weiß gerade nur, dass mein Alpha da drin ist und es mich umbringt, noch warten zu müssen, bis ich ihn retten kann."

Julia wusste ganz genau, wie es ihm ging, und dabei hatte sie sich Marco nicht einmal unterworfen, so wie Stefan und Casey es getan hatten. Allerdings hatte sie die ganze letzte Woche damit verbracht, mit ihm zu schlafen und sich immer weiter in ihn zu verlieben. Sie war kaum noch in der Lage, ihre Wölfin im Zaum zu halten.

Casey stieß einen leisen Fluch aus und schoss Stefan dann einen vielsagenden Blick zu.

„Was?", fragte Stefan.

„Der Wolfsjäger hat gerade ein neues Video hochgeladen." Casey deutete mit dem Kinn zum Hangar. „Das müssen sie dort gedreht haben."

„Scheiße." Stefan knurrte in Richtung des Hangars.

Julias Herz setzte aus. „Wovon handelt es?"

Casey fuhr zusammen und tauschte einen weiteren Blick mit Stefan aus.

Der deutete Casey, ihm das Handy zu geben. „Komm schon, sie muss das auch sehen.“ Dann wischte er über das Handydisplay, um das Video aufzurufen und abzuspielen. Bilder von Marco, mit zerrissenem Hemd und blutüberströmter Brust auf einen OP-Tisch gefesselt, sprangen Julia entgegen. Ihr blieb vor Entsetzen die Luft weg. Sie presste sich beide Hände vor den Mund, doch sie konnte die erstickten und würgenden Laute nicht zurückhalten, die aus ihrer Kehle drangen. Ihre Wölfin tobte unter ihrer Haut und verlangte aufheulend, hervorkommen zu dürfen. Beinahe wäre sie geshiftet.

Rasch schaltete Stefan das Video wieder aus. „Scheiß drauf. Ich geh da jetzt rein.“ Er wollte aufstehen, doch Casey packte ihn am Arm und zerrte ihn zurück in den Dreck.

„Du musst warten!“, zischte Casey durch die Zähne. „Das Rudel ist in zwei Minuten hier. Dann können wir reingehen.“

Stefan presste die Augen zusammen und schüttelte den Kopf. „*Verdammt nochmal*, Marco, was für ein beschissener Plan“, flüsterte er.

Irgendwie half das Julia, ihre Wölfin zu zügeln. Denn sie wusste, Marco zählte darauf, dass sie ihn da rausholten – ihn und die Kinder – und wenn sie jetzt reinstürmten, um ihm zu helfen, würde man sie bloß ebenfalls gefangen nehmen. Und er würde ihr nicht verzeihen, wenn sie seinen Plan, den Wolfsjäger auszuschalten, vermasselte.

Sie musste sich zusammenreißen.

„Casey hat recht", sagte sie, während sie innerlich ihrer Wölfin befahl, dieses *verfluchte Heulen* einzustellen. „Wir werden nur eine einzige Chance bekommen, ihn und die Kinder da rauszuholen, und er verlässt sich darauf, dass wir das tun, was *er* tun würde – nämlich einen kühlen Kopf bewahren und auf Unterstützung warten."

„Ja, okay", sagte Stefan, doch seine ein- und ausfahrenden Klauen zeigten recht deutlich, welche Unruhe in ihm herrschte.

Glücklicherweise erklang bald darauf das Geräusch knirschender Autoreifen auf dem Asphalt hinter ihnen – vier Transporter kamen auf sie zugerast. Julia, Stefan und Casey krabbelten die kleine Erhebung hinunter, auf die sie geklettert waren, um den Hangar zu beobachten, und liefen den Transportern entgegen. Die Fahrzeuge kamen schlitternd neben ihrem verrosteten Toyota zum Stehen und dutzende Leute kletterten heraus – sie mussten sich mit deutlich mehr Personen hineingequetscht haben, als eigentlich zulässig war. Und es waren nicht nur *Männer* aus Marcos Rudel gekommen –

auch Frauen waren dabei. Sogar Ethan sprang aus einem der Transporter und kam auf sie zu.

„Was tust du denn hier?“, fragte Julia entsetzt.

Er reckte das Kinn hoch. „Ich werde Marco retten.“

„Gut“, sagte Stefan und klopfte Ethan auf die Schulter. „Wir brauchen jemanden, der hierbleibt und auf die Autos aufpasst.“

„Aber ich will beim Angriff helfen!“ Ethans Schultern sackten herab.

„Glaubst du etwa, ich gebe dir eine unwichtige Aufgabe?“, fragte Stefan und schaffte es, leicht beleidigt zu wirken. „Sobald wir Marco, deine Freunde, und alle anderen gerettet haben, werden wir fliehen müssen. Doch das können wir nicht, wenn sich in der Zwischenzeit jemand an unseren Fahrzeugen zu schaffen macht. Wir brauchen dich hier, verstanden?“ Sein Tonfall machte deutlich, dass er ein *Nein* als Antwort nicht dulden würde – Stefan war zwar ein Beta, doch es steckte sehr viel Alpha in diesem Befehl.

„Ja, Sir.“ Ethan schien seine Aufgabe nun gewissenhaft zu akzeptieren.

Während er zurück zu den Wagen rannte, drehte sich Julia zu Stefan um. „Versuch nicht einmal, mir zu sagen, dass ich hierbleiben muss.“

„Käme mir auch nicht in den Sinn." Erneut starrte Stefan finster zum Hangar und sie konnte ahnen, was ihm gerade durch den Kopf ging.

„Vielleicht warten wir doch nicht mehr auf Cruz", schlug Julia vor. Stefan musste das Gleiche gedacht haben.

„Wir wissen nicht, wie viele Leute sie da drinnen haben", protestierte Casey. „Da könnten hundert Typen mit Betäubungsgewehren warten. Oder auch mit richtigen Pistolen. Wir haben zwar 'ne Menge Leute, aber viel zu wenig Waffen."

Da hatte er leider nicht ganz Unrecht. „Wie lange noch, bis Cruz und seine Männer hier sind?", fragte Julia.

„Sollte jede Minute soweit sein", antwortete Casey, während er die lange Straße absuchte, die zu diesem Flugplatz auf einer Hochebene im Nirgendwo führte. Julia betete, dass der Wolfsjäger und seine Männer nicht allzu achtsam waren oder irgendwelche Späher positioniert hatten, denn wahrscheinlich konnte man sie schon aus zwei Kilometern Entfernung kommen sehen.

„Na gut. Geben wir ihnen noch ein paar Minuten. Aber viel länger werde ich sicherlich nicht warten." Julia verschränkte die Arme vor der Brust und starrte zusammen mit Stefan auf den Hangar.

Keine fünf Minuten später sahen sie Cruz‘ Rudel die Straße hinaufkommen. Es waren nur zwei Transporter, doch als er und seine Männer ausstiegen, war Julia froh, dass sie gewartet hatten. Sie waren mit Gewehren bewaffnet, die wie Kalaschnikows aussahen. Eine beträchtliche Feuerkraft also, verglichen mit den Handfeuerwaffen, mit denen der Großteil von Marcos Rudelmitgliedern ausgestattet war. Casey beriet sich etwas abseits mit Griffin über die Anbringung der Sprengsätze, die ihnen Zugang verschaffen sollten. Stefan stand ihr zwar zur Seite, doch Julia wusste, dass sie diejenige war, die mit Cruz reden und den Angriff organisieren musste.

Sie hielt die Stellung auf dem Hügel, von dessen Spitze aus man den Hangar sehen konnte, und wartete darauf, dass Cruz mit seinem muskelbepackten Shifter-Körper und den massiven Schultern zu ihr hinaufgestampft kam.

Normalerweise hätte er sie eingeschüchtert. Und sie hätte *allen Grund*, eingeschüchtert zu sein, auch wenn sie ein Wolf war – Cruz war ein Alpha, der genauso stark wie Marco war, doch nichts von dessen Güte besaß. Nichts von dessen Warmherzigkeit. Aus dieser Tatsache schöpfte sie Kraft und sah Cruz mit erhobenem Kinn entgegen. Sie war hier, um den Mann zu retten, den sie liebte, und nicht, um sich von einem Gangster einschüchtern zu lassen, der niemals auch nur ansatzweise der Mann sein würde, der Marco Wilding war.

„Wie ich höre, machen sie eurem Alpha da drinnen die Hölle heiß“, sagte Cruz mit einem leichten Knurren in der Stimme. Überraschenderweise schien es ihn nicht sonderlich zu freuen.

„Wir sind jetzt soweit, die Tür aufzusprengen und reinzugehen“, sagte Julia. „Da drinnen sind mindestens ein Dutzend ziemlich gut bewaffneter Männer, wahrscheinlich eine ganze Menge mehr. Sie mögen zwar nur Menschen sein, aber sie sehen aus, als hätten sie eine militärische Ausbildung oder sowas. Das wird nicht einfach werden.“

Cruz grinste. „Wenn es einfach wäre, würde es keinen Spaß machen.“

Spaß? Egal. Julia neigte den Kopf in seine Richtung. „Ich vermute, ihr wollt euch erstmal zurückhalten und meinem Rudel den Vortritt lassen?“, schlug sie vor. *Ihrem Rudel.* Ja, so dachte sie jetzt über sie.

Cruz zog eine Augenbraue hoch. „Oh, nein. Ich will diesem Wolfsjäger genauso sehr an die Wäsche wie du. Wer als erstes bei ihm ist, bekommt auch den ersten Bissen.“

vor dem verschließen können, was Shifter erlitten hatten. Wenn Julia ein persönliches Opfer bringen oder sogar ins Gefängnis gehen musste, um das zu ermöglichen, dann war das eben so.

Solange sie vorher noch Marco retten konnte.

Kapitel Fünfzehn

MARCO ERWACHTE IN EINER WELT VOLLER SCHMERZEN.

Seine Brust fühlte sich an, als wäre sie aufgetrennt worden, und er hätte sich fast nicht getraut, hinzusehen. Doch er zwang sich, den Kopf zu heben, auch wenn dies frischen Schmerz durch ihn schießen ließ. Die Skalpelle waren weg und ragten nicht länger aus seiner Brust, doch er war immer noch festgebunden. Der Wolfsjäger war ebenfalls verschwunden und das rote Licht der Videokamera leuchtete nicht mehr.

Marcos Mund war trocken – er konnte nicht sagen, wie lange er bewusstlos gewesen war, doch immerhin hatte der Stromstoß, den der Wolfsjäger durch seinen Körper gejagt hatte, ihn nicht getötet.

Und offenbar machte es nicht so viel Spaß, Marco zu foltern, wenn er ohnmächtig war.

Seine Brust und seine Klamotten schienen nur noch blutige Fetzen zu sein und sein Körper war geschwächt vom Blutverlust, doch er konnte spüren, wie seine Kräfte langsam zurückkehrten. Jetzt, wo der Wolfsjäger nicht mehr unmittelbar neben ihm war, bestand seine beste Fluchtmöglichkeit darin, in seine Wolfsgestalt zu shiften. Selbst wenn es nur eine kurze Verwandlung war, um sich aus den Fesseln zu befreien, wäre es das Risiko wert. Doch als er versuchte, seinen Wolf herbeizurufen... war da nichts... als hätte sich sein Wolf irgendwo tief in sein Bewusstsein zurückgezogen und schlafengelegt. Was Marcos Orientierungslosigkeit nur noch verschlimmerte. Mühsam drehte er den Kopf zur Seite, um einen Blick zu den Kindern zu werfen – vielleicht könnte eines von ihnen ihm sagen, wie viel Zeit vergangen war.

Doch was er dort sah, ließ sein Herz gefrieren.

Der Wolfsjäger lief gerade auf einen der Käfige zu, in denen die Kinder gefangen waren. In der Hand hielt er eine Schlüsselkarte, die er an einem der Schlösser entlangzog, um es zu öffnen. Elizabeth, ein kleines Mädchen, kauerte in der hintersten Ecke des Käfigs, obwohl dieser nicht annähernd groß genug war, um außer Reichweite des Wolfsjägers zu gelangen. Das Mädchen war gerade einmal sieben oder acht Jahre alt und fast fünfzehn Meter von ihm entfernt, aber dennoch konnte Marco ihr schrilles Wimmern hören.

Alles in ihm wütete gegen die Fesseln, die ihn auf dem Tisch hielten. Die Angst des Mädchens erreichte ihn durch ihren Unterwerfungsbund – und wenn er nicht eh schon fest entschlossen gewesen wäre, sich zu befreien und sie zu retten, hätte ihn das endgültig angetrieben.

Doch er konnte nichts unternehmen.

Denn abgesehen davon, dass er immer noch gefesselt war, befanden sich überall bewaffnete Männer des Wolfsjägers, von denen die meisten gelangweilt herumstanden oder ihre Runden drehten.

Der Wolfsjäger griff in Elizabeths Käfig, packte ihren Arm und zerrte sie heraus. Sie wehrte sich tapfer, doch auch wenn der Wolfsjäger nicht sonderlich muskulös war, war er doch ein ausgewachsener Mann und das kleine Ding hatte keine Chance gegen ihn. Er war durchaus kräftig genug, einem Kind seinen Willen aufzuzwingen.

Marco konnte das Verlangen, dem Mann die Kehle herauszureißen, förmlich schmecken.

Erst als der Wolfsjäger das Mädchen in Marcos Richtung zerrte, bemerkte er, dass neben ihm ein weiterer OP-Tisch aufgestellt worden war.

Scheiße, was stimmte mit diesem Mann nicht? Marco war zwar klar gewesen, dass der Wolfsjäger bösartig war, aber so abgrundtief böse? Ein kleines Mädchen zu foltern? Auf solche Leute wartete ein ganz besonderer Platz in der Hölle und Marco konnte es kaum erwarten, ihn dorthin zu schicken. Er musste sich nur überlegen, wie. Wenn doch sein Wolf bloß zurückkommen würde, wenigstens für eine Minute.

Marco schloss die Augen und konzentrierte sich darauf, sein Biest zu finden. Er dachte an all die Gräueltaten, die der Wolfsjäger all diesen unschuldigen Wölfen angetan hatte, und es brachte einen tiefen Quell rechtschaffender Wut über das Übel dieser Welt in ihm zum Brodeln. Mit reiner Willenskraft – zusammen mit der vereinten Magie von einhundert Wölfen, die sich darauf verließen, dass er dieses kleine Mädchen rettete – schaffte Marco es, einen einzelnen Finger zu einer rasiermesserscharfen Klaue shiften zu lassen.

Er krümmte die Klaue, um an den Gurt zu gelangen, der sein Handgelenk fesselte, und fing an, ihn zu zerschneiden. Dabei behielt er die Augen geschlossen, damit der Wolfsjäger nicht bemerkte, dass er aufgewacht war. Während er seine Fessel durchtrennte, musste er die entsetzlichen Laute mitanhören, als der Wolfsjäger das Mädchen auf den Tisch zerrte und mit ihr rang, um sie festbinden zu können.

Das Mädchen schrie nach ihm. „Marco! Marco, hilf mir!"

Ein Schaudern durchfuhr ihn und jede einzelne Faser seines Körpers wollte aufspringen und ihr helfen, doch er musste sich weiter konzentrieren. Er zeigte keinerlei Regung und bewegte keinen Muskel, bis auf seine Klaue, mit der er langsam und beharrlich seine Fesseln durchtrennte. Seine Hand befand sich auf der dem Wolfsjäger abgewandten Seite und wurde so durch Marcos Körper vor dessen Augen verdeckt.

„Halt die Klappe!", brüllte der Wolfsjäger. Das brutale Öffnen und Zuziehen der Gurte legte sich erbarmungslos über Elizabeths leises, angsterfülltes Wimmern. „Dein Alpha ist nutzlos. Niemand wird dich retten."

Elizabeth schluchzte, doch ihr Weinen wurde etwas leiser, fast resignierend, wobei sie immer noch schreckliche Angst haben musste.

Gib nicht auf, dachte Marco. *Ich hol dich hier raus.*

Er musste kurz aufhören, seine Fesseln zu durchtrennen, da der Wolfsjäger um seinen Tisch herumkam. Marco riskierte es, eines seiner Augen einen Spalt breit zu öffnen – der Mann schnappte sich eine Spritze und ging damit zu dem Mädchen zurück.

Ihr Wimmern wurde wieder etwas lauter, als er ihr eine Blutprobe entnahm. Marco verstand immer noch nicht, was das sollte – nur dass es irgendetwas mit dem weißen Wolf zu tun hatte, von dem der Wolfsjäger so besessen war. Marcos Cousine Terra hatte ihm erzählt, dass der Wolfsjäger in Wirklichkeit ein Shifter-Bastard war und es auf den weißen Wolf abgesehen hatte, weil er diesen für seinen Vater hielt. Doch das war Marco alles scheißegal. Er wusste nur, dass es nicht mehr lange dauerte, bis die Folter des kleinen Mädchens beginnen würde.

Ihm lief die Zeit davon.

Der Wolfsjäger eilte zum Bildschirm hinüber und tippte eine Weile auf der Tastatur herum. Das Geräusch war laut genug, dass Marco wieder unbemerkt an seinen Fesseln sägen konnte. Er hatte sie fast durchtrennt, als sich der Wolfsjäger zufrieden vom Computer abwandte und Marco erneut aufhören und warten musste.

Das Kameralämpchen leuchtete wieder.

Mit einem Skalpell in der Hand schlenderte der Wolfsjäger auf Elizabeth zu.

Scheiße – das war's.

Hektisch schnitt Marco immer schneller an seinen Fesseln.

Währenddessen schwafelte der Wolfsjäger für seine Zuschauer weiter. „Entschuldigt die kurze Unterbrechung, aber ich habe jetzt etwas Neues für euch, meine lieben Mitmenschen. Vielleicht denkt ihr, dass ich hier ein kleines Mädchen auf meinem OP-Tisch habe, doch da liegt ihr falsch. Sie ist ein *Monster*. Und wir werden nun zu sehen bekommen, welche Monster sich selbst hinter den unschuldigsten Gesichtern unserer Stadt verbergen können."

Elizabeths Wimmern stieg mit jedem Mal, das sie nach Luft schnappte, an und ab. Marco konnte sich nicht einmal vorstellen, welche Angst sie haben musste.

Der Wolfsjäger fuhr fort: „Ich weiß, dass die meisten von euch mittlerweile begriffen haben, dass es sich bei Shiftern nicht um menschliche Wesen handelt, aber das, was jetzt kommt, könnte vielleicht trotzdem etwas schwer mitanzusehen sein, zumindest, bis die Illusion—"

Marco zerriss die letzten Stränge seiner Fessel.

Jetzt, wo seine Hand frei war, riss er sie zu seiner Brust hoch, um die Gurte dort zu durchtrennen, die ihn auf dem Tisch hielten. Seine Klaue schnitt geradewegs hindurch und drang in das bereits geschundene Fleisch seines Oberkörpers ein, doch der Schmerz war nichts gegen die kochend rote Wut, wenn er daran dachte, dass der Wolfsjäger Elizabeth anrührte. Sobald er frei genug war, um sich bewegen zu können, packte er ihren OP-Tisch und stieß ihn dem Wolfsjäger mit voller Wucht in den Magen.

Elizabeth kreischte auf. Der Wolfsjäger verlor das Gleichgewicht und landete auf seinem Arsch. Mehr Zeit brauchte Marco nicht. Er zog den Tisch wieder zu sich, damit Elizabeth außer Reichweite des Wolfsjägers war, und schnitt dann schnell mit der Klaue die restlichen Gurte durch, die ihn noch festhielten. Ein Aufschrei hallte durch den Raum. Jemand musste bemerkt haben, dass er sich befreit hatte – oder zumindest, dass der Wolfsjäger zu Boden gegangen war. Marco rollte vom OP-Tisch und ging dahinter in Deckung.

Er huschte um die Ecke und sein einziger Gedanke bestand darin, dem am Boden liegenden Wolfsjäger die Hände um die Kehle zu legen. Gerade als er Elizabeths Tisch umkurvt hatte, sah er den Wolfsjäger auf allen Vieren um das andere Ende krabbeln. Marco stürzte ihm hinterher, bekam seinen Kittel zu packen und zerrte ihn zurück. Der Wolfsjäger schlug mit dem Skalpell nach ihm, das er immer noch in der Hand hielt, doch Marco nahm ihn schnell mit einem Arm in den Würgegriff und packte sich mit dem anderen die skalpellschwingende Hand.

Kurz versuchte der Wolfsjäger noch, sich zu wehren, doch Marco schlug dessen Hand mehrfach hintereinander so heftig auf den Betonboden, dass er das Skalpell fallenließ und es klirrend wegschlitterte. Dann erhöhte Marco den Druck auf seine Kehle.

„Sag deinen Männern, dass sie wegbleiben sollen“, zischte er dem Wolfsjäger mit heiserer Stimme ins Ohr. Dann räusperte er sich und schaffte es diesmal, lauter zu werden. „Stehenbleiben!“, schrie er den bewaffneten Männern zu, die auf sie zugestürmt kamen. „Noch einen Schritt näher und ich reiße ihm die Kehle raus.“ Die Männer blieben wie angewurzelt stehen, legten aber ihre Betäubungsgewehre an und zielten damit auf Marco. Sie zögerten und warfen einander und dem nach Luft ringenden Wolfsjäger unsichere Blicke zu – Marco schnürte dem Mann dessen gesamte Luftzufuhr ab. Er konnte nicht einmal sprechen.

Marco lockerte seinen Griff etwas.

„Bleibt zurück!“, befahl der Wolfsjäger mit erstickter Stimme, sobald er etwas zu Atem gekommen war. „Du kommst hier nicht raus“, zischte er dann an Marco gewandt.

„Große Worte für einen Mann, dessen Kehle kurz davor ist, zerquetscht zu werden“, erwiderte Marco ruhig und dann etwas lauter zu den Handlangern, die sich noch immer unschlüssig ansahen: „Macht das Kind los! Und lasst die anderen aus den Käfigen. Die kommen alle mit mir. Tut, was ich sage, und ich lasse dieses Arschloch leben.“ Er hatte nicht vor, den Wolfsjäger leben zu lassen, doch er baute auf die Tatsache, dass diese Typen wie Söldner aussahen, die alles taten, für das der Wolfsjäger sie bezahlte. Was er nicht mehr tun konnte, wenn er tot war. Doch selbst wenn sie wahre Anhänger von ihm waren und der Wolfsjäger ihr Hohepriester des Hasses, ging Marco nicht davon aus, dass sie mit seinem Leben spielen würden. Abgesehen davon trug gerade keiner von ihnen eine Maske und ihre Blicke huschten immer wieder zum Computer – sie alle wussten, dass die Kamera noch an war, und versuchten abzuschätzen, wie nah sie kommen konnten, ohne dass ihre Gesichter live im Internet zu sehen waren.

Einer der Männer gab einem anderen ein Zeichen mit dem Kinn. Daraufhin holte dieser seine Maske aus der Hosentasche und zog sie sich über den Kopf, dann trottete er zu Elizabeth hinüber, die mucksmäuschenstill auf dem Tisch lag. Das Geräusch, wie die Riemen geöffnet und gelöst wurden, beruhigte Marco.

Doch den Wolfsjäger machte es rasend. Plötzlich wehrte er sich wieder mit aller Kraft gegen Marcos Griff. „Was glaubst du denn, wo du hingehen wirst?“, fauchte er. „Ich weiß, wo du wohnst. Ich weiß, wo *deine Leute* leben. Ihr könnt mir nicht entkommen. Du zögerst das Unvermeidbare nur heraus.“

Marco verstärkte seinen Druck auf die Kehle des Mannes. „Wenn ich du wäre, würde ich mein verdammtes Maul halten. Sonst muss ich dich trotz meines Versprechens doch noch umbringen.“

Genau in dem Moment brach die Hölle los.

Eingeleitet von einer Explosion am anderen Ende des höhlenartigen Metallhangars stürmten dutzende Leute durch die rauchende Tür dort. Das mussten Stefan und das Rudel sein. Marco konnte nur ein klein wenig von dem Chaos sehen, das ausbrach, doch er zog seinen Griff noch fester um die Kehle des Wolfsjägers, da plötzlich alles um ihn herum in Bewegung war. Einige der Wachen an den Käfigen hatten ihre Waffen gezückt und fingen an, um sich zu schießen. Doch dann fielen Dutzende Leute über die Söldner her und verwandelten den ganzen Bereich in eine einzige Massenschlägerei. Die Männer um Marco herum beeilten sich, ihre Masken überzuziehen, und der an Elizabeths Tisch stürzte auf ihn zu.

„Stehenbleiben!", schrie Marco und packte den Wolfsjäger noch fester, während er versuchte, ihn auf die Füße hochzuzerren.

Dann stürmte ein halbes Dutzend Männer des Wolfsjägers in den medizinischen Bereich, wobei einer von ihnen den Computer zu Schrott schoss. Derjenige bei Elizabeths Tisch lief zu ihr zurück, riss ihre Fesseln auf und zerrte sie vom OP-Tisch. Zwei andere stürzten sich auf Marco. Doch gerade als er dem Wolfsjäger das Genick brechen wollte... *shiftete der Mann.* Seine Wolfsgestalt glitt genau in dem Moment aus Marcos Griff, als zwei seiner Schlägertypen Marco erreichten und begannen, auf ihn einzuschlagen – ihre Fäuste prasselten wie kleine Presslufthämmer auf seine Brust ein und trieben ihm die Luft aus seinen immer noch geschundenen Lungen. Er knurrte und rang beide Männer zu Boden, fest entschlossen, sie auszuschalten, doch dann hörte er Elizabeths Schreie, während sie fortgeschleppt wurde. Da realisierte er, dass die Männer sich nur mit ihm prügelten, um dem Wolfsjäger die Flucht zu ermöglichen.

„Fuck!" Marco stieß die beiden Gangster von sich und verpasste einem von ihnen einen Roundhouse-Kick und dem anderen einen dermaßen deftigen Faustschlag, dass sie beide zu Boden gingen. Dann rannte er Elizabeth und dem Mann hinterher, der sie in Richtung Hangartür zerrte, nur um festzustellen, dass der Wolfsjäger und eine kleine Gruppe seiner Männer in die entgegengesetzte Richtung zum anderen Ende des Hangars flohen. Marco konnte keine Tür in dieser Richtung sehen, doch er hatte sowieso keine Wahl – er wusste nicht, was dieser Söldner Elizabeth antun würde, und der Rest seines Rudels war in Kämpfe mit den Männern des Wolfsjägers verwickelt oder damit beschäftigt, die Kinder aus den Käfigen zu befreien... Niemand achtete auf das Mädchen.

Er holte den Mann, der Elizabeth verschleppte, gerade in dem Moment ein, als dieser die Tür erreichte. Er rammte ihm die Faust ins Gesicht und fing Elizabeth auf, als der Mann wie ein Stein zu Boden ging.

Einen Moment lang drückte er sie fest an sich, dann stellte er sie auf den Boden und kniete sich hin, um ihr direkt in die Augen sehen zu können. „Geht es dir gut?"

Sie nickte zitternd und zeigte dann mit einem kleinen Finger zur anderen Seite des Hangars. „Er entkommt!"

Griffin hatte sich aus dem Tumult gelöst, um ihm zur Hilfe zu eilen – Marco winkte ihn zu sich an die Tür und zeigte auf Elizabeth. „Pass auf sie auf!", befahl er.

Griffin nickte knapp und hielt Elizabeth die Hand hin. Dankbar griff sie danach. Marco wirbelte herum und rannte in die Richtung los, in die der Wolfsjäger geflohen war, doch sein Blick schweifte verwirrt umher – wo war der Mann hin? Diese Ecke des Hangars war dunkel, staubig und voller Kisten und Kartons, die wahllos übereinandergestapelt waren, als wäre dies das Abfalllager der Operation, doch eine Tür war hier ganz sicher nicht. Wohin war der Wolfsjäger mit seinen Leuten verschwunden? Dann sah Marco Spuren im Staub, die ihre Füße bei der hastigen Flucht in diesen Bereich hinterlassen haben mussten, und bemerkte ein Muster in dem Chaos aus Kisten. Er folgte den Fußabdrücken, bis sie neben einer Wand endeten... wo sich ein Viereck am Boden abhob. Es war so dunkel, dass er die Ränder abtasten musste, doch schließlich fand er einen Griff und zog ihn hoch – *eine Geheimtür im Boden.*

Scheiße. Die Tür führte geradewegs zu einem unterirdischen, mannshohen Tunnel, der etwa vier Meter unter ihm lag. Eine Leiter war im Schacht unter der Luke befestigt und alles, was er am anderen Ende davon sehen konnte, war der Betonboden und das Flackern von Taschenlampen. So schnell er konnte kletterte er die Leiter hinab und sprang die letzten eineinhalb Meter nach unten. Der Tunnel war breit, komplett betonverkleidet und mindestens einhundert Meter lang – und an seinem Ende stand ein Jeep, in den der Wolfsjäger und seine Leute gerade einstiegen. Es sah aus, als würde der Tunnel dahinter in unterschiedliche Richtungen abzweigen. Marco rannte los, hatte aber wenig Hoffnung, den Jeep noch rechtzeitig zu erreichen – der Motor heulte auf und der Wagen raste in einen der Tunnel davon und war schnell außer Reichweite.

„*Verdammt!*", schrie Marco. Er rannte weiter, bis er das Ende des Haupttunnels erreicht hatte, aber der Jeep war nicht mehr zu sehen. Er hielt kurz inne, die Hände auf den Knien, während er nach Atem rang und versuchte, trotz des stechenden Schmerzes in seiner Brust einen klaren Gedanken zu fassen. Die Tunnel mussten *irgendwo* hinführen. Wenn er sie nicht auf diesem Weg erwischen konnte, dann vielleicht oberirdisch, wenn sie aus ihrem Loch kamen.

Er hetzte zurück zur Leiter und kletterte schnell hinauf, um wieder beim oben stattfindenden Kampf mitzumischen.

Allerdings war dieser bereits vorbei. Sein Rudel hatte die Männer des Wolfsjägers besiegt und hielt sie in Schach – sie knieten mit den Händen hinterm Kopf bei den Käfigen, aus denen die Gefangenen mittlerweile befreit worden waren. Um ihn herum waren mehr Wölfe, als er zählen konnte – und er realisierte langsam, dass nicht nur sein Rudel an dieser Rettungsaktion beteiligt gewesen sein musste.

Marco ließ den Blick auf der Suche nach Stefan über die geschäftige Shifter-Menge wandern – und fand ihn, als er gerade jemandem Befehle zuschrie, sich um die Kinder zu kümmern und durchzuzählen. Gleichzeitig bemerkte er, dass auch Julia sich mitten in diesem Getümmel befand. Sie brüllte Cruz an, der einen der Männer zu Boden gestoßen hatte und ihm eine Pistole an den Kopf drückte. Cruz schüttelte den Kopf, steckte seine Pistole aber wieder weg und schnauzte stattdessen Julia an.

Marcos Herz schwoll an und schnürte sich gleichzeitig zusammen. Er eilte auf sie zu, doch Julia war so damit beschäftigt, sich ein Wortgefecht mit Cruz zu liefern, dass sie ihn erst bemerkte, als er direkt neben ihr stand und nach ihr griff.

Ihre Augen weiteten sich, dann flogen ihre Arme um seinen Hals und sie umarmte ihn innig.

Alles andere verblasste – es fühlte sich so verdammt gut an, sie in den Armen zu halten – doch er fasste sich schnell wieder und ließ sie los.

Sie trat einen Schritt zurück und musterte ihn besorgt. „Gott sei Dank! Sag mir, dass es dir gut geht."

Er sah an seinem Körper herab, der eher einem Wrack glich und noch immer blutig und zerschunden war, doch er heilte schnell. „Mir geht's gut. Aber was machst *du* überhaupt hier? Ich hatte Stefan doch gesagt..." Er sah sich nach seinem Beta und besten Freund um, dem er ausdrücklich gesagt hatte, Julia bei all dem außen vor zu lassen.

Stefan trieb gerade die Kinder zusammen, doch Marco fing seinen Blick ein und sein Beta musste genau wissen, was sein böses Starren zu bedeuten hatte – Stefan zuckte bloß mit den Schultern und hob die Hände, als habe er nichts dagegen tun können.

Marco schüttelte den Kopf und wandte sich wieder Julia zu. „Stefan hat Glück, dass es dir gut geht."

Sie funkelte ihn böse an. „Wenn du auch nur einen Moment gedacht hast, er könnte mich davon abhalten, dich zu retten..." Sie hielt inne, als wüsste sie nicht, wie sie den Satz beenden sollte.

Er unterbrach ihre erfolglose Suche nach Worten, indem er sie zu sich zog und kurz auf die Lippen küsste. „Alles gut. Ich habe ehrlich gesagt nichts anderes erwartet."

Cruz kam mit suchendem Blick auf ihn zu. „Wo ist dieser Wichser? Sag mir nicht, dass er dir entwischt ist, Wilding."

Marco verzog das Gesicht. „Es gibt ein unterirdisches Tunnelsystem – ich bin ihm nachgejagt, aber sie hatten ein Auto."

„Fuck!" Cruz sah tatsächlich so aus, als wolle er die Scheiße aus dem Wolfsjäger prügeln, was Marco tatsächlich dazu bewegte, ihn mit anderen Augen zu betrachten.

„Überrascht mich irgendwie, dich hier zu sehen", sagte Marco.

Cruz zog eine Augenbraue hoch. „Überrascht mich irgendwie, dass du noch lebst." Er stieß ein Grunzen aus, das wie ein halbes Lachen klang. Dann warf er Julia einen Seitenblick zu. „Da kannst du dich in erster Linie bei deiner Partnerin bedanken."

Partnerin? Marcos Kopf wirbelte zu Julia herum und er sah sie mit hochgezogenen Augenbrauen an, hielt aber den Mund. Sie begegnete ihm mit einem Blick, der wohl so viel wie *Versau es jetzt nicht* besagen sollte, also ließ Marco sich nichts anmerken.

Er wandte sich wieder Cruz zu. „Ja, ich kann wirklich niemandem empfehlen, sich mit ihr anzulegen."

Cruz stieß ein weiteres grunzendes Lachen aus, wurde dann aber schnell wieder ernst. „Scheiße, ich hatte mich wirklich darauf gefreut, dieses Wolfsjäger-Arschloch zu töten. Das versaut mir den ganzen Tag."

Julia runzelte die Stirn. „Wenn sie durch unterirdische Tunnel fliehen, dann müssen sie doch irgendwo wieder rauskommen."

Marco nahm ihre Hand und unterdrückte ein Grinsen. „Genau das habe ich mir auch gedacht. Wenn wir genug Leute und Autos haben, könnten wir sie finden. Vorausgesetzt, hier ist alles unter

Kontrolle…“, er blickte sich um, aber es sah danach aus, „…und wir machen uns direkt auf die Socken...“

Cruz nickte. „Ich bin dabei.“ Er lief davon und bellte Befehle, doch er war noch nicht weit gekommen, als eine weitere Flut von Leuten durch die Vordertür hereinstürmte. Leute, mit denen Marco wirklich als allerletztes gerechnet hätte.

Die Polizei.

Er drehte sich zu Julia um. „Was ist hier los?“

Sie verzog das Gesicht und verfolgte, wie die Polizeibeamten mit ihren kugelsicheren Westen und automatischen Waffen im Anschlag hereingestürmt kamen und alle anschrien, dass sie sich nicht von der Stelle bewegen sollten... dabei war die Situation längst unter Kontrolle.

„Das Video, das Casey posten sollte...“, erklärte Julia rasch. „Die Polizei hat wohl beschlossen, sich der Sache anzunehmen. Sie haben den Transporter geortet... und uns.“

Ein Polizist ohne Kampfausrüstung und in gewöhnlicher blauer Uniform kam hinter seinen Männern durch die Tür geschlendert.

Julia zuckte zusammen. „Ich hatte gehofft, wir würden es vor ihrer Ankunft rein und wieder raus schaffen.“

Und Marco verstand auch, warum – soweit er wusste, wurde sie noch immer von der Polizei gesucht. Andererseits war auf die Hälfte des Raumes irgendwann schon mal ein Haftbefehl ausgeschrieben gewesen.

Er ließ Julias Hand los. „Halt dich im Hintergrund. Misch dich unter die Leute.“ Dann marschierte er geradewegs auf den Typen zu, der das Sagen zu haben schien, und ignorierte dabei die gezückten Waffen des Sondereinsatzkommandos. Cruz war zwar bereits bei ihm, sagte aber nichts. Marco konnte es ihm nicht verübeln – diese Situation erklären zu müssen war wirklich eine undankbare Aufgabe.

Auf der Uniform des Polizisten waren die Worte *Officer Turnbull* gestickt.

„Guten Tag, Officer“, sagte Marco. „Wie nett von Ihnen, dass Sie gekommen sind, um uns bei der Rettung dieser Kinder zu unterstützen.“

Der Beamte sah ihn mit zusammengekniffenen Augen an, behielt seinen ruhigen und gelassenen Gesichtsausdruck aber bei. Marco hatte keine Ahnung, wie diese Sache ausgehen würde – entweder es würde eine ausgewachsene Schlacht zwischen Shiftern und Polizei geben, in der Cruz‘ und Marcos Rudel versuchen würden, die Kinder und sich selbst vor einer Festnahme zu bewahren, oder die Polizisten würde sich einmal in ihrem Leben dafür entscheiden, gerecht mit Shiftern umzugehen.

Marco hatte nicht den leisesten Schimmer, in welche Richtung es sich entwickeln würde.

Nach einer gefühlten Ewigkeit streckte Officer Turnbull Marco die Hand entgegen. „Wie es aussieht, habt ihr hier alles unter Kontrolle."

Marco war so schockiert, dass er fast vergessen hätte, die Hand des Mannes anzunehmen. Dann griff er langsam danach und schüttelte sie fest. „Hier haben wir zwar alles im Griff und die Kinder sind auch in Sicherheit, aber es gibt noch eine andere Angelegenheit, bei der wir Ihre Hilfe gebrauchen könnten." Er konnte sehen, wie sich in Officer Turnbulls Miene unterschiedliche Gemütszustände regten – Verwunderung, Sorge, Misstrauen und schließlich verhaltener Optimismus.

„Die da wäre?", fragte er.

„Der Wolfsjäger, der Typ, der hierfür verantwortlich ist, ist uns entkommen." Marco deutete über seine Schulter in die entsprechende Ecke. „Es gibt ein unterirdisches Tunnelsystem, wo sie ein Fahrzeug geparkt hatten. Ich weiß nicht, wo die Tunnel hinführen, doch wenn wir alle zusammenarbeiten und uns aufteilen, könnten wir genug Leute haben, um ihn zu schnappen, wenn er wieder rauskommt."

Officer Turnbull zog die Augenbrauen hoch, doch dann nickte er langsam. „Klingt nach einem Plan. Ich lasse ein paar meiner Männer hier, um auf die Kinder und die Gefangenen aufzupassen." Mit dem Kinn deutete er auf die gefangenen Söldner. „Schätze, wir sollten so schnell wie möglich los, wenn wir noch eine Chance haben wollen, diesen Typen zu kriegen."

Marco lächelte. „Sehe ich auch so."

In den nächsten fünf Minuten herrschte geschäftiges Treiben. Befehle wurden gebrüllt und Leute eilten zu den Autos. Marco und Julia nahmen jeweils eine Gruppe mit sich, Stefan und Casey schnappten sich den Rest des Rudels und die beiden anderen Fahrzeuge. Über Textnachrichten blieben sie mit Cruz und Officer Turnbull in Kontakt.

Trotz der groß angelegten Verfolgungsjagd und obwohl sie das Umfeld des Flugplatzes schnell abgesucht hatten, brauchten sie zu lange, um den gut versteckten Tunnelausgang zu entdecken. Als sie ihn endlich hinter einem kleinen Hügel fanden, der auf ein Feld hinausführte, war es zu spät. Die Reifenspuren des Jeeps verliefen vom Ausgang weg bis zu einer asphaltierten Straße, wo es keine Möglichkeit mehr gab, sie zu verfolgen.

Es sorgte für eine ganze Reihe von Flüchen, doch am Ende rief die Polizei anhand von Marcos Beschreibung eine Fahndung nach dem Jeep aus. Mehr konnten sie nicht tun.

Als sie sich wieder zusammengefunden hatten – die beiden Wolfsrudel und die Polizei – konnte Marco sehen, wie Officer Turnbull Julia mit prüfendem Blick musterte. Sofort sprangen sämtliche Alarmglocken seines Wolfes an und Marco war sich ziemlich sicher, dass er Turnbull erledigt hätte, wenn der versucht hätte, Julia festzunehmen.

Er tat es zwar nicht, aber Marco war sich sicher, dass er sie wiedererkannt hatte.

Die Polizei zog mit den Männern des Wolfsjägers im Gewahrsam ab und auch Marco und sein Rudel kletterten in ihre Fahrzeuge. Cruz und seine Männer fuhren als Letzte ab, da sie nicht aufhören konnten, das Gebiet weiter nach dem Wolfsjäger abzusuchen.

Stefan klemmte sich hinters Lenkrad, während Marco mit Julia auf dem Schoß auf der Rückbank saß – das Auto war rappelvoll, denn nur so konnten alle mitfahren, aber er hätte es sowieso nicht ertragen, sie weiter als einen Zentimeter von sich entfernt zu haben.

Die Fahrt nach Hause verbrachte er damit, sich Gedanken darüber zu machen, wie er diese wundervolle Frau in seinem Leben behalten konnte – *für immer.* Es schien nur eine Frage der Zeit zu sein, bis die Polizei sie holen würde.

Da war er sich sicher.

Doch als sie zu Hause angekommen waren, hatte er bereits einen Plan.

Kapitel Sechzehn

Das ganze Drama des vergangenen Tages kam Julia wie ein verrückter Traum vor.

Sie hatte im Laufe der Nacht mehrmals mit Marco geschlafen, doch irgendwann waren sie beide völlig erschöpft eingedöst. Dabei hatten sie kaum miteinander geredet, sondern sich mit ihren Händen und Mündern, und über Streicheleien und Orgasmen verständigt. Und das war in Ordnung für sie gewesen, doch sie fühlte sich, als würde sie eine Last in ihrem Herzen tragen, die sie nicht richtig zum Ausdruck bringen konnte.

Sie war sich sicher, dass die Polizei heute an ihre Tür klopfen würde. Oder morgen. Irgendwann würden sie definitiv kommen. Sie wussten, wer sie war, und sie wussten, *wo* sie war. Es war nur eine

Frage der Zeit, bis sie Julia festnehmen und einsperren würden.

Bis dahin war sie fest entschlossen, die Zeit, die ihr mit Marco und seinem Rudel noch blieb, zu genießen. *Ihrem Rudel* – auch wenn sie sich noch nicht dazu bekannt hatte, indem sie sich ihrem Alpha unterworfen oder er sie zum Weibchen genommen hatte. Und sie könnte verstehen, wenn er das jetzt auch nicht mehr wollen würde, obwohl sie sich als seine Partnerin bezeichnet hatte, um die Rettungsaktion zu leiten.

Warum sollte man sich mit jemandem paaren, der bald ins Gefängnis gehen würde?

Als sie an diesem Morgen aufgewacht war, hatte sie sich hinausgeschlichen und Marco schnarchend im Bett liegen gelassen, um mit Stefan, Casey und den anderen Männern zu trainieren. Sie begrüßten sie lächelnd und keiner machte Witze darüber, dass sie sich zu ihnen gesellte. Sie hatten sie vollkommen akzeptiert und es fühlte sich wie eine warme Decke an, die sie umhüllte. Julia war nicht nur mit ihrer Wölfin im Reinen und konnte diese endlich kontrollieren, sie war auch von den anderen Wölfen aufgenommen worden – ihr war nicht klar gewesen, was ihr in all der Zeit, die sie ohne Rudel aufgewachsen war, entgangen war.

Sie hatte bereits drei Sparringspartner erledigt und stand jetzt Griffin gegenüber. Der Junge mochte vielleicht einiges über Waffen wissen, doch im Nahkampf stellte er sich nicht sonderlich geschickt an.

Sie attackierte ihn mit einer Geraden, die er einigermaßen anständig mit dem Arm abwehrte, doch sein Konter mit einem Haken in ihren Magen kam zu langsam. Sie wich dem Schlag aus, drehte sich um die eigene Achse und riss den Ellbogen hoch, traf ihn damit am Kinn und schickte ihn zu Boden. Es war das vierte Mal in weniger als zwei Minuten, dass er sich auf dem Asphalt wiederfand. Vielleicht sollte sie etwas nachsichtiger mit ihm sein.

Er blieb am Boden liegen und sah kopfschüttelnd zu ihr hoch.

„Brauchst du eine Pause?“, fragte sie.

„Nein! Mir geht’s gut.“ Schwankend kam er wieder auf die Füße.

„Du machst das super“, sagte sie, um ihn zu motivieren.

Er lachte nur und schüttelte erneut den Kopf, während er sich das Gesicht an der Stelle rieb, wo sie ihn mit dem Ellbogen erwischt hatte.

„Ich glaube, er mag dich“, sagte Marco hinter ihr.

Überrascht, seine Stimme zu hören, drehte sie sich um. Griffin nutzte die Gelegenheit für den Versuch, sie zu packen und in den Schwitzkasten zu nehmen. Sie duckte sich unter ihm weg und hämmerte einen rechten Haken in seinen Magen, der ihn einmal mehr zu Boden schickte, wo er mit einem lauten „*Umpf*“ aufkam.

Tänzelnd wich Julia vor ihm zurück.

Marco lachte laut auf. „Er mag dich ein bisschen zu sehr.“ Halbherzig drohend knurrte er den am Boden liegenden Griffin an.

Der junge Wolf hob resignierend die Hände und rollte sich auf den Rücken. „Schon gut! Ich ergebe mich!“

Marco schmunzelte und ließ seinen Arm um Julias Taille gleiten. Jedes Mal, wenn er sie berührte, wurde etwas in ihr lebendig. Es war erst wenige Stunden her, dass sie miteinander geschlafen hatten, doch sie konnte nie genug von ihm bekommen.

Sanft küsste er sie auf die Wange. „Kann ich dich mal kurz davon abbringen, meine Männer zu verprügeln? Es gibt da jemanden, der dich treffen möchte.“

Ihr Herz wurde schwer. Sie hatte gewusst, dass dieser Moment kommen würde, aber sie hatte auf etwas mehr Zeit gehofft. „Ja, klar.“

Marco lächelte und ließ die Hand sinken, um nach ihrer zu greifen. Als er sie vom Trainingsplatz weg und in Richtung der Unterkunft führte, senkte er die Stimme, damit nur sie ihn hören konnte. „Hey, alles wird gut."

Das bezweifelte sie zwar sehr, aber sie nickte trotzdem.

Sie durchquerten die Gang-Unterkunft, bis sie den Essbereich auf der Vorderseite erreicht hatten. Da es Vormittag war, war es dort größtenteils leer – nur ein einzelner Mann wartete an einem Tisch auf sie. Als sie näherkamen, stand er auf, doch Julia hatte seine Polizeiuniform längst erkannt.

Als Marco sie einander vorstellte, zog sich ihr Magen zu einem Knoten zusammen. „Julia, das ist Officer Kaden Grant. Er hat besondere Beziehungen zum Büro des Bürgermeisters. Ich habe ihm von deiner Situation erzählt."

Der Knoten in ihrem Magen wurde zu einem ausgewachsenen Krampf. Lieferte Marco sie etwa aus?

Sie wusste nicht, was sie sagen sollte, doch zum Glück ergriff der Officer zuerst das Wort und streckte ihr die Hand entgegen. „Ich bin nicht mehr offiziell bei der Polizei", sagte er zu Julia. „Und ich bin nicht hier, um dich zu verhaften, falls du das denkst."

„Sind Sie nicht?" Einen Augenblick lang starrte sie auf seine noch immer ausgestreckte Hand, bevor sie langsam danach griff.

Marco nickte ihr aufmunternd zu. „Kaden ist der Partner meiner Cousine Terra", erklärte er. „Ich habe ihn gefragt, ob er uns bei unserer... kniffligen Situation helfen kann." Seine Augen funkelten.

Sagte er da wirklich das, was sie dachte? Hatte er irgendeinen Deal ausgehandelt, damit sie ungeschoren aus dieser Sache rauskam?

Sie sah Officer Grant an. „Ich verstehe nicht ganz."

„Wie ich hörte, gab es da einen Vorfall mit deinem Stiefvater", erwiderte er. „Da ein Shifter in die Sache verwickelt war, hat der Bürgermeister mich beauftragt, die Ermittlungen zu leiten. Ich bin hier, um deine Aussage zu den Geschehnissen aufzunehmen."

Julia schluckte und zögerte, doch Marcos Hand legte sich auf ihren Rücken und die Wärme seiner Berührung beruhigte sie. „Es war Notwehr", sagte sie. „Er hat meine Mutter geschlagen und dann versucht, mich anzugreifen, und..." Wie konnte sie erklären, dass sie die

Kontrolle über ihre Wölfin verloren hatte, ohne dass es so klang, als wäre sie eines Mordes schuldig? Sie glaubte zwar nicht, dass sie das war, zumindest nicht mehr, doch wie würde das aus Sicht der Polizei aussehen?

„Ok, das reicht mir schon", sagte Officer Grant. „Ich gebe das an die Zentrale weiter und schaffe es aus der Welt."

Julias Kinnlade klappte herunter. „Das ist alles?"

Er lächelte. „Du bist eine Heldin, Julia. Das Video von dir, wie du beinahe zusammen mit einem Haufen Kinder entführt worden wärst und dann an ihrer Rettung beteiligt warst, war überall in den Medien. Du und dein Rudel..." Er deutete auf Marco und die Unterkunft um sie herum. „Ihr seid gerade die Helden der Stadt. Das Letzte, was der Bürgermeister jetzt will, ist, dass die Polizei die beliebteste Shifter-Heldin der Stadt festnimmt." Er räusperte sich. „Und mal abgesehen davon – was auch immer dein Stiefvater vorhatte, ich bin mir sicher, dass er bekommen hat, was er verdiente." Er hustete. „Aber das kommt nicht ins Protokoll."

Julia lächelte, größtenteils ungläubig. „Passiert das gerade wirklich?"

„Absolut." Marco hielt Officer Grant die Hand hin. „Ich kann dir hierfür gar nicht genug danken,

Kaden. Ehrlich. Falls du irgendwann mal was brauchst, lass es mich wissen."

Officer Grant schüttelte Marcos Hand und sah ihn dann streng an. „Das ist eine Geste guten Willens vom Rathaus. Und damit tun sie verdammt nochmal das Richtige. Die Tatsache, dass du die Organisation des Wolfsjägers zum Erliegen gebracht hast, bedeutet dem Stadtrat sehr viel, selbst wenn er entkommen ist. Ich kann diese Sache mit Julia definitiv für euch klären, aber eins sage ich dir, Marco – das wird nicht anhalten. Der Bürgermeister kann keine gemeinsame Sache mit einer Shifter-Gang machen. Ihr müsst von der schiefen Bahn runter. Hört mit dem illegalen Zeug auf, sonst kann ich in Zukunft nichts mehr für euch tun. Und ich bin wirklich nur für diesen einen Fall eingesprungen – ich arbeite jetzt für Riverwise und bei uns dreht sich alles darum, den Wolfsjäger zu erledigen. Übrigens könnten wir die Hilfe von ein paar guten Wölfen wie dir und deinem Rudel gut gebrauchen. Und ich würde nicht zögern, dich dort miteinzubeziehen, falls du das willst. Aber wenn ihr auf der richtigen Seite des Gesetzes bleiben wollt, müsst ihr hier ein paar Dinge ändern. Mehr sage ich dazu nicht."

„Verstanden", sagte Marco mit ernster Miene.

„Unabhängig davon weiß ich es zu schätzen, was du für Julia tust. Ich werde das nicht vergessen."

Officer Grant nickte. „Selbstverständlich. Sie ist jetzt die Partnerin eines Wildings – und Familie hält zusammen." Er lächelte.

Seine Partnerin? Julias Augen weiteten sich, doch sie hielt den Mund.

Marco senkte den Kopf und nickte knapp. Sie verabschiedeten sich und Officer Grant schlenderte durch die Vordertür aus der Unterkunft.

Julia wartete, bis er gegangen war, bevor sie flüsterte: „Er glaubt, ich sei deine Partnerin?"

Marco zog eine Augenbraue hoch. „Mach mir keine Vorwürfe. Du bist doch dafür verantwortlich, dass dieses Gerücht kursiert. Nicht, dass ich was dagegen habe."

Hitze stieg Julia ins Gesicht. Es *war* ihre Schuld, dass dieses Gerücht existierte, und sie hatte keine Ahnung, wie er darüber dachte... abgesehen davon, dass er seine Familie um einen Gefallen gebeten hatte. Eine Familie, mit der er eigentlich nichts mehr zu tun haben wollte, nur um Julias Probleme mit der Polizei zu regeln.

Sie war frei. Sie konnte es kaum glauben.

Marco drehte sich zu ihr um und ergriff zärtlich ihre Hände. Während er ihr tief in die Augen blickte, sagte er sanft: „Du bist jetzt frei. Du kannst in dein normales Leben zurück, wenn du willst.“ Er ließ die Worte zwischen ihnen in der Luft hängen.

Sie schluckte. „Ich möchte nicht“, sagte sie, die Worte nur ein Flüstern. „Ich möchte bleiben.“

Seine Augen strahlten. „Du hast keine Ahnung, wie sehr ich mir gewünscht habe, das zu hören.“ Er legte ihr eine Hand auf die Wange und sie schmiegte sich daran und genoss dieses Gefühl. Die Zärtlichkeit in seinem Blick ließ ihr Herz aufgehen.

Sie schluckte und hoffte, dass sie es mit ihrem nächsten Vorschlag nicht zu weit trieb. „Und ich habe schon ein paar Ideen, wie du aus den illegalen Geschäften aussteigen könntest...“

„Oh, ich wette, die hast du“, sagte er sanft und beugte sich vor.

„Du könntest den Unterschlupf zu einem legitimen Zufluchtsort für Wölfe machen“, sagte sie und spähte in seine Augen hoch. „Ich liebe alles, was du hier machst, Marco, abgesehen von dem Teil, durch den du mit dem Gesetz in Konflikt kommst und der bedeuten könnte, dass ich dich verliere. Du hast was Besseres verdient. Und deine Leute auch.“

„Ja, da hast du recht, natürlich.“ Er kam näher, sodass er sie beinahe geküsst hätte, doch er berührte ihre Lippen immer noch nicht. „Aber wenn du nicht bereit gewesen wärst, zu bleiben, hätte ich all das hier hinter mir gelassen – alles, Julia – um mit dir zusammen zu sein. Ich will dich so sehr, mein Wolf ist kurz davor, mich zu erwürgen."

Sie ließ ihre Hand zu seiner Wange hochgleiten und hielt ihn so, wie er sie hielt. „Ich möchte nicht, dass du all das hier verlässt. Ich möchte, dass du es *besser* machst. Und um das zu tun, brauchst du eine Partnerin. Um dein Rudel zu stärken und es wissen zu lassen, dass du bereit bist, ein aufrichtiges Leben zu führen."

„Eine Partnerin? So, so", raunte er an ihren Lippen. „Schwebt dir irgendjemand Bestimmtes vor?"

„Wenn du jemand anderen als mich nimmst, zerkratz ich dir dein dämliches Gesicht."

Er lachte auf und stieß dann einen Atemzug aus, der fast wie ein Seufzer der Erleichterung klang. „Ich hätte alles gegeben, um diese Worte von dir zu hören."

Dann zog er sie stürmisch zu sich und presste seine Lippen auf ihre. Der Kuss war so ungestüm, hitzig und besitzergreifend, dass es ihr den Atem verschlug. Doch noch bevor sie sich davon erholen konnte, schwebte sie plötzlich in der Luft – er hatte sie kurzerhand auf die Arme genommen und trug sie nun wie eine Braut durch den Essbereich und quer durch die Unterkunft. Ein paar Shifter, die bei ihren Schlafplätzen abhingen, sahen ihnen grinsend nach.

„Wo gehen wir hin?“, fragte sie atemlos.

„Du hast mir gerade gesagt, dass du meine Partnerin sein willst, oder nicht?“, fragte er mit glühenden Augen. Er steuerte geradewegs auf sein Zimmer zu.

Sie lächelte. „Das habe ich.“

„Dann habe ich etwas Dringendes zu erledigen.“ Er grinste. „Mit dir. In meinem Schlafzimmer.“

Ihr Herz hämmerte, als er sich vorbeugte, um seine Zimmertür zu öffnen. Er stieß sie mit dem Fuß auf und lehnte sich dann von innen dagegen, um sie wieder zu schließen. Erst dann setzte er Julia ab und zog ihr das T-Shirt über den Kopf.

„Runter mit den Klamotten.“ Er zog sein eigenes T-Shirt aus und begann, seine Hose aufzuknöpfen. Er war bereits hart für sie und ihr lief das Wasser im Mund zusammen, während sie sich beeilte, ihren BH und die Schuhe auszuziehen. Sie hatte ihre Jeans gerade erst zur Hälfte runtergestreift, da war er schon komplett nackt und hob sie an der Hüfte hoch aufs Bett. Sie purzelte rückwärts darauf und musste lachen, wie eilig er es hatte, ihr die Jeans auszuziehen.

Er warf die Hose über seine Schulter und krabbelte hinter ihr her aufs Bett. Seine Hand landete auf ihrer Brust, knetete sie und brachte Julia dazu, sich auf den Rücken zu legen. Sie rechnete damit, dass er sie direkt so nehmen würde – und tatsächlich konnte sie es kaum erwarten, seinen unglaublichen Schwanz in sich zu spüren – doch anstatt seinen Körper auf ihren gleiten zu lassen, legte er sich ihr Bein über die Schulter und tauchte mit der Zunge zwischen ihre Beine ab. Sie bockte gegen ihn, als er sofort ihren Kitzler fand und ihn mit einem langen, köstlichen Kuss verwöhnte.

„Oh Gott, Marco!“ Sie packte seine Schultern und presste ihren Schoß gegen seinen Mund.

Er stöhnte in sie und es ließ sie am ganzen Körper erschaudern. Dann ließ er seine Hand von ihrer Brust hinab zwischen ihre Beine gleiten und stieß mit schnellem Rhythmus zwei Finger in sie hinein. Sie keuchte, während er mit seinen Fingern in sie pumpte und gleichzeitig mit dem Mund liebkoste, was sie innerhalb von Sekunden dazu brachte, sich unter ihm zu winden und auf ihren Höhepunkt zuzurasen.

„Ahhh!“, brach aus ihr heraus, als sie sich unter ihm aufbäumte und ein Orgasmus über sie hereinstürzte, der sie wieder und wieder gegen ihn bocken ließ.

Er knurrte, zog die Hand aus ihr heraus und küsste sich über ihren Bauch zu ihren Brüsten hoch, bis er schließlich an ihrem Hals angelangt war und sich leidenschaftlich darüber hermachte.

„Leg mir deine Arme um den Hals, Baby“, hauchte er an ihrer Haut. „Ich muss in dir sein.“

Sie tat wie ihr geheißen und er richtete sich auf, sodass er auf dem Bett kniete und sie an sich drücken konnte. Er griff nach ihren Hüften und legte ihre Beine um seine Taille, dann ließ er sie in die gewünschte Position gleiten, brachte seinen Schwanz direkt unter ihre Öffnung und zog sie dann hart an sich, während er in sie hineinstieß. Jedes Mal, wenn er in sie eindrang, war es wie beim ersten Mal – sie würde sich niemals daran gewöhnen, wie sehr er sie ausfüllte und dehnte.

Sein Kopf kippte zurück. „Baby, du fühlst dich so gut an.“

Vollständig auf seinem Schwanz sitzend presste sie sich an ihn. „Ich brauche mehr!“

„Oh, Scheiße“, flüsterte er. Dann schob er ihre Hüften von sich, aber nur um sie direkt wieder zurückzuziehen und gegen sich zu wuchten. Sie war wie ein Pendel, das gegen ihn schwang, ihre Hände fest auf den starken, geschmeidigen Muskeln seiner Schultern, während er wieder und wieder in sie pumpte, immer schneller und stärker, mit jedem Schwung vor Lust stöhnend. „Ja“, keuchte er. „So ist‘s gut. Genau so will ich dich. *Fuck.*“

Er drang in einem so tiefen Winkel in sie ein und seine Arme waren so stark, dass sie sich bloß wimmend an ihn klammern und für den Ritt festhalten konnte. Wieder spannte sich ihr Bauch an und ein weiterer Orgasmus baute sich tief in ihr auf, um durch ihren gesamten Körper zu jagen.

„Marco!“, keuchte sie, während ihr Kopf zurückkippte und er sie immer schneller und härter nahm.

„Komm für mich, Baby,“ presste er angespannt hervor. „*Gott*, du bist so schön.“ Sein glühender Blick glitt über ihre wippenden Brüste hinab zu der Stelle, wo sein Schwanz in sie hinein und herausglitt. Sie stöhnte auf, hielt sich an ihm fest und ließ den Orgasmus in sich aufsteigen und durch sie spülen. Marco wurde sofort langsamer, glitt vollständig aus ihr heraus und rutschte zurück. Er ergriff ihre Hand und zog sie mit sich, während er vom Bett aufstand. Dann hielt er sie fest, da sie von den zwei Orgasmen innerhalb von zwei Minuten etwas wacklig auf den Beinen war.

Zärtlich zog er sie an seine Brust. „Sag es mir nochmal."

„Dir was sagen?", fragte sie atemlos.

Er legte die Hand auf ihre Wange, genau so, wie sie es mochte. „Sag mir, dass du für immer mein sein willst. Dass du dich von mir beschützen lässt. Dass du meine Welt sein wirst, mir hilfst, mein Rudel zu leiten und mich zu dem Mann machst, der ich immer sein wollte. Denn nichts von alledem kann ich ohne dich tun."

Ihr Mund bewegte sich, doch ihre Tränen erstickten ihre Worte.

„Ich muss es von deinen Lippen hören, meine Liebste." Er flehte sie förmlich an.

„Ich will..." Die Flut an Emotionen ließ sie kaum sprechen. „Ich will deine Magie in mir", brachte sie schließlich hervor.

Ein Grollen rumorte tief in seiner Brust. Er trat einen Schritt zurück und sagte dann: „Shifte für mich."

Seine Worte waren ein Befehl und sie dachte nicht im Traum daran, nicht zu gehorchen. Sie shif- tete in ihre Wolfsgestalt und er tat es ihr gleich.

Unterwirf dich mir. Die Worte schickten ein

genüssliches Kribbeln durch ihren Körper und sie stürzte sich förmlich in die Unterwerfungspose – die Pfoten vor sich auf dem Boden ausgestreckt, das Hinterteil in der Luft, Rute und Kopf gesenkt. Marcos zotteliger schwarzer Wolf stand groß und stolz vor ihr und sobald sie sich in der Pose befand, wurde sie von einer Magie durchströmt, die jeden Teil ihres Körpers belebte. Wenn ihr Liebesspiel sie nicht schon in einen Rausch versetzt hätte, hätte sie sich spätestens jetzt völlig high gefühlt. Und so schwebte sie glückselig auf den Strängen des Bundes, der zwischen ihnen entstanden war. Wie viel besser würde es sein, wenn sie sich tatsächlich paaren würden? Allein der Gedanke daran ließ ihr schwummerig werden.

Erhebe dich, meine Liebe, befahl er und sie richtete sich auf. *Und jetzt shifte.*

Sie tat es und fand sich augenblicklich nackt in seinen Armen wieder. Seine steinharte Erektion presste sich zwischen sie.

„Dreh dich um“, verlangte er mit rauer Stimme.

Sie gehorchte und er beugte sie nach vorne, bis ihre Hände auf dem Bett landeten und ihr Hintern gegen seinen Schwanz drückte. Er packte ihre Hüfte und rammte sich so fest in sie hinein, dass sie beinahe vornübergefallen wäre. Im letzten Moment bekam sie die Bettkante zu greifen und stützte sich ab.

Dann warf sie ihm einen gierigen Blick über die Schulter zu und sagte: „Nimm mich härter, Marco Wilding."

Sein Aufstöhnen war fast so befriedigend wie sein Schwanz.

Kapitel Siebzehn

Heilige Scheiße, sein Mädchen war so heiß.

Marco konnte sein Glück kaum fassen. Nicht nur, dass er Julia vor sich über das Bett gebeugt hatte, sie von hinten nahm und mit jedem Stoß stöhnen und keuchen hörte, nein, er war auch kurz davor, sie zu seinem Weibchen zu machen.

Auf seine Seelenverwandte zu warten war das Beste, was er je getan hatte. Und für ihn bestand kein Zweifel daran, dass Julia das war und sein Leben ohne sie nur ein trauriger Abklatsch dessen gewesen wäre, was er gemeinsam mit ihr haben konnte. Wenn er sich aus Zwang und Pflichtbewusstsein seinem Rudel gegenüber mit Isabel gepaart hätte, hätte er sie beide ihrer wahren Partner beraubt. Ihr wäre Stefan und ihm Julia entgangen. Schlimmer noch, er hätte seinem Rudel diese wunderbare und tapfere Wölfin vorenthalten, die jetzt sein Weibchen sein würde – und er hatte nicht gelogen, als er ihr gestanden hatte, dass er sie brauchte. Dass er ohne sie nicht einmal die Hälfte der Dinge tun konnte, die sein Rudel von ihm benötigte.

Doch mit ihr an seiner Seite konnte er die Welt erobern.

Und mit ihr in seinem Bett war sein Glück grenzenlos.

Er hielt ihre Hüfte fest, pumpte in sie hinein und genoss jedes kleine Geräusch, das er zwischen ihren süßen Lippen hervorlockte, doch all das trieb ihn rasch auf den Höhepunkt zu. In ihm baute sich ein Orgasmus auf, der nichts zu gleichen schien, was er je zuvor erlebt hatte, und der seinen gesamten Körper ergreifen würde – inklusive seines Herzens, das mit all seiner Liebe für sie zu bersten drohte. Ganz zu schweigen von der Freude und dem Triumphgefühl darüber, dass er es *geschafft* hatte – er hatte sie für sich gewonnen und ihr Herz erobert, und nicht nur ihre Lust und ihr Bedürfnis nach einem Zufluchtsort befriedigt.

Diese schöne, starke und brillante Frau hatte ihn als Partner auserwählt.

Und nun hatte er die Ehre, sie sein zu machen... *für immer.*

Er beugte sich über sie, während er weiter in sie hineinpumpte, griff in ihre herrlich honigbraunen Haare und ballte die Faust. Er zog ihren Kopf zurück, beugte ihn zur Seite und entblößte ihren wunderschönen Hals. Das Wasser lief ihm im Mund zusammen und seine Fangzähne traten hervor. Er konnte es kaum erwarten, sie in Julia zu versenken, doch sie musste bereit dafür sein, kurz vor dem Höhepunkt. Und dann, wenn sie heftig bebend kam, würde er den Akt vollziehen.

Die perfekte Paarung für seine perfekte Partnerin.

Sein leichtes Ziehen an ihren Haaren ließ sie wieder wimmern und er konnte fühlen, wie sich ihr Körper um seinen Schwanz zusammenzog. Sie stützte sich am Bett ab, um sich gegen seinen Ansturm zu wappnen. Mit seiner freien Hand umschloss er ihre Brust und hielt sie von hinten fest, während er sich über ihren Rücken beugte und sein Schwanz mit jedem Stoß tiefer und stärker in sie eindrang. Immer wieder schrie sie leise *Ja* und *Oh Gott* und *Bitte, bitte* und trieb ihn damit weiter an.

Ihr atemloses Schreien hatte ihn schon immer wahnsinnig scharf gemacht – sie war so stark und doch so weich, so heroisch und hatte sich ihm doch unterworfen. Die Magie ihrer Unterwerfung hallte noch immer in seinem Körper wider und ließ jeden Teil von ihm pulsieren.

Er beugte sich über ihren Nacken, die Hände immer noch in ihrem Haar und auf ihrer Brust und sein Schwanz noch immer tief in sie gleitend. Er wollte sie vollständig besitzen – sie ausfüllen, sie halten und sie lieben. Und all das mit seinem Biss vollenden.

Er platzierte einen feuchten Kuss in ihrer Halsbeuge. Sie bog den Kopf nach hinten und entblößte ihren Hals so noch weiter. Und mehr konnte er nicht mehr aushalten.

„Du bist *mein*, Julia Holloway“, keuchte er in ihren Nacken, dann versenkte er seine Fangzähne in ihr und füllte sie mit seiner Magie.

Sie schrie auf und der Schmerz stieß sie über den Gipfel zu einem Höhepunkt, der ihrer beider Körper erbeben ließ. Als sie sich um ihn zusammenzog, explodierte auch sein Orgasmus und Marco ergoss sich in ihr – seinen Samen, seine Magie, seine Liebe. Alles, was er zu geben hatte. Es gehörte alles ihr und band sie auf eine Weise an ihn, die sein Herz mehr erfüllte, als er es sich jemals hätte vorstellen können.

Sie stöhnte und bockte gegen ihn, aber er ritt sie weiter, bis sie beide erschöpft waren.

Dann zog er seine Fangzähne wieder ein und glitt aus ihr heraus, doch die Verbindung zwischen ihnen – ihr geformter Paarungsbund – war so vollkommen, dass es sich anfühlte, als wäre er immer noch eins mit ihr. Heftig keuchend nahm er sie mit sich aufs Bett und zog sie in seine Arme, ihren Rücken an seiner Brust. Seine Hände liebkosten ihre Brüste und seine Lippen bedeckten den Biss, mit dem er sie soeben markiert hatte, mit sanften und lindernden Küssen.

„Heilige Scheiße, Marco“, hauchte sie.

Er lächelte breit. „Hat dir das gefallen?“

„Oh, mein Gott. Ich fühle mich, als... als…“

„Als wärest du auf eine Weise mit mir verbunden, wie du noch nie zuvor mit jemandem verbunden warst?“, fragte er noch immer grinsend. Auch er spürte es – diese *Intimität*, die es nur zwischen wahren Partnern geben konnte. Ein magisches Geschenk ihrer Wölfe. Etwas, von dem kein Wolf, er inbegriffen, einen blassen Schimmer hatte, bis er es selbst erlebte... und dann wusste, dass es das Beste war, was ihm je im Leben widerfahren würde.

„Ja, genau“, sagte sie mit Verwunderung in der Stimme.

Beinahe ehrfürchtig liebkoste er die samtweichen Brüste seiner stahlharten Frau. Dann kuschelte er sich mit dem Gesicht in ihre Haare. „Mir geht es genauso“, flüsterte er. „Ich kann kaum glauben, dass ich dich habe. Es ist, als wärst du alles, was ich mir je gewünscht habe – nur dass da noch so viel mehr ist, das ich mir nicht einmal habe vorstellen können.“

Sie umschloss seine Hand und hielt sie an ihrer Brust. „Du meinst sowas wie eine verrückte Frau, wegen der du Dinge machst, die du nicht geplant hattest?“, sagte sie zögerlich, als dachte sie, sie hätte ihn auf einen Pfad gezwungen, auf dem er nicht sein wollte.

Er drehte sie herum, damit sie sich ansehen konnten. „Genau sowas.“ Er küsste sie sanft. „Dein Herz ist so gut, Julia, so *instinktiv* gut, dass ich dich manchmal geradezu bewundere. Du treibst mich definitiv an, besser zu sein. Und genauso will ich es auch.“

„Meinst du das ernst?“, fragte sie mit leicht geweiteten Augen, als glaubte sie ihm nicht.

„Absolut.“

„Also... willst du dir meine Ideen anhören?“

„Klar." Er grinste. „Zu was genau?"

Sie kuschelte sich in seine Arme und sah ihn ernst an. „Du kennst doch diese ganzen Videos, die der Wolfsjäger gemacht hat."

Ein Schatten legte sich über sein Herz. „Ja." Er hoffte, dass sie nicht allzu viel von dem Video gesehen hatte, in dem er gefoltert wurde. Oder dass sie deswegen jetzt weniger von ihm hielt.

„Ich denke, wir sollten unser eigenes machen." Ihre Augen begannen zu leuchten.

Verwirrt sah er sie an. „Du möchtest einen Folter-Porno drehen?" Er zog eine Grimasse. „Ich meine, falls wir den Wolfsjäger schnappen, wäre ich dem nicht abgeneigt, aber—"

Sie boxte ihm leicht gegen die Schulter. „Nein, du Idiot!" Sie tadelte ihn mit einem Blick, als wäre er unmöglich.

Doch er hatte tatsächlich keine Ahnung, was sie meinte. Er hauchte ihr einen kurzen Kuss auf die Lippen, einfach weil sie mit diesem leicht zerknirschten Gesichtsausdruck so niedlich aussah. „Entschuldige, Liebling. Mir ist sämtliches Blut aus dem Gehirn und in ein anderes Körperteil geströmt. Du wirst mir das genauer erklären müssen."

„Das kann ich wohl machen." Sie fuhr ihm mit

den Händen durch die Haare und er liebte, wie sich das anfühlte. Tatsächlich hätte es ihn nicht gestört, wenn sie ihre Unterhaltung wieder beendet und direkt zur zweiten Runde ihres Liebesspiels übergegangen wären, doch sein Körper brauchte wohl noch ein paar Minuten. Allerdings sprach nichts dagegen, dass sich zumindest seine Hände in der Zwischenzeit schon einmal nützlich machten. Er griff nach ihrem Po und zog sie so weit zu sich, dass sich ihre weichen Brüste gegen seinen Brustkorb pressten. Dann schmiegte er den Kopf in ihre Halskuhle und fuhr mit der Zungenspitze über ihre süße Haut.

„Du sprichst, ich knabbere“, sagte er.

Sie sog scharf den Atem ein. „Ich bin mir nicht sicher, ob ich reden kann, während du das machst.“

Sie beschwerte sich zwar nicht wirklich, er ließ aber dennoch von ihr ab. „Dann rede“, sagte er. „Ich möchte verstehen, worum es dir bei dieser Videosache geht.“

Sie wich ein Stück zurück und sah ihm in die Augen. „Wir sollten ein Video von unserer Unterkunft machen. Eines, das sich gegen all die Lügen und den Hass stellt, die der Wolfsjäger in seiner Propaganda verbreitet. Jetzt gerade ist die Öffentlichkeit auf unserer Seite. Die Leute waren entsetzt, als die Kinder entführt wurden, und haben bei ihrer Rettung gejubelt. Sie wollen daran teilhaben, Marco. Also drehen wir ein Video über die Arbeit, die du hier leistest, und zeigen, dass du Shiftern einen sicheren Hafen bietest. Egal, ob sie vollblütige Wölfe, Mischlinge, Waisen oder Shifter sind, die wegen all dieser Vorurteile ihre Arbeit verloren haben. Wer auch immer Hilfe braucht."

„Das klingt großartig", sagte er sanft. „Ich denke, das wird den Menschen helfen, zu verstehen, dass wir uns gar nicht so groß von ihnen unterscheiden."

Sie nickte eifrig. „Aber dabei sollten wir es nicht belassen." Ihre Augen leuchteten vor Begeisterung. „Wir sollten etwas aufbauen, bei dem die Leute spenden können, um zu helfen. Aber nicht nur eine Hilfsorganisation, sondern ein *Unternehmen*, das die Leute unterstützen können."

„Ein Unternehmen?" Er runzelte die Stirn. „Wie meinst du das?"

„Die Leute wollen helfen", erklärte sie. „Also bieten wir ihnen eine Möglichkeit, dies zu tun. Bei uns leben viele Shifter, die keine Arbeit haben – und die keine Arbeit finden können, eben *weil* sie Shifter sind. Was wäre, wenn wir ein Unternehmen gründen, das ausschließlich Shifter beschäftigt?

Und dieses Unternehmen dann ein Produkt herstellt, das die Leute kaufen können, um Shifter zu unterstützen? Dann wüssten alle, die unser Produkt erwerben, dass sie damit Shiftern helfen."

„Schatz, ich habe mehr als nur einmal miterlebt, dass Shifter ihr Geschäft aufgeben mussten, gerade *weil* sie sind, was sie sind", erwiderte er düster, weil er ihren Traum nicht zerstören wollte. „Solche Firmen sind wie Magneten für Shifter-Hasser."

„Aber verstehst du nicht? Genau das ist es ja." Vor Aufregung rutschte sie aus seinen Armen und setzte sich leicht auf, um mit den Händen gestikulieren zu können. „Die Zeiten ändern sich und die normalen Leute begreifen langsam, dass sie nicht einfach nur danebenstehen und die Wolfshasser gewinnen lassen können. Denn wenn sie das tun, werden so schlimme Dinge wie die Kidnappings des Wolfsjägers passieren. Aber wenn wir einen Gegenpol dazu schaffen, also normalen Leuten eine Möglichkeit bieten, Shifter zu unterstützen, dann beweisen wir damit, dass es auf der Welt noch genug Menschen gibt, die Liebe über Hass stellen." Sie senkte das Kinn und sah ihn eindringlich an. „Marco, ich weiß, dass du da wahrscheinlich nicht dran glaubst, und ich bin mir nicht einmal sicher, ob ich es vor ein paar Wochen selbst geglaubt hätte. Doch da draußen gibt es Leute, die davon überzeugt sind, dass Liebe stärker als Hass ist. Selbst Leute wie Cruz und seine Gang ziehen bei dem Hass, den der Wolfsjäger verbreitet, eine Grenze. Überleg doch mal, wie viele gewöhnliche Menschen es da draußen gibt, die einfach nur eine Möglichkeit brauchen, um ausdrücken zu können, was sie für richtig halten. Wenn wir ihnen diese Chance bieten und sie gleichzeitig nutzen können, um unsere Leute zu unterstützen..."

Je länger Marco zuhörte, umso weiter richtete er sich auf. Denn wenn er eines über Julia wusste, dann dass dieses Mädchen verdammt clever war und er sich jedes verdammte Wort von ihr genau anhören sollte. „Du meinst also, wir sollten den Leuten etwas anbieten, das sie kaufen können, um zu zeigen, dass sie Shifter unterstützen. Und dass sie Liebe über Hass stellen?" Es schien verrückt, vor allem, weil Marco sich nicht sicher war, ob die Menschen sich wirklich dafür entscheiden würden, Shifter zu mögen, anstatt sie zu hassen... doch hatte er das nicht gerade erst am eigenen Leib erlebt? War Kaden nicht eben erst vorbeigekommen und hatte ihnen bei den Ermittlungen gegen Julia geholfen? Hatte der Bürgermeister, ja verdammt, sogar die gesamte Polizei damit nicht einen Schritt in die richtige Richtung gemacht?

„Ja! Genau!" Sie biss sich auf die Lippen. „Auch wenn du meine Idee, wie genau wir das umsetzen könnten, vielleicht etwas blöd findest."

Er fuhr ihr mit einem Finger über die Nase und tippte ihr dann auf die Nasenspitze. „Nichts an dir oder deinen Ideen ist blöd, meine Liebste. Erzähl."

Sie holte tief Luft und setzte sich aufrecht hin. „Wir könnten Stoffwölfe machen."

„Stopfwölfe?" Er versuchte, das Gesicht nicht zu verziehen. „Meinst du diese ausgestopften Tierpräparate, die sich geschmacklose Leute als Dekoration aufstellen?"

Sie stieß ein Lachen aus. „Oh, mein Gott, nein. Nein!" Sie grinste. „Stofftiere! Ich meine *Kuscheltierwölfe* – du weißt schon, so flauschige, kuschelig weiche Dinger für Kinder. Etwas, womit sie schmusen können, etwas, das sie... liebhaben."

Ein kleines Lächeln schlich sich auf sein Gesicht. „*Liebhaben.* Plüschwölfe, die die Leute liebhaben."

Sie senkte den Blick. „Ich weiß, es ist dumm, aber—"

Er unterbrach sie, indem er ihr einen Finger auf die Lippen legte. „Das ist absolut brillant."

Ihre Augen wurden wieder groß. „Findest du?"

„Ja, absolut." Und das tat er – auf einmal wirbelten haufenweise Ideen durch seinen Kopf. „Ich habe zwar keine Ahnung, wie man Plüschwölfe überhaupt herstellt, aber das sollte ja machbar sein, oder? Ich meine, wie schwierig kann das schon sein?"

Sie setzte eine ernste Miene auf. „Ich bin mir nicht sicher, ob es tatsächlich so super einfach wird, aber ich habe auf jeden Fall schon ganz viele Ideen, wie man anfangen könnte. Casey und ich könnten einen Onlineshop einrichten. So können uns auch Leute außerhalb Seattles unterstützen. Vielleicht können wir sogar eine dieser Fundraising-Plattformen nutzen, um an Startkapital zu kommen. So könnten die Leute schon spenden und helfen, bevor wir die Produktion am Laufen haben. Aber wir sollten so schnell wie möglich anfangen, solange die Nachricht von den geretteten Kindern allen noch frisch in den Köpfen ist. Vielleicht können wir in der Trainingshalle eine Fertigungsstätte aufbauen. Oder in einem der anderen Gebäude in deinem Revier. Es gibt so viele leerstehende Häuser, wir haben genügend Platz. Und alle können sich daran beteiligen, von den Großmüttern über die Kinder bis hin zu den großen, kräftigen Männern. Sie alle könnten niedliche kleine Wölfe herstellen. Kannst du es nicht schon förmlich vor dir sehen?" Ihre Begeisterung war hochansteckend.

Er grinste. „Ja, ich kann es mir sehr gut vorstellen."

„Wir nennen es *Adoptiere einen Shifter* und jedes Plüschtier ist handgemacht und mit einem Herzchen versehen, auf dem *Genug Liebe für Alle* steht. Die Leute können sie als Geschenk für ihre Kinder kaufen. Oder sie in ihrem Haus oder im Büro aufstellen, um ihre Unterstützung zu zeigen. Sie könnten sogar Fotos davon in den sozialen Netzwerken teilen! Es gibt unzählige Dinge, die wir damit machen können."

Diesmal unterbrach er sie mit einem ausgewachsenen Kuss, wobei er sanft ihre Wangen hielt, jedoch all seine Leidenschaft in den Druck seiner Lippen legte.

„Genug Liebe für Alle", wiederholte er. „Das ist einfach... Womit habe ich es nur verdient, dich gefunden zu haben?"

Seine Worte schienen ihr für einen Moment die Sprache zu verschlagen. Sie schluckte sichtbar und sagte dann: „Du warst da, als ich dich brauchte. Du warst für *alle* da, als sie dich brauchten. Solchen

Leuten widerfahren eben gute Dinge – oder zumindest sollten sie das."

Er hielt es nicht länger aus und zog sie in seine Arme. „Können wir später über unser neues Unternehmen weiterreden?" Er fuhr mit der Hand ihren weichen Rücken hinunter und packte dann eine ihrer Pobacken. „Ich verspüre das dringende Verlangen, mit der neuen Chefin von *Adoptiere einen Shifter* zu schlafen."

Sie grinste und er konnte nicht abwarten, dieses Lächeln wieder in Stöhnen und lustvolles Keuchen zu verwandeln.

Wieder und wieder und wieder.

Für immer.

Kapitel Achtzehn

Julia konnte es kaum glauben – *Adoptiere einen Shifter* hatte in weniger als einer Woche volle Fahrt aufgenommen.

Ihre Idee fand unglaublich viel Zuspruch. Sie hatten ihr Crowdfunding-Ziel innerhalb der ersten vierundzwanzig Stunden erreicht und dabei alle möglichen Rekorde aufgestellt. Und es trudelten immer noch weitere Spenden ein. Sie kamen kaum damit hinterher, ihre Produktion auszuweiten. Jeder Tag brachte neue Ideen, neue Herausforderungen und was am wichtigsten war... neue Hoffnungsschimmer in den Augen jedes Shifters in Marcos Rudel.

Ihrem Rudel.

Ihrer Familie. Es erfüllte sie fast mit mehr

Freude, als ihr Herz fassen konnte. Doch ihr Herz wuchs auch mit jedem Tag ein wenig mehr und öffnete sich noch weiter, angefüllt mit der Liebe und der Magie, die von Marco ihn sie hineinströmte. *Ihrem Partner*. Er war ihre Welt und machte all das möglich. Und lohnenswert.

Julia ließ den Blick über die improvisierte Produktionsstätte wandern, die sie in der Sporthalle eingerichtet hatten. Die Welpen bemalten eifrig die handgefertigten Anstecker, die jeder adoptierte Plüsch-Shifter bekommen würde, dachten sich Namen aus und schrieben diese auf die Rückseite, damit die Leute wussten, dass ein echter Shifter an der Herstellung beteiligt gewesen war. In einer Ecke hämmerte Casey auf die Tasten seines Computers ein, pflegte die Crowdfundingseite, arbeitete an neuen Updates und lud die Videos hoch, die sie gedreht hatten. Mit jedem Update posteten sie auch ein Video und die Anzahl der Aufrufe war einfach verrückt... Die Leute kamen immer wieder zurück, um sich neue Gute-Laune-Videos anzuschauen, die zeigten, wo ihre Spenden hingingen und wie sie den ausgestoßenen Shiftern halfen, sich selbst und ihrem Rudel ein neues Leben aufzubauen. Marco hatte sich gerade über Caseys Bildschirm gebeugt und gab ihm irgendwelche Anweisungen. Entlang einer der Turnhallenwände war eine Reihe von Tischen aufgebaut worden und eine ganze Brigade von Großmüttern und ungepaarten Shifterinnen arbeitete dort unter Isabels Leitung an neuen Designs für die Plüschtiere. Und die Männer – die großen, kräftigen Shifter-Männer – waren damit beschäftigt, eine neue Lieferung von Stoffen, Nähmaschinen und extraweichem Füllmaterial hereinzutragen... alles, was sie brauchten, um weitere Kuscheltiere herzustellen.

Die vorübergehende Waffenruhe mit Cruz' Rudel war verlängert worden und tatsächlich halfen sogar ein paar seiner Männer beim Ein- und Ausladen sowie beim Aufbau der Fertigung mit. Julia erwischte mehr als einen von ihnen dabei, wie sie die ungepaarten Weibchen anlächelten – aber nicht auf eine lüsterne Weise, wie sie es erwartet hätte, sondern als erstes Anzeichen eines Flirts.

Es lag buchstäblich Liebe in der Luft.

Julia hätte nicht zufriedener sein können. Wenn sie es schafften, den Waffenstillstand zu zementieren, indem sie Cruz' Männern Jobs anboten, konnten sie langfristig vielleicht alle Shifter-Gangs der Innenstadt unter ihrer Schirmherrschaft zusammenbringen.

Sie atmete tief durch. *Eins nach dem anderen.*

Marco ließ Casey wieder in Ruhe und kam mit einem Handy am Ohr auf sie zu geschlendert. Er hörte konzentriert zu und antwortete hin und wieder kurz. Mit gekrümmtem Finger deutete er ihr, zu ihm zu kommen, und sie war mehr als froh, eine Gelegenheit zu haben, ihm einen kurzen Kuss auf die Wange geben zu können. Im Bett lief es bei ihnen immer noch märchenhaft, aber sie konnte trotzdem nie genug von ihrem wundervollen Alpha bekommen.

„Ja. Unbedingt“, sagte er ins Telefon und wich ihrem Kuss mit einem warnenden Blick aus, als würde sie ihn in Schwierigkeiten bringen. „Danke.“ Es galt zwar in erster Linie demjenigen am anderen Ende der Leitung, doch gleichzeitig schien er sich auch bei ihr zu bedanken, dass sie ihn nicht mehr belästigte.

Sie grinste frech, ließ die Arme um seine Taille gleiten und rieb ihr Becken wenig subtil an seinem Schritt. Wie immer sprang sein Körper sofort auf ihren an, als wäre er jederzeit für eine schnelle Nummer mit ihr zu haben. Sie konnte durch seine Hose hindurch fühlen, wie er hart wurde.

„Mh-hm“, sagte er ins Telefon. „Das ist kein Problem.“ Er sah sie finster an und deutete demonstrativ auf das Handy, damit sie aufhörte, ihn beim Telefonieren zu bedrängen.

Sie grinste ihn nur noch schadenfroher an und rieb sich noch aufreizender an ihm.

Plötzlich flackerte etwas in seinem Blick auf und einen Sekundenbruchteil später hielt er sich das Handy vom Mund weg, grub die Hand in ihre Haare und zog sie für einen leidenschaftlichen Kuss zu sich. Sie fühlte sich eingenommen, beherrscht und unendlich geliebt, so wie immer, wenn er sie auf diese Weise küsste. Doch genauso schnell wich er wieder zurück und wischte sich mit der Hand über den Mund.

„Ja, Herr Bürgermeister, sie steht direkt neben mir." Mit einem Grinsen hielt er ihr das Handy hin.

Julia hätte sich fast an ihrer eigenen Spucke verschluckt – *der Bürgermeister?* Rasch versuchte sie, sich von dem glühend heißen Kuss zu erholen. Sie funkelte Marco böse an und formte mit den Lippen ein *Dafür wirst du büßen*.

Seine Augen glitzerten nur noch mehr, als sie ihm das Telefon abnahm.

Sie räusperte sich. „Hallo?"

„Guten Tag, Miss Holloway. Hier spricht der Bürgermeister von Seattle. Wie geht es Ihnen?"

Seine Worte klangen glatt und einstudiert, aber freundlich. Ihr Magen flatterte.

„Ähm, mir geht es, äh, gut, Sir. Äh, wie geht es Ihnen?“ Sie zog eine Grimasse. *Grundgütiger*, konnte sie sich noch inkompetenter ausdrücken?

Marco lachte leise über ihre Unbeholfenheit. Sie schlug ihm kräftig gegen die Schulter und er duckte sich mit einem teuflischen Grinsen weg.

„Wie ich höre, läuft Ihr Projekt hervorragend“, sagte der Bürgermeister in lockerem Plauderton. „Ich wollte nur anrufen und meine Wertschätzung für das, was Sie tun, zum Ausdruck bringen. Ihr innovatives Geschäftskonzept ist ein wahres Geschenk für die Stadt – nicht nur, dass dadurch all die unschöneren Dinge bekämpft werden, die unsere Gemeinde in letzter Zeit geplagt haben, es erweckt auch Stadtteile wieder zum Leben, die schon viel zu lange vernachlässigt worden sind.“

„Ähm... ja“, sagte sie stirnrunzelnd. Sie bekam das komische Gefühl, dass er irgendwas von ihr wollte, aber sie hatte keine Ahnung, was das sein könnte. Doch das änderte nichts daran, wie stolz sie auf das war, was sie hier taten, und daher beschloss sie, einfach mitzuspielen. „Wir sind äußerst überrascht und glücklich über die positiven Reaktionen auf *Adoptiere einen Shifter*. Es übertrifft tatsächlich all unsere Erwartungen und Hoffnungen." Julia winkte Marco zu, zeigte auf das Telefon und machte dann eine fragende Geste, die so viel wie *Was zur Hölle will der Bürgermeister?* bedeutete.

Er zuckte nur mit den Schultern.

„Ja, das kann ich mir vorstellen", fuhr der Bürgermeister fort. „Wie ich hörte, haben Sie neben dem Onlineshop noch Pläne für ein konventionelles Geschäft in der Innenstadt, das Ihre Kunden besuchen können, um ihr Kuscheltier persönlich zu erwerben. Stimmt das?"

„Nun ja. Ja", antwortete sie etwas zögerlich. Ging es darum? Verletzten sie mit dem Geschäft in der Innenstadt irgendwelche Vorschriften? „Noch ist es allerdings nur in Planung." Sie wartete ab, ob er irgendwelche Einwände dagegen vorbringen würde.

„Also, ich finde das ist eine großartige Idee", lobte er. „Eine wunderbare Möglichkeit, die Innenstadt wiederzubeleben. Ich hoffe natürlich, dass Sie mir eine Einladung zur Eröffnungsfeier schicken. Ich würde mich freuen, daran teilzunehmen."

Ihr Mund klappte auf. Schnell schloss sie ihn wieder. „Natürlich. Ja. Das wäre großartig." Sie sah Marco ungläubig an, der ihr aber seinerseits nur einen fragenden Blick zurückschickte.

„Fantastisch“, sagte der Bürgermeister fröhlich. „Nun gut, das hier ist meine Privatnummer. Bitte zögern Sie nicht, mich anzurufen, wenn Sie irgendetwas brauchen, Miss Holloway. Und alles Gute für Sie und Ihr neues Projekt.“

„Danke.“

Der Bürgermeister legte auf.

Julia sperrte den Bildschirm des Smartphones und starrte Marco mit weit aufgerissenen Augen an. „Der Bürgermeister will zu unserer Eröffnungsfeier kommen.“

„Wir machen eine Eröffnungsfeier?“, fragte er mit hochgezogenen Augenbrauen.

„Ich schätze, jetzt schon.“ Ihr Mund stand immer noch offen.

Er lachte und zog sie schwungvoll für einen schnellen Kuss zu sich. „Naja, man kann es ihm kaum verübeln. Im Moment gibt es nichts Heißeres als dich.“

Sie legte ihm die Hände in den Nacken. „Ich glaube, du verwechselst da unser Bett mit dem Rest der Welt.“

Er gab ein derart tiefes Knurren von sich, dass es ihren Intimbereich in Flammen setzte. „Ein nachvollziehbarer Irrtum, findest du nicht?“ Dann küsste er sie leidenschaftlich und für einen Moment verlor sie sich darin. So etwas passierte so oft mit Marco, dass sie mittlerweile den Ruf hatten, immer zu spät zu morgendlichen Meetings zu kommen, doch sie konnte nichts dagegen tun. Sobald sie sich berührten, schien es auf der Welt nur noch sie und ihn zu geben. Sie hatte sich schon gefragt, ob es an der Magie oder ihrer Liebe für ihn lag, oder ob das bei Shifter-Partnern einfach so war. Doch am Ende hatte sie beschlossen, dass es ihr egal war, und genoss es stattdessen in vollen Zügen.

Schließlich beendete Marco den Kuss. „So gerne ich dich auch zurück in mein Zimmer schleppen würde, wenn ich mich recht erinnere, hast du um zwölf Uhr einen Termin."

„Oh, Scheiße!" Julia schlug sich mit der flachen Hand gegen die Stirn. „Grace!"

Er schmunzelte. „Ich glaube, sie ist vor dem Haus. Zumindest wollte Stefan sie für den Dreh dorthin bringen."

Julia drückte ihm einen raschen Kuss auf die Lippen und strich sich die Haare glatt. „Ich bin gleich wieder da!"

Marco sah ihr grinsend nach, während sie in Richtung Vordertür eilte und hoffte, dass sie Grace Krepky nicht zu lange hatte warten lassen. Sie war die erste bekennende Shifter-Politikerin, die für das

Repräsentantenhaus kandidierte, und sie stand kurz vor der entscheidenden Wahl. Grace war keine Wilding, also nicht wirklich mit Marco verwandt, doch sie war mit einem der River-Brüder verheiratet und das war offensichtlich genauso gut. Außerdem war sie von Anfang an ein großes Vorbild für Julia gewesen – eines der wenigen sichtbaren Beispiele dafür, dass es ehrliche und verantwortungsbewusste Shifter auf der Welt gab.

Und wenn sie einen Fototermin mit *Adoptiere einen Shifter* wollte, würde Julia ihr diesen Wunsch sicherlich nicht abschlagen.

Sie eilte hinaus, wo sie die schlanke Frau vorfand, die sowohl jünger als auch weltgewandter wirkte, als Julia erwartet hatte – Grace hatte ein frisches, unschuldiges Gesicht, trug jedoch einen ausdrucksstarken roten Hosenanzug und perfekt darauf abgestimmte High Heels. Plötzlich fühlte Julia sich in ihrer Jeans und dem T-Shirt ziemlich schäbig.

Grace streckte Julia die feingliedrige Hand entgegen und lächelte warm. „Julia Holloway! Es ist mir eine Ehre, dich persönlich kennenzulernen."

Was für eine Welt war das eigentlich, in der sie der Bürgermeister anrief und eine Politikerin behauptete, es sei ihr eine Ehre, sie zu treffen? Julia spürte, wie ihre Wangen zu glühen begannen, doch wenigstens schaffte sie es diesmal, bei ihrer Antwort nicht zu stottern. „Die Ehre ist ganz meinerseits, Miss Krepky. Ich bewundere sehr, was Sie für die Shifter tun."

Sie strahlte. „Bitte, um Gottes Willen, nenn mich Grace."

Julia lächelte. „Grace." Sie deutete mit dem Kopf auf den Kameramann, der vor dem ehemaligen Möbelgeschäft stand, das erst zur Sporthalle umgewandelt worden war und nun ein aufstrebendes Unternehmen beherbergte. Er war damit beschäftigt, alles vorzubereiten, und unterhielt sich offenbar mit Stefan über den richtigen Kameraausschnitt oder etwas in der Art. Neben ihnen stand ein Mann, der so groß und breit war, dass er ein Shifter sein musste. Julia hatte gehört, dass Graces Partner, Jared River, sie als ihr persönlicher Bodyguard überallhin begleitete. Sie vermutete stark, dass es sich um ihn handelte.

Sie wandte sich wieder zu Grace um. „Seid ihr schon so weit?"

„Ja, ich glaube schon." Sie warf dem Kameramann einen fragenden Blick zu, der als Antwort den Daumen hochhielt. Grace beugte sich zu Julia. „Verhalte dich einfach ganz natürlich. Wir unterhalten uns bloß ein bisschen, okay? Wir schneiden dann später die guten Stellen zusammen und laden es auf unserer Internetseite hoch." Ihr Lächeln wurde breiter. „Auch wenn ich mir sicher bin, dass *eure* Seite in letzter Zeit mehr Aufrufe hatte als meine."

Julias Wangen glühten erneut. „Die Leute sind wirklich unglaublich großzügig."

„Ich habe immer daran geglaubt, dass das die wahre Seele Seattles ist. Und nicht all diese Hassgruppierungen und dieser wahnsinnige Wolfsjäger, meinst du nicht auch?"

Julia nickte. Es fühlte sich komisch an, vor einer Kamera zu sprechen, ohne hineinzuschauen, doch sie gab ihr Bestes, sie einfach zu ignorieren. „Das ist Teil der Idee von *Adoptiere einen Shifter* – zu zeigen, dass der Wolfsjäger mit dem, was er über Shifter und Seattle sagt, völlig falsch liegt. Wir sind Teil der Stadt, weil wir hier aufgewachsen sind. Wir haben unsere Familien hier. Wir verlieben uns und ziehen hier unsere Kinder groß, so wie jeder andere auch. Doch die eine Besonderheit an uns Wölfen ist, dass wir wissen, wie stark wir sind, wenn wir zusammenhalten – als Partner und als Rudel. *Adoptiere einen Shifter* bietet allen die Möglichkeit, uns beizustehen und zu zeigen, dass auch sie daran glauben, dass jeder anständig und respektvoll behandelt werden sollte."

„Und das liebe ich so an eurem Unternehmen", sagte Grace begeistert. „Wirklich. Am liebsten würde ich den Wahlkampf beenden und hier in eurer umgebauten Fabrik mithelfen."

„Oh nein! Das kannst du nicht machen! Wir brauchen dich im Kongress, Grace." Julia meinte jedes Wort ernst, auch wenn es klang, als würde sie Wahlkampf für Grace betreiben. Wobei sie liebend gerne genau das getan hätte.

Grace grinste. „Danke. Ich hoffe, die Wählerinnen und Wähler sind da deiner Meinung." Sie griff nach Julias Händen. „Und danke dir für deinen Mut und deinen Beitrag, das Beste aus unserer großartigen Stadt herauszuholen."

Ihre Worte ließen Julia strahlen.

Der Kameramann fuhr sich mit einer schneidenden Handbewegung über den Hals, was wohl bedeuten sollte, dass sie das Video im Kasten hatten. Grace hielt noch immer ihre Hände und beugte sich vor, um Julia ins Ohr zu flüstern, während die Männer sich auf der Kamera noch einmal die Aufnahme ansahen.

„Wie ich hörte, hast du vor Kurzem auch einen

Partner gefunden“, sagte Grace und ihre Augen funkelten interessiert.

Julia hatte das Gefühl, als hätte sich die Schamesröte permanent in ihre Wangen gebrannt. „Ja. Marco Wilding. Wir sind jetzt seit etwa einer Woche gepaart.“

Grace grinste frech. „Und trotzdem hast du es geschafft, das Schlafzimmer zu verlassen. Du bist eine stärkere Frau als ich, Julia Holloway. Ich habe die Flitterwochen soweit ich konnte in die Länge gezogen.“

„Oh, naja... es sind keine richtigen Flitterwochen.“ Julia suchte nach Worten. Sie und Marco waren nicht *verheiratet*, sondern nur gepaart... auch wenn das etwas ganz anderes und alles in allem besser war. Dennoch erfüllte es sie zusätzlich zu allem anderen mit einer seltsamen Verlegenheit.

„Nein?“ Ihr Lächeln verblasste leicht. „Nun, vielleicht solltet ihr das nachholen.“

Julia hatte keine Ahnung, was sie dazu sagen sollte. Dann hob Grace das Kinn und deutete auf etwas hinter Julias Schulter. Sie drehte sich um und entdeckte Marco mit einem verschmitzten Funkeln in den Augen hinter sich. In den Händen hielt er ein Musterexemplar der Shifter-Kuscheltiere, die hoffentlich bald schon den Weg in die Hände ihrer vielen tausend Unterstützer finden würden. Er reichte es ihr.

„Oh!“ Julia ärgerte sich leicht, dass sie nicht selbst daran gedacht hatte, ein Exemplar für den Dreh mitzubringen. „Aber wir sind schon fertig.“ Sie sah zurück zum Kameramann... doch der filmte wieder. Stefan stand hinter ihm und grinste sie an.

Sehr merkwürdig.

Marco machte einen Schritt in den Aufnahmebereich der Kamera und griff nach ihrem Ellbogen. „Das ist ein ganz besonderer Shifter, nur für dich.“

Sie sah ihn an, als hätte er plötzlich den Verstand verloren. „Ich weiß nicht, was du—“

Grace lehnte sich zu ihr und flüsterte auffällig laut, sodass selbst der Kameramann es noch hören konnte: „Hey, ich glaube, der Wolf hat ein Halsband.“

Was? Waren jetzt auf einmal alle völlig übergeschnappt?

Julia hielt den Plüschwolf hoch und schaute nach. Und tatsächlich war um seinen Hals ein dünnes, schwarzes Lederband gebunden. Sie brauchte eine Sekunde um zu erkennen, dass daran etwas Goldenes baumelte. *Ein Ring.* Wieder warf sie Marco einen verständnislosen Blick zu, doch der kniete bereits vor ihr.

Ihr Mund klappte auf und in ihrem gesamten Gehirn fand sich kein einziges Wort mehr.

Stattdessen übernahm Marco das Reden. „Julia Holloway, willst du mir die Ehre erweisen, meine Frau zu werden?“ Er strahlte zu ihr hoch.

Keine Worte. Null. Nichts. Ihr Mund klappte auf und zu, als versuchte er, die Worte aus der Luft zu fangen.

Marcos Lächeln wurde etwas schwächer. Er beugte sich vor, deutete über die Schulter und flüsterte laut: „Wenn du einen anderen Plüschwolf möchtest, habe ich hinten noch vier andere...“

„Ja!“, platzte es endlich aus ihr heraus. Gott, sie klang wie eine Idiotin. Und das auch noch auf Video.

Marco sah sie verwirrt an. „Du willst einen anderen Wolf?“

„Nein... *diesen* Wolf.“ Dann schlang sie die Arme um ihn, während er noch immer kniete, und fiel küssend über den Mann her, den sie liebte, dessen Partnerin sie war und den sie nun... heiraten würde. Sie konnte sich nicht vorstellen, dass ein Mädchen in noch größere Höhen aufsteigen konnte, ohne den Planeten Erde zu verlassen.

Jubel und Applaus ertönten um sie herum und erst dann realisierte sie, dass all das geplant gewesen war. Und wahrscheinlich war es Caseys Idee gewesen, damit er neues Videomaterial für die Fundraising-Plattform bekam. Doch das störte sie nicht im Geringsten.

Sie hatte alles, was sie sich im Leben wünschen konnte, hier in ihren Armen.

Als sie Marco endlich vom Bürgersteig aufstehen ließ, kamen von überall her Glückwünsche, Umarmungen und mehr als ein paar Schulterklopfer unter den Männern. Als der Kameramann schließlich seine Ausrüstung zusammenpackte, nahm Grace Julia und Marco zur Seite, um sich von ihnen zu verabschieden.

„Da ist noch eine letzte Sache", sagte Grace leise. „Ich will eure gute Stimmung nicht verderben – und wie ich gerade schon sagte, solltet ihr euch am besten direkt in die Flitterwochen aufmachen." Sie zwinkerte Julia zu. „Allerdings ist der Wolfsjäger immer noch auf freiem Fuß und die mit Abstand größte Gefahr für all unsere Hoffnungen und Träume. Und ich will, dass dieser Dreckskerl geschnappt wird."

Marco nickte ernst. „Wenigstens haben wir diesmal die Polizei auf unserer Seite."

„Ja", sagte Grace, „und glaub mir, ich stehe in regelmäßigem Kontakt zum Bürgermeister. Aber auch das wird nicht reichen – wir müssen alle zusammenarbeiten. Dieser Mann ist besessen und wird niemals aufhören. Die River- und Wilding-Rudel dürfen nicht ruhen, bis er ausgeschaltet ist. Können wir auf dich zählen, Marco? Ich weiß, dass du dich von deiner Familie abgespalten hast, aber du hast hier ein starkes Rudel, nahezu ein Heer an Wölfen, und es mag eine Zeit kommen, in der wir auf eure Hilfe angewiesen sind."

Marco sah zu Julia, doch sie nickte bereits. „Ihr könnt auf uns zählen", sagte er. „Jederzeit und überall. Ich will dabei sein, wenn ihr Jagd auf den Wolfsjäger macht. Wir sitzen bei dieser Sache alle im selben Boot."

„Gut." Grace lächelte knapp. „Denn ich denke, dass wir bald jeden Wolf brauchen werden, den wir bekommen können."

Vielen Dank, dass ihr „Wild One“ gelesen habt. Ich hoffe, dass euch auch die anderen Teile der Wilding Pack Wolves gefallen, die im Laufe des Jahres 2020 erscheinen werden – denn auch dort gibt es noch viel heiße Shifter-Action zu erleben!

Liebe Grüße, Alisa

www.alisawoodsauthor.com

Alle Teile der "River Pack Wolves" Trilogie:

River Pack Wolves 1 - Jaxson

River Pack Wolves 2 - Jace

River Pack Wolves 3 - Jared

Wilding Pack Wolves:

Wilding Pack Wolves 1 - Wild Game

Wilding Pack Wolves 2 - Wild Love

Wilding Pack Wolves 3 - Wild Heat

Wilding Pack Wolves 4 - Wild One

Andere Übersetzungen von Michael Drecker:

Susan Kaye Quinn:

Open Minds – Gefährliche Gedanken (Mindjack #1)

Closed Hearts – Gefährliche Hoffnung (Mindjack #2)

Free Souls – Gefährliche Träume (Mindjack #3)

Locked Tight – Gefährliches Misstrauen (Mindjack #4)

Cracked Open – Gefährliche Spaltung (Mindjack #5)

Broken Wide – Gefährliche Freiheit (Mindjack #6)

E.M. Tippetts:

Nicht mein Märchen

Prinzessin in Not (Nicht mein Märchen 2)

Jagd nach dem großen bösen Wolf (Nicht mein Märchen 3)

Das tapfere Schwesterlein (Nicht mein Märchen 4)

In guten wie in schlechten Zeiten (Nicht mein Märchen 5)

Schlafloses Dornröschen (Nicht mein Märchen 6)

Break it Up (Nicht mein Märchen 2,5)

A Safe Space (Nicht mein Märchen 2,75)

E.M. Tippetts / Emily Mah:

Chasing Sunrise – Morgendämmerung (Chasing Sunrise 1)

Sarina Bowen

Kalte Nächte, Warme Herzen (Die Gravity Reihe 1)

Harter Fall, Weiche Landung (Die Gravity Reihe 2)

Printed in Poland
by Amazon Fulfillment
Poland Sp. z o.o., Wrocław

62985186R00193